LE SECRET D'ADÉLAÏDE

Jean-Claude Libourel est né en novembre 1945 dans une famille d'origine cévenole. À vingt ans, il est serveur dans un hôtel saisonnier dans les Alpes, hôtel dont il prend la direction par la suite. De cette époque est né son goût pour la restauration. Jean-Claude Libourel achète et revend plusieurs établissements dans le sud de la France. En 1977, un grave accident de voiture le condamne à six mois d'hôpital. Ruiné, il part au Pakistan et se lance dans le commerce de tapis d'Orient et d'objets d'art. Il ouvre une galerie en France et, parallèlement, rénove de vieilles bâtisses. Ses activités le conduiront alors aux États-Unis où il écrit ses premiers contes pour enfants: *Maria, Les Pantomimes d'un roi, Ulysse et Pénélope.* En novembre 1991, sa mère meurt au cours d'une bénigne intervention chirurgicale. Profondément traumatisé, il liquide tout et se retire de la vie publique.

Jean-Claude Libourel est l'auteur d'une trilogie comprenant : *Antonin Maillefer* (Prix des Maisons de la Presse 1996), *Les Roses d'avril* (Prix Le Cabri d'or 1997) et *Le Secret d'Adelaïde.* Jean-Claude Libourel vit actuellement à Hollywood.

Paru dans Le Livre de Poche :

ANTONIN MAILLEFER

1. ANTONIN MAILLEFER
2. LES ROSES D'AVRIL

JEAN-CLAUDE LIBOUREL

Le secret d'Adélaïde

ANTONIN MAILLEFER ***

LAFFONT

À ma mère

« N'oublions jamais que rien
ne meurt sous les étoiles. »

Première Partie

LE TEMPS DU RENOUVEAU

Une graine de bonheur, c'est rare. Tellement rare même que, lorsqu'on en trouve une, il faut en prendre grand soin, comme si c'était une âme.

Car si vous n'en prenez pas grand soin, il y a cette garce de misère qui rôde, sournoise, et qui d'un seul coup vous étouffe comme un rien votre pauvre graine de bonheur.

Je sais de quoi je parle. Elle m'avait déjà fait le coup plusieurs fois, et c'est bien pour ça qu'il me tarde encore en ce matin d'avril 1933. La diablesse !

Seulement, il n'en fut rien.

D'abord parce que, en avril, c'est le moment des commencements de printemps et que la vie, pour un adolescent, reprend tous ses droits. Il a [illegible] une odeur de [illegible] de sève. Dans les [illegible] l'eau ne ruisselle pas encore mais, déjà, elle sourd sous la mousse. La montagne est somnolente que bleu [illegible] du [illegible], elle se [illegible] pas encore de petites feuilles au duvet vert. Les arbres s'ennuient de leurs vieilles branches et dans les chemins, les cailloux laissent filtrer les premières senteurs. Même dans le ciel encore [illegible]

1

Une graine de bonheur, c'est rare. Tellement rare même que, lorsqu'on en trouve une, il faut en prendre grand soin, comme si c'était une âme.

Car si vous n'en prenez pas grand soin, il y a cette garce de misère qui rôde, sournoise, et qui d'un seul coup vous l'étouffe comme un rien, votre petite graine de bonheur.

Je sais de quoi je parle. Elle m'avait déjà fait le coup plusieurs fois, et c'est bien ce qu'elle allait me faire encore en ce matin d'avril 1923. La diablesse !

Seulement, il n'en fut rien.

D'abord parce que, en avril, c'est le premier frissonnement du printemps et que la vie, tout doucement, reprend partout ses droits. Il n'est pas une once de terre qui ne le sente. Dans les ravines, l'eau ne ruisselle pas encore mais, déjà, elle abonde sous la mousse. La montagne est toujours nue bien que, discrètement, elle se mouchette par endroits de petites touffes de duvet vert. Les arbres s'époussettent de leurs vieilles branches et, dans les chemins, les cailloux laissent filtrer les premières senteurs. Même dans le ciel, encore frais des vents du nord, quelques nuages passent à toute vitesse de peur d'être pris en flagrant délit d'hiver.

C'est comme ça que la campagne change. Sans rien dire, avec des taches de faire-semblant à vous culpabiliser un peintre. Et puis, badaboum, à un moment, ça éclate de tous les côtés à la fois, et alors, vous ne savez plus où donner de la tête. Mais la campagne, elle, elle sait que le temps d'un grand bonheur vient d'arriver.

Moi, je ne vois rien de tout ça. Je suis enfermé dans ma Bastide, volets clos et cœur au sec, tout occupé à veiller sur mon or, cet or qui, sans que je m'en rende compte, me ronge le corps tout autant qu'il me ruine la vie.

Mais en dessous, je suis un peu comme la campagne. J'attends, moi aussi, qu'un grand bonheur arrive, grand à me faire péter le cœur, à me mettre la tête sens dessus dessous, à me faire tourner le sang à l'envers ! Un vrai bonheur, quoi !

Ce bonheur-là, c'est celui de ton retour, ma mère chérie, ce retour que j'espère depuis douze ans déjà.

J'en rêve, Adélaïde. J'en rêve chaque soir, chaque matin, à chaque heure de la journée, j'en rêve sans arrêt. Tous les jours, je me dis que, bientôt, tu vas enfin me revenir.

Alors j'attends, et, pendant ce temps, je refuse tous les autres bonheurs, parce qu'ils sont trop petits, parce que ce ne sont pas les bons.

Mais maintenant, je n'en peux plus de refuser. Je n'en peux plus. Surtout que le petit bonheur de ce matin d'avril, il est là, au beau milieu du parc, plein de rires, de chansons.

Ce bonheur, ce sont ces deux gamins, blonds comme les blés, beaux comme des dieux et coquins comme un clin d'œil en mal d'amour, qui me l'apportent.

Il est trop beau pour que je ne le prenne pas à pleines mains, pour que je ne fasse pas un bout de chemin avec, parce que, surtout, c'est lui qui va me donner la force d'attendre ton retour.

Et d'espérer encore.

2

Il ne me fallut pas plus d'une minute pour jeter ma misère aux orties, et faire place nette.

Il n'en fallut pas davantage à Marie pour retrouver ses vieilles habitudes. À peine avait-elle franchi la porte de la cuisine que, tout de suite, je dus subir ses premières jérémiades.

— Mon Dieu, Toninou, vous m'avez tout laissé à l'abandon. Regardez-moi cette cuisine, une truie y trouverait pas ses petits.

Il faut d'abord que je te dise, ma mère, que ces deux enfants blonds qui jouent dans le parc, ce sont ceux de Marie. Oui, Marie, la cuisinière de la Bastide du temps où nous vivions ici, toi et moi. Celle qui riait toujours, en remuant ses gros seins. Ces deux blondinets, ce sont les siens, des jumeaux. Pierre et Jean, qu'ils s'appellent. C'est un prisonnier allemand qui les lui a faits, pendant la guerre, en échange de son sentiment.

— J'en aurais eu six, si j'avais pu, qu'elle m'a dit un jour. Mais le bon Dieu a voulu me punir de mon péché.

À voix basse de crainte qu'Il ne l'entende, elle a même ajouté :

— Mais je L'ai eu, malgré ce. J'en ai fait deux d'un coup, et, en plus, deux beaux.

Après quoi, elle s'est signée, plusieurs fois, de peur qu'Il ne la punisse maintenant de son arrogance.

C'est vrai qu'ils étaient beaux, les jumeaux de Marie. Beaux, intelligents, espiègles et rusés comme des renards. « Ils ont tout pour eux », aurait dit ma mémé Petite, tout, y compris le bâton pour se faire battre.

Ils venaient tout juste de tourner leurs cinq ans, mais, sans aucun doute, ils en paraissaient déjà deux de plus. Dès le premier matin, ils sont venus me réveiller dans ma chambre bleue.

— Tonton Tonin ! Tonton Tonin ! qu'ils ont crié en poussant la porte, faut se lever, c'est l'heure des feignants.

L'heure des feignants, à la campagne, c'est l'heure de ceux qui se lèvent après le soleil. J'ai fait semblant de ne pas les entendre, parce que je ne savais pas encore comment on s'amuse avec les enfants. Alors, ils se sont jetés de concert sur l'édredon et ont envahi mon lit en criant encore des tontons à tout-va. Voilà, d'un seul coup, je faisais partie de leur famille. Pour moi, c'était tout nouveau, mais pour eux, c'était tout simple. Les enfants, c'est toujours tout simple.

— Bon ! s'exclama Marie quand, plus tard, je suis arrivé dans ce qui était redevenu Sa cuisine, bon, c'est pas tout de mettre son monde au travail, encore faut-il que le patron donne l'exemple. Tenez, le café est fait de frais, mais y a pas l'ombre de rien à manger de convenable dans cette maison.

— Marie, vous arrivez tout juste et déjà vous rouspétez.

— Oh ! bé, reprit-elle, il faut bien que quelqu'un vous remue les puces. Allez, prenez votre café et fichez-moi le camp. Édouard vous attend à la bergerie. Mon Dieu, il m'a dit : On a du pain sur la planche pour remettre tout ça en marche. Y paraît que tout est rouillé.

Parce que, Adélaïde, je ne t'ai pas encore tout dit de ce matin d'avril. Avec Marie et les jumeaux, il y avait aussi Édouard. Oui, celui-là, l'Édouard de la Baraille. Celui qui m'a appris à lire l'heure sur le réveil en chiffres romains de la mémé. Pas une mince affaire d'apprendre à lire les chiffres romains, c'est tout de travers. Il lui en a fallu de la patience. C'est un homme bon, qu'elle disait, ma mémé Petite, un homme bon. Eh bien, tu peux me croire, c'est vrai, c'est un homme bon, un homme au grand cœur. La preuve, il l'a épousée, Marie. Pour que les jumeaux aient un nom. Mais je crois, je suis sûr même, que c'est tout simplement parce qu'il l'aimait, elle.

— Toninou, me dit-elle, Toninou, on voit bien avec mon homme qu'ici y a pas le sou. Alors, je voulais te dire de pas te faire de souci, on fera ce qu'on pourra pour aider, et, pour les gages, du moment qu'on a le pain et le toit, on peut attendre.

Elle s'agitait, comme toujours, parlant à la ronde tout en se déplaçant d'un bout de la pièce à l'autre.

— Boudie! qu'elle continua, on est tellement contents d'être là que le reste compte pour rien. Mon pauvre Tonin, si tu voyais les enfants de la ville comme ils sont, tu aurais peur. C'est pour ça que j'ai dit à mon homme, allons là-haut, les jumeaux, il leur faut le grand air. Et puis, il vaut mieux une bonne miche de pain et du fromage frais qu'un bas de laine bien rempli.

Antonin, Toninou, monsieur Antonin, elle ne se décidera jamais, Marie, à m'appeler d'une seule façon. Pour elle, j'étais toujours le petit garçon qu'elle goinfrait de gâteaux quand tu me grondais, mais, devant les étrangers, je redevenais l'homme, le patron, le maître de la Bastide.

— Du moment que mon cœur s'y retrouve, me dit-elle une fois que je lui en faisais la remarque.

Son cœur, il n'y avait pas de souci à se faire. Il aurait trouvé la place d'aimer les damnés de l'enfer.

Elle revint vers la table, son verre de café à la main, et s'assit face à moi. Elle en avait des choses à me dire, Marie, seulement, elle ne savait pas par où commencer.

Bien sûr, elle aurait bien voulu parler de toi, ma mère, du mystère de ton absence, car c'était la chose la plus importante de notre vie à tous, mais ça, comme d'un commun accord, nous savions que nous n'en dirions pas un mot. Il ne faut pas remuer les vieilles douleurs quand on sait qu'on ne peut pas les guérir. Alors, il y avait le reste, tout le reste, et bien que ça n'ait plus beaucoup d'importance maintenant, Marie, il fallait qu'elle le raconte, qu'elle vide son sac pour pouvoir se sentir bien.

— Ça a pas dû être rose tous les jours pour toi, eh, mon pauvre Toninou. Souvent, je me suis dit, qu'est-ce qu'il devient ? Comment il fait, avec tout son tracas ?

Nous étions là, à nous regarder, mêlant toutes nos pensées en travers de la table.

— Édouard aussi, il le disait pas, mais ça le travaillait, de pas savoir ce que tu devenais.

Quand les autres vous parlent de vous, c'est parce qu'ils n'osent pas vous parler d'eux, alors, il faut simplement les écouter, pour comprendre tout de ce qu'ils veulent vous dire.

— Mais, des fois, reprit-elle en soupirant, on fait pas comme on veut. J'y ai bien pensé, quand je suis partie, que tu serais seul, seulement, tu sais comment ils sont ici, pour critiquer, ils sont pas les derniers. Alors, tu parles, moi enceinte jusqu'au cou, et d'un prisonnier, c'était pas de bonne réclame pour la paroisse. Mais j'aurais pas dû partir, pas avant de t'avoir vu revenir de la guerre.

Ils s'écoulaient lentement ces remords qu'elle portait comme une croix, mais ils s'écoulaient, et c'était là l'essentiel. Alors, je la laissais faire.

— Je suis allée à la ville, seulement, pour trouver du travail, rien à faire. J'ai vu le moment où j'allais me jeter par-dessus le pont. Ça aurait servi à rien, parce que, grosse comme j'étais, j'aurais fait peur même aux poissons.

Elle arrêta un rire qui pointait.

— C'est là que j'ai rencontré Édouard. Enfin, pas par hasard. Il est venu me voir dans mon galetas. Mon pauvre Antonin, si tu avais vu mon malheur, là-haut, sous mon toit, sans personne à qui parler. Alors, quand on a frappé à ma porte, vé, j'ai cru que c'était la mort.

Tout en racontant, elle chassa d'un revers de main cette ombre qui passait sur elle.

— Hé bé, non, reprit-elle, figure-toi que c'était lui.

Elle soupira, remonta une mèche de cheveux qui lui tombait dans le cou et la fixa avec son peigne.

— Je l'avais pas vu souvent, seulement du temps où il travaillait pour ta mémé, à la Baraille. Ça remontait à loin.

Elle regarda vers la porte. Personne.

— Le répète pas, mais quand je l'ai vu, je me suis dit, voilà un bel homme. Si tu étais pas dans ton état, tu lui dirais pas non.

Elle gloussa un peu, toujours espiègle.

— Des fois, on a de ces idées, je te jure ! Hé bé, il venait pas pour moi. Il voulait savoir si j'avais de tes nouvelles. Alors on a parlé. Puis je lui ai dit ce que j'attendais, un événement, et aussi que j'avais une envie de pommes, et que ça me donnait du souci pour le petit à naître. Parce que tu sais, quand une femme enceinte a une envie comme ça, le petit, il risque de venir avec une pomme sur le nez, ou ailleurs.

Là, je ne pus retenir mon rire.

— Marie, heureusement que vous n'avez pas eu envie d'une courge.

— Oui, ou d'un éléphant, comme celui du cirque, avec son grand machin devant. Mon Dieu ! Antonin, tu me fais dire des bêtises.

Cette fois, ses gros seins se soulevèrent, et à son tour elle s'offrit un grand éclat de rire. Puis, elle alla se servir un autre verre de café et revint vers la table. Mais maintenant, elle n'était plus morose, comme quand elle avait commencé de parler. Le sac se vidait, et elle allait mieux.

— Édouard, il a pas ri quand je lui ai dit ça. Le lendemain il est revenu me porter des pommes. Puis, il m'a dit que, si je voulais, il donnerait son nom au petit.

Elle se frotta le visage, pour enlever une goutte de sueur qui ne voulait pas couler.

— J'ai pensé à toi, à ce que tu avais passé à l'école, de pas avoir de père. Les enfants de l'amour, on a beau dire, ce sont quand même des bâtards. Tu en sais quelque chose, hé !

Oh oui ! J'en savais quelque chose, moi, le bâtard de la Baraille. Et on a beau dire et beau faire, être bâtard, c'est comme être bossu. On naît avec, et on meurt avec.

— Et voilà, reprit-elle, tout de suite on s'est mis ensemble. Et deux mois après, on était mariés.

Elle regarda à nouveau rapidement vers la porte, comme pour conjurer le mauvais sort.

— Ça, je peux pas dire, j'en ai eu de la chance.

Mais tu m'as manqué, mon Toninou. Alors, quand j'ai su que Jules était mort et qu'il t'avait laissé son bien, j'ai dit à mon homme : C'est le moment. On va pas aller l'enquiquiner pour l'hiver, mais au printemps, je veux être à la Bastide.

Elle contempla ce qu'il y avait autour d'elle.

— Et puis, ma cuisine me manquait, qu'elle murmura presque.

— J'espérais bien qu'un jour vous reviendriez, mais je ne m'attendais pas à vous voir avec Édouard.

— Et encore moins avec mes deux merdeux, hé !

— Des merdeux comme ça, on voudrait en voir partout tellement ils sont pleins de vie.

On riait, simplement parce qu'il faisait bon de rire.

— Mon Dieu, dit-elle soudain en essuyant une larme, mon Dieu, quand même ! Si elle était là.

Et elle posa son regard droit dans le mien, pour savoir si elle pouvait enfin me parler de toi, ma mère. Elle n'avait pas pu s'en empêcher, de me rappeler que tu lui manquais, à elle aussi. Mais je ne lui laissai pas le temps d'aller plus en avant dans son propos.

— Marie, lui dis-je soudainement, j'ai ce qu'il faut pour vous payer.

Elle me regarda, étonnée.

— Antonin, te fais pas de souci, on a pas beaucoup, mais on a de quoi faire bouillir la marmite pour le moment.

— Marie, je vous dis que j'ai de quoi vous payer, et en plus, de quoi remettre un peu le domaine en état.

— Hé, patron, reprit-elle en changeant de ton, je sais pas si vous vous rendez compte, mais il en faudrait un bon paquet pour réparer tout ça. Sans compter qu'il n'y aura pas de récolte, puisque vous avez ni labouré ni semé. Quand même, Toninou, qu'est-ce que vous avez fait, de tout ce temps ?

— Marie, j'ai ce qu'il faut, lui répétai-je calmement.

Elle attendait. Elle me souriait, mais dans le fond, elle se demandait si j'avais pas un peu perdu la tête.

— Allez chercher Édouard, lui dis-je, il faut que je vous fasse voir quelque chose.

— Qu'est-ce que tu me caches, me dit-elle, suspicieuse, tu as pas fait de bêtises, au moins ?

— J'ai passé l'âge.

— Oh, pour ça, il y a pas d'âge !

— Alors, ne traînez pas, allez chercher Édouard.

Marie, je me disais en montant à ma chambre, c'est pas une bêtise que je vais vous faire voir, c'est de l'or. Oui, de l'or. Un tas d'or. Personne d'autre que moi ne l'a jamais vu, mais il m'appartient. Parce qu'il me vient de là-haut, de la fermette de la Baraille. Je l'ai trouvé dans un trou du mur, bien caché derrière une pierre. Un miracle que personne ne l'ait jamais pris.

D'où il me vient, cet or ? Mais de Mathilde et Mathurin, mon papé et ma mémé. Hé oui, Marie, cet or, c'est le magot des Maillefer !

3

Je tenais maintenant mon sac d'or à pleines mains. Soudain, j'ai eu peur. J'allais faire voir mon trésor, j'allais tout leur révéler. Puis mon angoisse se dissipa. Si je ne faisais pas confiance à Marie et à Édouard, alors, je ne ferais jamais confiance à personne. Et, sans plus réfléchir, je revins dans la cuisine. Marie arriva sur ces entrefaites.

— Il vient, me dit-elle, mais tu sais, il est en souci, de voir tout ce travail devant lui. Faudra faire comme on peut.

Alors, sans attendre plus longtemps, j'ouvris le sac et vidai son contenu sur la table.

— Voilà, Marie, maintenant vous êtes rassurée.

Elle poussa un cri. Un premier, puis un deuxième, puis encore un autre. J'avais oublié combien de cris d'animaux Marie pouvait pousser en quelques secondes. Maintenant, c'était le sifflement du pinson, puis le gloussement de la dinde et juste après, le hennissement du cheval. Sa poitrine montait, descendait, ses bras s'entortillaient l'un sur l'autre. Enfin, épuisée par tant de labeur, elle s'effondra sur le banc.

— Toninou, mon Dieu ! Toninou, jure-moi que c'est à toi, que tu l'as pas volé.

— Mais, Marie, il n'y a que vous pour avoir de pareilles idées.

— Jure-moi, Antonin, jure-moi !

— Je vous le jure !

— Sainte Vierge, cria-t-elle en se mettant à genoux, faites que ce soit vrai.

Puis elle se releva, quitta son tablier et, d'un geste rapide, en recouvrit la table.

— Je préfère le cacher avant que ma tête me tourne. Tout ça, mon Dieu, tout ça d'un coup.

Je me dis que j'avais bien fait de partager mon secret avec elle, car je compris en la voyant que l'or pouvait vraiment rendre fou. Et c'est bien ce qui m'était arrivé depuis que je l'avais trouvé.

Édouard entra dans la cuisine, la casquette rivée sur le crâne, la démarche forte et cadencée de l'homme qui connaît son chemin et le prend à son pas.

— Assieds-toi, lui dit Marie. Assieds-toi.

Elle voulait le ménager. Il se mit sur le banc, à mon côté. Alors elle souleva le tablier et découvrit l'amoncellement de pièces. Édouard ne broncha pas d'un poil. Il regardait, presque comme si c'était un plat de châtaignes. Il regardait, mais ses yeux buvaient l'or tandis qu'il luttait pour l'empêcher de lui monter à la tête.

— Mais, enfin ! lui dit Marie.

— Enfin quoi ? répondit-il sèchement.

— C'est de l'or !

— Je vois bien.

— C'est à Antonin.

— Hé bé, c'est bien.

Il se leva, revissa sa casquette sur son crâne.

— Ne le laissez pas sur la table, me cria-t-il de la porte. Et si vous avez un moment, je voudrais vous faire voir quelque chose d'important.

Et il sortit.

— Quelque chose d'important ! Et ça, continua Marie en pointant son doigt vers le tas de pièces, et ça, c'est pas important ?

Elle pencha la tête, remit en place son sein droit qui glissait hors du corsage.

— Oh ! dans le fond, il a raison, le plus important, c'est la santé. Et puis, Édouard, rien ne le trouble, qu'elle ajouta, rien, sauf les petits. Je crois qu'il les aime plus que s'ils étaient de lui.

Et ce disant, elle se mit en devoir de remettre les pièces dans leur sac de toile.

— Toninou, tu veux que je te les compte ? me demanda-t-elle.

Je ne répondis pas. Je me levai et, la laissant à son occupation, je partis rejoindre Édouard. C'est bien vrai qu'il a raison, me dis-je à mon tour, après tout, ce n'est que de l'or. Et tout guilleret pour la première fois depuis fort longtemps, je me mis à siffloter en descendant vers les communs.

Il faisait doux. C'était bien le printemps. Même que dans le ciel, deux hirondelles jouaient à faire du bleu.

4

Alors que j'approchais de la bergerie, les jumeaux sortirent d'une salle basse. Pierre, ou Jean, tirait une vieille chèvre avec un bout de corde, Jean, ou Pierre, la poussait avec les mains.

— Papa, hurla l'un d'eux, papa, c'est nous qu'on l'a trouvée. Elle est à nous. Hé, on peut la garder?

Et sans attendre de réponse, ils s'enfuirent dans le parc.

— Je me demande d'où peut bien venir cette chèvre, dis-je en regardant Édouard.

— Vu son âge, certainement pas du bouc, qu'il me répondit.

Avec le temps, il prenait un peu des bons mots de Marie, ce qui me fit rire, et il en fit de même.

— Ce sont de beaux petits, Édouard, que vous avez là, et je suis vraiment content de les voir ici.

— Moi aussi, me répondit-il avec toujours sa même économie de mots. Moi aussi.

— Édouard, ça me ferait bien plaisir que vous me tutoyiez, comme autrefois.

Il posa son regard humide sur moi.

— On verra, qu'il dit avec un trouble dans la voix.

— Vous vous rappelez la fois où vous m'avez emmené pêcher à la rivière et qu'on a fait un moulin à eau avec des bouts de bois. J'ai essayé de le refaire, je n'ai jamais réussi.

Il restait silencieux. Il cherchait ses mots, puis il

poussa un profond soupir. Il était trop tôt pour parler du passé. Plus tard, quand nous nous serons vraiment retrouvés, lui et moi.

— Bon, alors, patron, de quel côté on commence ? Parce que, c'est pas pour dire, on a un sacré chantier.

— Édouard, il faut que je vous demande une chose, enfin, il me faut un conseil.

Nous étions devant la bergerie. La porte pendait misérablement sur ses gonds. À mes pieds, des touffes d'herbes commençaient d'envahir la cour et bientôt soulèveraient les pierres. Plus loin l'eau, qui autrefois alimentait les abreuvoirs, s'écoulait maintenant par un tuyau percé et formait une mare dans un coin du jardin. Il fallait faire vite pour tout reprendre.

— Édouard, qu'est-ce que je fais, avec l'or ?

Il regarda vers le lointain, et, sans se retourner, me demanda :

— Il vient d'où ?

— De la Baraille.

Il releva la tête.

— Alors, c'est bien vrai ?

— Quoi donc ? lui demandai-je, étonné.

Il se mit à rire.

— L'histoire du magot.

Il se tourna vers la porte branlante, comme pour juger de son état.

— Qu'est-ce que c'est, l'histoire du magot ?

— Je la connais pas. Seulement tout le monde disait que ton grand-père Mathurin en avait un, mais que c'était du mauvais or.

Il réfléchit un instant.

— Enfin, de l'or qui portait malheur.

Il sortit sa blague à tabac et commença de rouler une cigarette.

— Des racontars, tout ça, comme le mauvais œil ou la sale misère.

Il tira une bouffée puis souffla un peu de fumée en l'air.

— L'or, c'est mauvais que pour les imbéciles, ceux qui se laissent attraper. Ça leur tourne la tête, et ils savent plus ce qu'ils font.

Il souffla profondément, comme si cette longue conversation l'épuisait.

— Mais toi, tu as bien trop vécu pour la perdre, ta tête. Pas vrai ?

Il fixa son regard sur moi, sans sourciller.

— Toi, tu es un Maillefer, et un Maillefer, c'est pas de l'or, même un tas, qui va le rendre maboul.

Puis il se releva, écrasa son mégot, souleva la porte de ses gonds et la laissa tomber en morceaux sur le sol.

— Elle était toute pourrie, me dit-il en riant. Alors, maintenant, patron, par où on commence ?

— Je crois bien qu'on a déjà commencé, Édouard.

Et nous attaquâmes, sans relâche, le grand ménage de la bergerie.

Il n'est rien de tel que de plonger les mains dans le fumier pour vous remettre les esprits en place. À chaque coup de pelle, à chaque brouette remplie, à chaque dalle du sol enfin propre, c'était comme si mon sang se mettait soudainement à circuler de nouveau dans mes veines. Je crus même, à un moment, ne pas pouvoir contenir ce flot d'émotions qui montait en moi, un peu comme une grande vague va à l'assaut de la falaise.

Ainsi, au fur et à mesure que les heures s'écoulaient, je reprenais lentement possession de mon bien. À la tombée de la nuit, rompu par une longue journée de labeur mais heureux d'avoir pu la mener jusqu'au bout, je m'assis enfin sur la balustrade du perron. De là, je pouvais, d'un seul regard, embrasser le parc, les communs, et plus loin, en levant les yeux, voir la colline de la Baraille sur laquelle était toujours accrochée la fermette des Maillefer. Un jour, me dis-je, un jour je remonterai vivre là-haut.

De son côté, assis sur une marche, Édouard se roulait une cigarette.

— Tu en veux une ? me demanda-t-il.

— Je veux bien. J'ai plus de tabac.

— J'en ai, dit-il en me tendant sa blague.

Sur ces entrefaites les jumeaux arrivèrent, pour une fois sans crier.

— Où est votre chèvre ? leur demanda Édouard.

— Elle veut plus jouer. Elle dort.

Ils me tendirent les bras et je les hissai chacun leur tour sur la balustrade. Ils se blottirent contre moi. Je ne pensais à rien, parce qu'on ne pense à rien quand on est heureux. Simplement qu'il faisait frais et que ces deux petits corps me réchauffaient. Machinalement je fis partir deux ou trois beaux ronds de fumée dans l'air. Il y eut un seul cri à deux voix. Pierre et Jean sautèrent sur le sol.

— Attrape-les ! hurlaient-ils, attrape-les !

Et ils partirent en courant après les ronds.

— Des nouvelles de Georges ? me demanda Édouard.

— Georges ? Il va bien. Il a fait la guerre. Maintenant il vit à la ville. Il construit des voitures.

— C'est bien.

— Vous vous souvenez de lui ?

— C'est lui qui t'a appris à faire les ronds.

Il sourit. Par moments, il avait une petite moue un peu canaille.

— Entre autres choses, qu'il continua. Entre autres choses.

Et sans en dire plus, il se leva et rentra dans la maison.

— Vous sentez le pissou, nous cria Marie dès

que nous passâmes la porte de sa cuisine. Vous allez pas vous mettre à table sales comme vous êtes.

Édouard se tourna vers moi.

— Il faut se laver les mains et le museau avant d'avoir droit à la soupe, me dit-il, c'est la loi.

Puis, regardant Marie et la pièce rutilante de propreté, il ajouta en catimini :

— Elle a des doigts de fée. Elle sait tout faire.

Deux petites étoiles brillaient dans ses yeux. Même s'il n'en disait rien, il était follement amoureux d'elle, et elle le lui rendait bien.

Édouard et Marie, me dis-je en les voyant s'asseoir à la table, qui aurait pu les imaginer un jour ensemble, et si heureux ? Qui ? Certainement pas moi. Et pourtant, je n'ai jamais rencontré depuis deux êtres autant faits l'un pour l'autre.

Comme quoi, il ne faut jamais douter de rien.

Voilà, Adélaïde, maintenant tu sais tout. Ils se sont installés ici, Édouard, Marie et les enfants. Ils ont retrouvé leur place d'autrefois, ou presque, avec des plus, et avec des moins.

Les moins, c'est qu'il faut tout remettre en état, parce que les vignes sont sèches, les champs pleins d'ivraies, la bergerie vide et le matériel foutu. Ça, c'est à cause de la guerre qui a pris les hommes et nous a rendu des monuments avec leurs noms gravés dessus.

Les plus, il n'y en a qu'un, mais il est tellement grand que ça compense tout le reste. On est comme une famille, une vraie, pas comme celle que je m'inventais quand j'étais en pension, non. Ici, on est comme une famille qui mange ensemble, qui rit ensemble, qui travaille ensemble. Enfin quoi, comme celle que j'ai toujours voulue, et que je n'ai jamais eue.

Mais je ne t'en veux pas, maman. Je ne t'en veux

pas. D'ailleurs, je ne t'en ai jamais voulu de rien. Je me dis même tous les jours que j'ai eu beaucoup de chance de t'avoir eue avec moi si longtemps, pendant toute une année à la Baraille et encore autant à la Bastide. Plus un dimanche chaque mois, du temps où tu travaillais à la ville.

Et maintenant, tu vas revenir, bientôt, de ton grand voyage au milieu des oueds et des oasis. Tu vas même, certainement, me ramener des odeurs de loukoums, de caravanes, de turbans et de dunes. Mais, par-dessus tout, tu vas me couvrir de tes bras, m'étouffer de tes baisers, m'enivrer de tes paroles. Tu vas aussi me faire dire, raconter, tout ce que j'ai fait, tout ce que j'ai vu pendant ces douze ans loin de toi. Parce que tu veux tout savoir de moi, tout. Même ce que je veux te cacher.

Mais tu n'auras pas à demander, ma mère chérie, car j'ai tellement envie de toi, de t'aimer fort, que je te dirai tout, tout de suite. Et puis, tu le sais bien que depuis ton départ, tout ce que j'ai fait, c'est pour que tu sois fière de moi, le jour de ton retour.

Alors, dès que tu seras là, toi et moi, comme autrefois, comme toujours, seulement toi et moi, nous nous laisserons emporter par le vent et nous danserons jusque dans le ciel notre éternelle ritournelle de rires fous.

Ça, ce sera un vrai grand bonheur.

5

La force du paysan, c'est de savoir attendre. Alors, je remis mon sac d'or sous le lit, bien décidé à ne plus le laisser m'empoisonner la vie. Oh ! bien sûr, nous manquions de tout, et je savais qu'il faudrait le dépenser, mais j'allais le faire posément, quand le moment serait venu.

— Antonin, je vous ai dit qu'on a de quoi faire bouillir la marmite, me répéta Marie, alors c'est pas la peine de courir, qu'après, on s'en mord les doigts.

Et sur-le-champ elle partit faire quelques achats, et papoter, chez Marthe, la brave Marthe qui se vieillissait lentement derrière le comptoir de son café-épicerie-tabac. Comme tout le village, et avec lui, toute notre montagne.

— Mon Dieu, nous dit-elle en revenant chargée comme une ânesse, la pauvrette, il lui reste que les yeux pour pleurer. C'est que, y a plus assez d'hommes dans le pays, pour lui faire recette. Y a que des veuves, quelle tristesse ! Elle m'a dit que c'était plus le bon temps comme avant.

Elle sort de son panier du sucre, de la farine, des légumes secs, un beau morceau de lard.

— Les gens se plaignent sans arrêt. Ils pensent toujours à hier et jamais à demain. Je lui ai dit, Marthe, c'est demain qui est important. On le sait bien que les choses seront plus jamais comme avant, et tant mieux. Qui voudrait repasser ce qu'on vient de vivre ? Eh, je vous demande un peu ? Alors, ça sert à rien de se lamenter. C'est vrai, quoi !

Elle range le tout dans le garde-manger.

— En tout cas, ça lui en a bouché un coin de me revoir. Et si tu avais vu sa tête, Toninou, quand je lui ai dit que j'étais mariée, et bien mariée, que tout allait très bien, qu'on s'installait ici, et que, en plus, je payais comptant. Tu sais ce qu'elle m'a dit, devine ? Il a des sous ? qu'elle m'a dit, en parlant de toi. Des sous, que je lui ai répondu, boudie ! Ma pauvre, ça roule de partout.

— Peut-être qu'il vaudrait mieux ne pas en dire trop là-dessus.

Elle me regarde, les mains sur les hanches.

— Antonin, plus tu leur en dis, moins ils en croient. Ils sont comme ça, braves que braves, mais bêtes que bêtes. En attendant, ils ont de quoi jacasser, et ils nous foutent la paix.

Il y avait longtemps qu'elle devait attendre ce moment, Marie. Revenir à Cassagnettes, la tête haute, et le portefeuille garni, histoire de leur faire voir. Un jour, ils devront compter avec elle.

— Maintenant, reprit-elle, moi j'ai mon travail tout tracé, alors, les hommes, à vous de faire le vôtre.

Et sans attendre, tout en chantonnant, elle entreprend de cuisiner le repas du soir.

C'est bien vrai, me dis-je en sortant, c'est bien vrai ce qu'on dit. Les hommes font la maison, mais c'est la femme qui en fait un foyer.

Comme le printemps était trop avancé pour se mettre aux travaux des champs, on commença, avec Édouard, par ce qui était à proximité, et surtout, ce qui serait le plus rapidement utilisable et rentable. D'abord le potager, afin de pouvoir faire des semis de salades, de tomates, de courgettes et de tous les légumes dont nous allions avoir besoin.

Fort heureusement, les dernières graines récoltées n'avaient pas pourri et de plus, les herbes, comme le persil, les épinards et la mâche s'étaient reproduites toutes seules dans les coins abrités.

— Mettez-moi les semis près de la fenêtre,

venait nous dire Marie, comme ça je pourrai surveiller les oiseaux.

Elle repartait, mais revenait tout aussitôt sur ses pas.

— Oh, et puis, mettez-les où vous voudrez, j'aurai pas le temps de m'en occuper, des oiseaux. Antonin, vous avez pas vu ma légumière, la grande que j'aimais bien ?

— C'est quoi, Marie, une légumière ?

— Ça a passé sa jeunesse dans un collège, et ça sait pas quoi c'est une légumière. C'est pour passer les légumes.

— Je l'ai pas vue.

— Je savais, quand je suis partie, je le savais qu'on me la volerait, je le savais. Pratique comme elle était.

Elle s'en retournait à sa cuisine, ou dans une autre partie de la maison, avant de nous appeler par une fenêtre pour nous donner un conseil de plus. Marie, d'avoir toute cette demeure pour elle, ça la chamboulait complètement.

Une fois le potager fini, ce fut le tour du poulailler. Certes, il avait autrefois contenu jusqu'à un cent de poules, des dindes, des canards et même quelques oies, mais aujourd'hui nous allions en réduire la surface afin d'en refaire plus facilement la toiture qui s'écroulait, ce qui nous prit trois jours. Marie descendit au marché de Laval où elle acheta, avec ses maigres économies, une paire de lapins, quelques poussins et quelques poules adultes.

— Pour les œufs, nous dit-elle, parce qu'on peut rien faire sans œufs, dans une cuisine.

Et le soir même, comme pour se justifier, elle nous fait une omelette et une crème avec du pain perdu. Les jumeaux, qui étaient tout aussi gourmands que moi, poussent des cris de joie.

— Tonton Tonin, regarde, on se fait des moustaches avec la crème. Tu sais faire ?

Alors je lèche un peu mon bol.

— Toi aussi, tu en as, et la chèvre, on va aller lui en mettre.

— C'est pas un jeu, de gaspiller la crème, crie Marie.

Mais les jumeaux continuent de s'amuser, parce qu'il fait bon rire. Avec Pierre et Jean, tout prend vite l'allure d'une fête.

— Ça va pas être tous les jours pareil, leur précise Marie, faut pas rêver.

Il nous fallut une bonne semaine de plus pour donner un peu d'allure aux abords immédiats de la maison. Il n'était pas question d'entreprendre plus que nous ne pourrions maintenir, mais, quelques plates-bandes autour du perron, les rosiers sous les fenêtres et les hortensias dans les coins d'ombre pouvaient encore être sauvés, ce qui ne gâcherait rien au plaisir des yeux.

— Édouard, tu as mis du fer dans les hortensias ? venait demander Marie.

— Du fer ?

— Pour qu'ils deviennent bleus. C'est mieux, pour les bouquets à la Vierge.

Elle partait, puis elle revenait, comme toujours.

— Ça fait rien, si tu as pas mis du fer, je ferai que des hortensias roses. Oh ! puis, ça servira à rien, l'église est fermée.

Et il allait chercher des bouts de fer pour mettre entre les racines d'hortensias.

— Ça lui fera plaisir, quand ils fleuriront, de voir que j'ai mis du fer.

Il lui aurait décroché la lune, si elle l'avait demandée.

Oh ! bien sûr, il y avait plus urgent comme travaux que de s'occuper des fleurs. Mais pour nous qui avions connu la Bastide dans toute sa splendeur, il était important de lui redonner un peu de son lustre d'antan. Et puis, nous avions également besoin de trouver chacun notre place, dans la grande maison, et surtout, l'un par rapport à l'autre. Par moments, il y avait comme un peu de gêne.

— C'est pas qu'on veut vous dire ce qu'il y a à faire, m'expliquait Marie, que non, c'est vous le patron, mais, qu'est-ce que vous voulez, on t'a vu grandir, on t'a presque élevé, alors, par moments, c'est comme si je parlais à mon gamin.

— Ça va, Marie, il n'y a pas besoin d'expliquer.

— Eh oui, mais les jumeaux qui vous appellent tonton, des fois ça m'embarrasse. C'est pas nous qui leur avons dit, ça leur est venu tout seul.

— Ça va, Marie, ça va. C'est bien ainsi. Ça me fait plaisir.

— Seulement, instruit comme vous l'êtes, c'est pas normal que vous soyez là à travailler comme un forçat.

— Bon, vous voulez que je vous dise une grossièreté ?

C'était le seul moyen de lui faire cesser ses complaintes.

— Ah non ! Je suis une femme, on me parle pas mal. Cochon que tu es, tu en es bien capable.

Et du coup, elle changeait de sujet.

Pendant qu'Édouard et moi faisions les extérieurs, Marie astiquait, nettoyait, époussetait, rangeait, et rouspétait pour se donner du courage.

— Des robes, mais qui va mettre des robes comme ça de nos jours, marmonnait-elle en ouvrant une armoire. Bon, je verrai après. Qu'est-ce que je cherche ? Ah ! oui, des draps de lit. Je perds la tête. Té, en voilà. Mon Dieu, ils sont tout jaunes. Hé bé, vous coucherez dans des draps jaunes. Je les blanchirai un autre jour.

Je ne disais rien. Je la laissais faire. Les histoires de draps et de nappes, c'est affaire de femme. Un soir, j'ai même retrouvé ma chambre bleue toute propre et bien tirée, l'armoire en bambou ravivée à la cire d'abeille et un nouvel édredon sur le lit. Marie était passée par là.

J'eus envie de la remercier, mais pas simplement d'un merci jeté du bout des lèvres. Seulement, je ne savais pas trop comment faire. Alors, le lendemain, j'ai cherché, pour le lui offrir, le tablier bordé de dentelle blanche que ma mère portait du temps où elle était gouvernante à la Bastide.

Tu te souviens, maman, de ce tablier. C'est monsieur Jules qui te l'avait offert, le soir même de notre arrivée ici. Il venait juste de te nommer gouvernante de la maison. Je ne savais pas ce que ça voulait dire, d'être gouvernante, mais comme tu étais folle de joie, j'ai pensé que c'était sûrement quelque chose d'important. En tout cas, ce tablier, moi je trouvais que c'était un beau cadeau, un cadeau de riche. Alors, j'ai voulu l'offrir à mon tour. À Marie. Oh ! pas pour la remercier d'avoir nettoyé ma chambre, non, plutôt pour lui dire combien j'étais content qu'elle soit revenue. Et puis, j'ai pensé que ça te ferait plaisir de savoir que c'est elle qui le porte.

Je suis allé voir dans ta chambre, enfin, ce qui était ta chambre avant que tu ne partes. Tu sais, ça m'a fait tout drôle. Je n'y avais jamais remis les pieds. Sur le mur, j'ai retrouvé la photo de mariage de Mathilde et Mathurin, bien dignes et sérieux dans leurs habits du dimanche. Tout de suite j'ai pensé que si tu l'avais laissée ici, c'est que tu avais bien l'intention de revenir, sinon, tu l'aurais emportée avec toi, dans ton Afrique. C'est vrai, quand on part pour ne pas revenir, on emporte tout ce que l'on aime. Moi, quand on m'a envoyé sur le front, j'ai pris ta photo, celle du jour de tes dix-huit ans, et je l'ai gardée tout le temps dans mon portefeuille, sur mon cœur.

J'ai un peu fouillé partout dans la pénombre de la chambre, doucement, sans faire de bruit, comme si tu dormais encore. Mais je ne trouvais pas le tablier. Puis soudain je l'ai vu, entre deux papiers de soie, délicatement posé sur le lit. Il était tout blanc et bien repassé, comme s'il t'attendait, lui aussi.

C'est Marie qui l'avait mis là. Elle ne m'en avait rien dit, mais je savais que c'était elle. Au cas où tu reviennes à l'improviste, parce que, elle aussi, elle espérait ton retour. Je n'ai quand même pas voulu changer mon idée. J'ai pris le tablier et je suis allé le poser dans la chambre qu'elle occupait avec Édouard, au bout du couloir. C'est tout. On n'en a pas parlé. Seulement, le dimanche venu, dans l'après-midi, elle nous a appelés, parce que c'était l'heure, qu'elle nous a crié de loin.

— Antonin ! Édouard ! Allez, venez, c'est l'heure.

On ne savait pas ce qu'elle voulait dire, avec son heure, mais nous avons quand même abandonné notre promenade autour du parc, et nous sommes revenus vers la maison.

— C'est par ici, nous a-t-elle dit, quand nous avons traversé l'entrée.

Par ici, c'était le salon. Le salon dans lequel tu adorais te reposer, laissant les rideaux de voile léger filtrer la lumière des derniers rayons de soleil, ou bien la première clarté de lune, dans l'instant où le jour ne ressemble pas encore à la nuit qu'il va épouser. Ce salon, fermé depuis le jour de ton départ, comme pour protéger l'image de ta beauté imprimée dans ses ombres.

Maintenant, la cheminée ronflait, le café attendait dans la cafetière de porcelaine, les tasses dormaient sur leurs sous-tasses fleuries. Des merveilles, ces petites gaufres saupoudrées de sucre glace que tu me faisais autrefois, se pavanaient sur un plateau, et les jumeaux, tout engoncés, se serraient dans un grand fauteuil de cuir craquelé. Marie, pomponnée, dans sa robe des grands jours, nous recevait. Avec, autour de la taille, bien amidonné, le tablier en dentelle d'Adélaïde Maillefer. Ton tablier, ma mère.

J'ai cru ne pas pouvoir supporter la vue de cette pièce sans toi, ni celle de ce tablier autour d'une autre taille que la tienne. Marie le comprit tout de suite.

— J'aurais pas dû, me dit-elle en se levant.

— Vous avez bien fait, lui répondis-je, c'est moi qui aurais dû y penser plus tôt. Dorénavant, on fera comme ça tous les dimanches.

Mais il n'y a pas eu d'autres dimanches dans le salon. Jusqu'à ce que longtemps après, bien longtemps après... Mais ça, c'est pour plus tard.

Souvent le soir, bien que je sois fourbu, pendant que Marie faisait le repas et qu'Édouard, avec son couteau, sculptait, comme autrefois, comme toujours, sculptait un bout de bois pour en faire un rémouleur ou un roi mage, moi je jouais à cache-cache avec les jumeaux.

— Tonton Tonin! me criait l'un en se dissimulant derrière l'armoire d'une chambre, c'est Pierre. Trouve-moi.

Et quand, après quelques détours, je l'attrapais par le col de sa chemise, l'autre sortait de dessous un fauteuil et, en riant, hurlait à son tour que j'avais perdu, parce que Pierre c'était lui et que je venais d'attraper Jean.

— Si vous les laissez faire, ils vous tourneront

en bourrique, me disait Marie, quand elle me voyait courir avec eux.

Puis, elle les appelait, jamais par leur prénom, toujours les deux à la fois.

— Les jumeaux, venez ici, arrêtez d'embêter monsieur Antonin. Vous m'entendez !

Et eux de se calmer, une minute, deux peut-être, puis de se glisser discrètement hors de la pièce, en me faisant un signe de la main, et alors je les rejoignais, et nous recommencions plus loin notre chambard.

Voilà comment, ma mère, petit à petit la vie reprit ses droits à la Bastide. Avec bien sûr son lot de petits tracas, mais surtout de bons moments, et aussi, fort heureusement, de grandes surprises.

La première justement nous attendait au bout du chemin.

6

Pierre et Jean, ayant déjà fait le tour de la maison, du grenier, des communs et du parc, entreprirent la découverte des alentours. Il faut bien dire que ces deux bambins, tout juste hauts comme trois pommes, n'avaient peur de rien.

— Trop de bon lait, me disait Marie. J'en aurais nourri une demi-douzaine, tellement j'en avais. Alors, tu parles, ils se sont pas privés.

— Bientôt, Marie, on pourra les mettre aux champs.

Elle m'avait regardé, outrée par mon propos.

— Ils iront à l'école, patron, aussi longtemps que je pourrai les y tenir.

Et elle était retournée à sa cuisine.

— Marie, lui dis-je ce soir-là en passant à table, je n'ai pas voulu vous vexer, ce matin.

Elle s'approcha de moi, et, ne pouvant résister, se pencha comme autrefois pour me voler un baiser.

— Je sais, Toninou, je sais. Et j'aurai pas honte s'ils veulent être paysans, mais par les temps qui courent, un peu d'instruction, ça leur fera pas de mal.

Elle s'arrêta un instant, puis reprit son propos.

— Ils sont intelligents, ça, on peut pas dire, mais justement, l'intelligence, si on sait pas s'en servir, ça vous fait faire que des bêtises. Té, regarde, moi, par exemple.

Je la regardai. Elle bougea la tête.

— Et quand je les fais pas, je les dis. Idiote que je suis.

Il ne nous restait qu'à rire, ce que nous fîmes.

— Mais eux, ils iront à l'école, ça, c'est garanti par moi, ajouta-t-elle en posant sa main sur son cœur. On a son honneur.

En attendant d'aller à l'école, ils couraient les chemins, sans se soucier ni du jour ni de l'heure. Maintenant, la nuit venait de tomber, et ils n'étaient pas encore rentrés.

— Où sont les jumeaux ? demanda leur père en s'asseyant sur le banc.

— Je les croyais avec toi, lui répondit Marie.

Édouard se dressa d'un bond. En quelques secondes, son visage s'était creusé.

— Marie, je veux pas qu'ils partent sans me dire où ils vont. Y a une rivière ici, je te l'ai déjà dit.

Ses mains tremblaient. Il avait la peur qui lui montait des tripes. Il remit sa casquette, prit son bâton et sortit.

— Je vais les chercher avec lui, dis-je à Marie en sortant à mon tour.

Je n'eus pas à aller bien loin. Les jumeaux couraient dans l'allée à notre rencontre.

— Papa ! Tonton Tonin ! Venez vite, on a trouvé un papé sous un arbre.

Édouard poussa un profond soupir.

— Il faut que je leur explique, me dit-il, il faut que je leur explique qu'ils ne peuvent pas me faire ça.

Il avait vraiment eu très peur. D'ailleurs, il aura toujours peur pour eux.

Pierre et Jean étaient maintenant devant nous, tout aussi essoufflés qu'excités.

— C'est un vieux papé, nous disaient-ils, tellement vieux qu'il peut plus marcher. Il est là-bas, assis sous un arbre.

— Qui cela peut-il bien être ? me demanda Édouard.

— Céleste, c'est certainement Céleste, lui répondis-je. Les enfants, menez-nous à lui.

En quelques minutes nous étions au chêne vert. À moitié couché dans l'herbe, Céleste attendait patiemment que la mort vienne le prendre. S'il n'avait pas eu son chapeau crasseux et sa canne, je ne l'aurais pas reconnu tellement il avait vieilli.

— Qu'est-ce qui vous arrive, monsieur Céleste ?

— Ah, fit-il, c'est toi.

— On va vous ramener à la Bastide. Un bon bouillon vous requinquera.

Il ne bougeait pas, ne disait rien, et je compris qu'il était encore plus mal en point qu'il n'y paraissait. Édouard m'aida à le soulever et nous le prîmes par-dessous les épaules pour le porter. À travers son paletot, je sentis qu'il ne lui restait que la peau sur les os.

— Allez chercher une chaise, j'ordonnai aux

jumeaux, et dites à votre mère de faire un lit dans la chambre d'en bas.

Ils partirent en courant et revinrent tout aussi vite, traînant une chaise derrière eux. Nous assîmes Céleste dessus et ainsi il nous fut plus facile de le transporter jusqu'à la maison. À peine fut-il au chaud qu'il reprit quelques couleurs, mais le temps et les privations semblaient avoir fait leur œuvre.

— Il ira pas loin, me dit Édouard après que nous l'eûmes couché. Faut voir s'il a de la famille.

Mais les vieux ont des ressources que nous ignorons. Une semaine plus tard, grâce aux bons soins de Marie et, surtout, je crois, à la compagnie de Pierre et de Jean, Céleste avait repris du poil de la bête.

— Bon Dieu, nous dit-il en venant nous rejoindre pour le repas, j'ai bien cru que j'allais trépasser.

— Ça, lui répondit Marie, ça vous arrivera un jour ou l'autre, surtout si vous continuez de vivre tout seul dans votre montagne.

— Et où vous voulez que j'aille, à l'hospice?

Il sortit son mouchoir, enfin, un bout de tissu, et se frotta le front comme si, rien que d'y penser, cette idée d'aller à l'hospice lui donnait des sueurs.

— Et l'autre soir, où c'est que vous alliez?

— Je venais ici, dit-il doucement.

Puis il se tourna vers moi.

— Je venais ici, parce que, avant de mourir, un homme doit se mettre en paix avec sa conscience. Alors, je venais te voir.

— Et pourquoi moi, monsieur Céleste?

— Parce que j'ai pas toujours été très gentil avec toi.

Je ne répondis pas, mais il savait que je pensais à ce jour où il m'avait parlé méchamment de ma mère. Je m'étais, à l'époque, juré de me venger de ce mal qu'il m'avait fait, mais c'est pas en rendant le mal pour le mal qu'on grandit.

— Tu vois, reprit-il, de vivre seul, on rumine des choses et après, on les dit, sans savoir pourquoi. Peut-être, tout bêtement, parce qu'on sait plus quoi dire d'autre.

— Faut pas se tracasser pour ça, monsieur Céleste. Chacun a son souci, c'est tout.

— Oui, mais moi, j'étais jaloux.

— Jaloux de quoi ?

— De tout. De ton papé, qui était fort comme un taureau avec des idées bien solides, de ta mémé Petite, une cabocharde qui n'avait peur de rien, de ta mère, belle comme c'est pas permis de l'être, et après, de toi.

Il s'arrêta de parler pour renifler encore une fois.

— Et après toi, de tous les autres, couillon ! Quand on est jaloux, ça commence on sait pas où et ça finit dans la tombe.

Nous étions tous silencieux à l'écouter. Il s'épongea encore le front, fit un bruit avec sa gorge.

— Té, voilà. C'est dit. Maintenant, je peux mourir tranquille.

— Pas maintenant, lui dit Marie, pas maintenant, que je vous ai mis des draps tout propres.

— Bé alors, je vais pas attendre qu'ils soient sales, tonna Céleste en se levant.

— Où allez-vous ? lui demandai-je.

— Chez moi.

Il était debout, sa canne d'une main, son vieux chapeau de l'autre.

— Chez vous, pour le moment, et dans l'état où vous êtes, c'est ici, lui dis-je fermement.

— Ici ! Mais j'ai rien à faire ici !

— Et là-haut, vous avez quelque chose à faire ?

— Non, mais c'est chez moi. Et puis, faut pas embarrasser les gens.

Il bataillait, mais je savais qu'il voulait rester. C'est pour ça qu'il était venu. Sa vie s'en allait, et, il avait beau faire le fanfaron, il ne voulait pas être seul quand il faudrait la rendre. Seulement, il avait sa fierté.

— Monsieur Céleste, on a du travail par-dessus la tête, alors, un coup de main, ça nous arrangerait bien. On a besoin de bras.

— Des bras, pauvre de moi, regarde, me dit-il en soulevant une manche. Il en reste plus rien. Je peux plus travailler.

— Vous pouvez surveiller, lui dit Marie.

— Et surveiller quoi ?

Céleste faiblissait. Alors, les jumeaux emportèrent le morceau.

— Nous ! qu'ils crièrent soudain. Nous ! papé Céleste, tu nous surveilleras, nous.

Puis, l'attrapant chacun par une main, ils le traînèrent vers sa chaise.

— D'abord, qu'ils lui dirent, c'est nous qu'on t'a trouvé, comme la chèvre. Alors, on te garde.

— Vilains ! leur cria Marie, vous parlez d'un homme.

— Oui, mais nous, on veut un papé. On n'en a pas.

Édouard et moi, nous n'avons pas pu retenir notre rire. Et Céleste non plus, d'ailleurs. Il riait tellement même qu'il en pleurait. À moins que... Parfois les rires et les larmes, ça se mélange.

— Alors, Céleste, lui dis-je, maintenant, vous faites comme vous voulez. Mais s'il arrive malheur aux gamins, ce sera votre faute.

— Si c'est comme ça, je resterai un peu. Mais seulement le temps qu'ils grandissent. Après, je repartirai chez moi.

Il n'est jamais reparti. Parce que, ce qu'il ne

savait pas, c'est que les enfants, ça met, parfois, beaucoup de temps pour grandir.

7

Le samedi de la troisième semaine, nous pûmes enfin considérer que la Bastide ressemblait, de nouveau, à une maison bonne à vivre et qu'il fallait maintenant s'occuper du domaine. Après le repas, Édouard attendit que nous soyons seuls pour venir me parler.

— Patron, me dit-il, je crois que le moment est venu de s'occuper du reste.

— J'y pense, moi aussi, Édouard. Lundi, j'irai voir le notaire de Malbosc pour vendre une partie du magot.

Il attendit un instant. Il réfléchissait.

— Ça me regarde pas, mais quelque chose me dit qu'il te faut être prudent avec cet or. C'étaient peut-être que des racontars, ce que les gens disaient, mais il y a souvent quelque chose de vrai dans un ragot.

— On fera attention, Édouard, on fera.

Maintenant, c'est moi qui parlais comme lui.

— Sacré Antonin, dit-il en se levant. Sacré Antonin.

Et il monta se coucher, pleinement heureux d'être ici. Je restai encore quelques minutes à regarder le feu. Les flammes sautaient jusqu'au chaudron et le léchaient à grands coups de langue. L'enfer, je me disais, ça doit être terrible. Même pour le cul d'un chaudron. Puis, à mon tour, je pris le chemin de mon lit, bien décidé à m'endormir tout de suite pour être en forme le lendemain.

Parce que le lendemain, j'allais voir le notaire, et, peut-être bien, vendre mon or.

Et c'est alors que je me mis à rêver de Berthe.

C'est vrai, ma mère, que je ne t'ai jamais parlé de Berthe. En fait, je n'en ai jamais parlé à qui que ce soit. Berthe, c'est mon secret. Mais je veux bien le partager avec toi, puisque de toute façon je te dirai tout quand tu reviendras. Seulement, d'abord, il faut que tu saches une chose. Je ne suis plus un gamin. Trois ans de pension et un an de guerre, sans parler du reste, ça vous fait vite un homme. Tu sais, Adélaïde, je suis même en âge de me marier. Ça te fait peut-être rire, mais j'ai vingt-trois ans, oui, ma mère, vingt-trois ans. Compte bien, tu es partie au lendemain de mon onzième anniversaire, et ça fait douze ans. Douze ans que je t'attends, sans savoir où tu es. Parce que, mis à part tes deux cartes postales du début, tu ne m'as pas souvent écrit. Je sais que ça doit pas être facile, en Afrique, pour trouver une boîte aux lettres, mais quand même.

Mon secret, tu veux le connaître ? Hé bé, voilà. Je suis amoureux. Tu ne me crois pas ? Ça te fait rire, ça aussi. Pourtant, si tu voyais comme je m'évanouis chaque fois qu'elle me sourit, Berthe, tu comprendrais que c'est vrai. Oui, elle s'appelle Berthe, et c'est la nièce du notaire de Malbosc.

Elle est belle, tu sais. Enfin pas aussi belle que toi, mais presque. Ce sont ses yeux surtout, qui me font tomber à la renverse. Des yeux, comment te dire, des yeux de vache. C'est beau, les yeux de vache. C'est ce que disaient les Égyptiens, autrefois, quand ils voulaient faire un compliment à leur femme.

Je ne lui ai pas encore parlé de mon amour, à Berthe, parce que la dernière fois que je l'ai vue, c'est quand elle est venue me visiter le matin du jour de l'An et, ce matin-là, je n'étais pas frais. Je venais juste de trouver le magot de Mathurin, et, tout cet or, ça m'était monté à la tête. Enfin, l'or, et puis un peu aussi la gnole parce que, à cette époque, je tétais plus la bouteille que le biberon. Mais, maintenant, tout est à nouveau rentré dans l'ordre.

Tu comprends, Adélaïde, je suis jeune, j'ai du bien, et j'ai de l'or. Alors, Berthe, on ne peut pas me la refuser. D'ailleurs, demain, je dois me rendre chez son oncle le notaire et je suis bien décidé, cette fois, à lui parler de nous, Berthe et moi. Peut-être même que j'en profiterai pour faire ma demande.

Et comme ça va marcher, d'ici pas longtemps, Adélaïde, tu risques fort d'être grand-mère.

Ça aussi, ça te sera une grande surprise.

8

Notre destin est ainsi fait que nous ne pouvons le choisir. Le mien, bien que j'aie voulu cent fois le changer, était ici, sur mes terres de Cassagnettes, village à la fois honni et tant aimé. Il s'était enraciné, jour après jour, entre les collines couvertes de châtaigniers, les escaliers chargés de vignes et les prés descendant en pentes douces vers le fond du vallon. J'avais eu comme compagnon de jeux chaque tournant du chemin qui monte vers la Baraille, chaque buisson couvert d'aubépines, chaque nuage s'envolant par-delà les coteaux de Terre-Rouge. Sans oublier, à la croisée des Quatre-Chemins, le Jésus du mamelon, bien installé sur Sa croix et auquel je venais alors conter mes joies et mes malheurs, agrémentés de quelques colères, de quelques mensonges, et de bouquets de vendangeuses bleues que je Lui glissais entre les orteils.

Maintenant je le savais. Je vivrais ici, et j'en étais heureux.

De bon matin, plein de courage et d'espérance, je pris donc la route qui mène à Malbosc. L'herbe garnissait déjà les pentes des fossés humides et, timidement mais sans vergogne, de jeunes pousses velouteuses égayaient les branches des arbrisseaux. Encore haut perchées dans le ciel, c'étaient maintenant plusieurs bandes d'hirondelles qui gazouillaient, elles aussi, leur plaisir d'être revenues. En quelques jours, chaque bourgeon était devenu un bouton, et chaque bouton, une fleur. C'était un vrai printemps de tous les côtés.

Tout en marchant, je calculais ce que j'allais faire en premier, en arrivant chez le notaire. Lui parler de mon or, que je portais dans ma gibecière, ou lui parler de sa nièce, que je portais dans mon cœur.

— Alors, mon cher Antonin, me dit-il en me recevant, voilà bien longtemps qu'on ne vous a vu.

— On est occupé, maître. La campagne, ça ne laisse pas beaucoup de temps pour promener.

Berthe, ou l'or? me demandais-je. Bon, je lui parle d'abord du magot, ça le mettra en bonne humeur.

— J'ai une affaire à régler, et j'aurais besoin de votre conseil.

— Avec plaisir, mon cher Antonin.

Avant, il m'appelait monsieur Antonin. Maintenant, il me donne du mon cher. C'est qu'il doit connaître un peu mes intentions à propos de Berthe, me dis-je, et il m'encourage discrètement.

— Hé bé, voilà, vous connaissez la situation du domaine, et alors, pour le remettre en état, j'ai besoin de liquidités.

— Ah ! fit-il avec un grand sourire.

Je sentais que son sourire était sincère, mais j'étais encore un peu méfiant. Après tout, je n'avais rencontré ce notaire que deux fois auparavant. Le jour de l'ouverture du testament de Jules, par lequel j'avais hérité du domaine en question, ainsi que des dettes, et la seconde fois, lorsque Alice, s'occupant de me sauver le tout, réussit le tour de force de me vendre sa maison sans que je débourse un sou. Autant dire que je ne le connaissais pas suffisamment pour pouvoir me faire une idée juste sur lui. Je voulais bien lui prendre sa nièce, mais, avant de lui montrer mon or, j'allais quand même attendre qu'il en dise un peu plus.

— Et vous aimeriez que je vous trouve un prêteur ?

— On pourrait voir ça.

— Je ne vous cache pas, mon cher Antonin, que ce ne sera pas facile. La terre vaut tout juste la moitié de son prix d'avant la guerre et, en plus, on ne sait pas bien où nous allons, avec ces gouvernements qui changent sans arrêt.

À cette époque-là, la politique, je n'y comprenais rien. Alors s'il comptait sur moi pour faire la conversation, il était mal tombé. Il bougea quelques papiers sur son bureau, pour se donner une contenance, puis, me regardant dans les yeux, il reprit son propos.

— Seulement, je sais que vous êtes courageux. Je sais que, quoi qu'il arrive, vous rembourserez et je sais encore que vous vous en sortirez. Alors, je vais vous aider. Combien vous faudrait-il ?

Il venait de dire ce que je voulais entendre. Je pouvais lui ouvrir ma gibecière.

— L'équivalent de ça, en billets de banque.

Et, pour la deuxième fois en moins d'un mois, je fis rouler les pièces sur une table.

Le notaire sourit, un de ces petits sourires qui, semblant de rien, veulent en dire long...

— Ainsi, il existait bien, ce magot.

Là, c'est moi qui suis surpris.

— Vous aussi, vous en aviez entendu parler ?

— Oh, vous savez, une étude de notaire, c'est un peu comme un confessionnal. La seule différence, c'est qu'ici, on ne vous aide pas à gagner votre paradis.

Finalement, je me dis, il me plaît, ce notaire. Il me plaît comme notaire et ne me déplairait pas comme oncle. Du coup, je prends un peu mes aises sur la chaise, histoire de faire famille.

— Alors, qu'est-ce que vous savez de cet or ?

— Pas grand-chose. Mais si vous voulez le négocier, il vaut mieux le faire discrètement. C'est pas la peine de réveiller les vieilles histoires.

Je remets les pièces dans leur sac et lui tends le tout.

— D'après vous, il y en a pour combien ?

— Suffisamment pour vous laisser le temps d'attendre une belle récolte.

Bon, voilà une bonne chose de faite, me dis-je. Maintenant, passons à la seconde. Je me sens vaillant comme un jeune coq. Aussi, j'attaque de front.

— Dites-moi, maître, il y a longtemps que je n'ai pas vu Berthe.

Je me reprends tout aussitôt.

— Enfin, Mlle Berthe.

Il lève les yeux. Un grand pli barre son front. Mes jambes soudain flageolent. Je me rassois. J'ai l'impression que tout s'embrouille. Elle a dû lui dire que j'étais saoul quand elle est venue me voir à la Bastide, le matin du jour de l'An. Il faut que je lui explique que c'est fini, que je vais mieux.

— D'abord, maître, je ne bois plus, je veux dire, je ne suis pas un ivrogne.

Il me regarde, étonné, puis se déride.

— Antonin, je n'ai jamais pensé cela.

— Ah bon !

Il attend un instant. Je sens que je me rapetisse sur la chaise.

— Eh bien, reprend-il, je pensais que vous saviez que Berthe est mariée.

Je reste là, comme si je m'en foutais, alors qu'en dedans j'ai l'estomac qui se met à l'envers.

— Mariée ?

Il me parle. Il me dit que ça s'est fait en mars. Un homme de Meyrueis qui la courtisait depuis longtemps mais qu'elle avait toujours refusé. Et puis elle s'est décidée, d'un seul coup, en janvier. Il parle, mais je ne veux rien entendre. Je ne pense qu'à Berthe, ma Berthe, mariée avec un autre.

Bien sûr que c'est avec un autre, parce que si c'était avec moi, je le saurais.

Je me lève, je ramasse mon chapeau qui est par terre. Merci, monsieur le notaire. Merci et au revoir. Oui, c'est ça, je reviendrai dans quinze jours, pour l'or. Une avance, non, je ne veux pas une avance. D'abord, je m'en fous. Maintenant, je me fous de tout.

J'ai tellement mal que je ne me sens pas marcher. Je flotte, comme un bout de bois mort. La douleur, des fois, c'est fort au point qu'on ne la sent pas, enfin, pas tout de suite. C'est ce que je suis en train de me dire, en descendant l'escalier. Antonin, je me dis, ça va te tomber dessus que tu pourras pas t'en relever.

Je suis dehors, dans la rue toute droite qui se perd vers la rivière. Mais je lui tourne le dos. Je marche sur le chemin qui part vers Cassagnettes. Je ne dis rien, je ne parle pas.

À mon grand étonnement, je ne suis pas effondré. Au contraire, je suis même très calme, comme quand on se réveille et qu'en ouvrant les yeux on voit encore des images qui passent, sans trop savoir si elles sortent d'un rêve ou pas.

Berthe, dans ma tête, c'était comme ça. Une image que je ne pouvais saisir, un rêve qui était en train de disparaître. Je ne l'avais jamais tenue dans mes bras, jamais embrassée. Simplement, je l'avais aimée, tout seul, sans rien dire à personne.

En un rien de temps, j'arrive à la croisée des Quatre-Chemins, juste à l'entrée de Cassagnettes. Le Jésus est là, à m'attendre, comme toujours.

— Jésus, dis-je en levant mon chapeau. Tu sais ce qui vient de m'arriver. J'ai pas besoin de T'expliquer, ni même si j'ai mal, parce que tout ça, Tu le sais.

Tout autour de moi, la nature prend ses aises. Des taches vertes colorent les ornières des chemins, l'eau a trouvé son ruisseau et, sans bruit, tout se met en place.

Un mulot pointe son nez par-derrière la croix. Il me regarde un instant, puis repart tout doucement, comme pour ne pas me déranger.

C'est fini, Antonin, que je me rabâche, c'est fini, c'est la dernière fois que tu te fais avoir. Maintenant, tu vas gagner. Tu entends bien, Antonin, tu vas gagner!

Je remets mon chapeau. Mais, au fond de moi, il y a une grande colère qui veut éclater et je sens bien qu'il faut qu'elle sorte, d'une façon ou d'une autre. Alors, je prends un caillou et le jette aussi loin que je peux, de toutes mes forces. Jeter un caillou, ça ne fait pas changer les choses, mais ça vous soulage. Mon geste accompli, je me tourne vers le Jésus.

— Et Toi, Lui dis-je, si Tu veux pas finir tout rouillé sur Ta croix, Tu as intérêt à m'aider.

Puis, d'un pas solide, je prends le chemin de la

Baraille. Il fallait bien, quand même, que j'aille le dire à Mathilde et à Mathurin, que j'avais mal, mais que j'allais gagner.

Même si je ne savais pas encore quoi, et encore moins comment.

9

En ce temps-là, l'eau nous venait des puits, des sources ou bien des citernes qui se remplissaient les jours de pluie. À la Bastide, et bien que nous ayons déjà l'électricité, il n'y avait l'eau qu'à la pompe à main de la souillarde. Pour se laver, nous prenions notre tour dans une pièce du rez-de-chaussée que Jules avait fait aménager à cet usage. On remplissait la baignoire avec des brocs et, une fois sa toilette terminée, on tirait la bonde et le tout s'écoulait dans le pré derrière la maison.

Seulement, on ne pouvait pas arroser les légumes en portant des brocs d'eau. Alors, avec une patience d'ange, les paysans avaient construit, au fil des ans, voire des siècles, une quantité de petits canaux qui acheminaient l'eau de pluie ou des sources depuis les citernes d'en haut jusqu'aux rigoles serpentant le long des jardins. Là, afin de diriger le flot, il y avait tout un système de planches qui se glissaient dans des supports, ouvrant une rigole, fermant l'autre, et ainsi s'arrosaient un carré de radis ou une ligne de haricots. Ces canaux, taillés à flanc de coteau, étaient dallés et bordés de pierres plates, ce qui empêchait la terre de glisser et de les boucher. Des kilomètres d'un travail de géant accompli par des hommes. Mais tout cela demandait beaucoup d'entretien, ce qui, ces dernières années, n'avait pas été la partie forte sur le domaine.

Comme j'attendais des nouvelles du notaire et de mon or, et que j'avais en plus grand besoin de m'occuper l'esprit, je continuai, avec Édouard, à faire ce que nous pouvions sans engager de dépenses. Il avait déjà mis quelques semis dans le potager lorsque nous nous aperçûmes que l'eau n'arrivait plus jusque-là.

— Si vous faites marcher vos pieds avant votre tête, nous dit Marie, vous irez pas loin.

Marie, comme c'était la seule femme de la maison, on lui avait laissé, à moins qu'elle ne l'ait prise toute seule, la place de patronne. Ça lui allait bien, et nous, ça ne nous embêtait pas.

— Quand ça coulait pas ici, continua-t-elle, Jules envoyait un homme sur le versant de Trépoulou. C'est toujours là-haut que ça se bouchait.

Elle souleva son tablier, s'essuya le visage.

— Heureusement que je suis là pour me rappeler, sinon, peuchère, tout irait au diable à l'envers.

— Au diable vauvert, Marie, pas à l'envers.

— Me contrariez pas, patron, qu'après je maigris et ça me donne des vergetures.

Je partis donc vers le versant de Trépoulou.

— Fais attention, Toninou, me cria-t-elle en me voyant partir seul, fais attention, peuchère, qu'il t'arrive rien.

C'était, chez Marie, le jour des peuchère. Demain, ce serait le jour des mon Dieu.

— Tu m'entends, fais attention.

— À quoi, lui répondis-je, au loup-garou ?

— À ce que tu veux, mais fais attention quand même.

Je fis donc attention. En remontant le long du canal, j'en profitai pour noter les endroits faibles qu'il nous faudrait venir renforcer plus tard. C'est bien à hauteur de Trépoulou que je trouvai une passe étroite, enserrée entre deux murs qu'une poussée de terre avait fait céder. J'avais bien pris un outil avec moi, mais là, le chantier était trop gros pour que je m'y attelle tout seul. Il fallait une bonne journée à deux hommes pour en venir à bout. Je revins donc sur mes pas, un peu soucieux de tout ce travail qui nous tombait sur les épaules, à Édouard et à moi. Antonin, je me disais, même avec de l'argent frais, ce domaine est en trop mauvais état pour que tu t'en sortes. Surtout que maintenant, il y a de moins en moins de gens qui connaissent le travail de la campagne, si ce n'est quelques vieux qui meurent les uns après les autres. Il te faut voir les choses différemment. Les temps ont changé, le travail aussi.

Je pensais à mon ami Oscar, l'Américain qui était resté deux ans avec moi au retour de la guerre et qui m'avait bien sorti de la mouise avec ses conseils. Antonin, qu'il me disait, ce qu'il faut, c'est marcher avec le progrès.

Le progrès, moi, je voulais bien marcher avec, seulement, je ne savais pas où mettre le premier pas.

En arrivant à la Bastide, je devais avoir l'air tellement sérieux que même les jumeaux se tinrent à l'écart.

— Quelque chose vous tracasse, patron ? me demanda Édouard.

— Pas vraiment. Mais quand même un peu.

Je m'assis à la table et il fit de même. Céleste, qui passait son temps à attendre que la soupe soit prête, se leva pour sortir.

— Restez, papé Céleste, que je lui dis, vous me donnerez votre idée.

Marie nous porta le café, puis, discrètement, se retira. Les hommes allaient parler, et la chose lui paraissait trop importante pour qu'elle reste autour.

— Édouard, la guerre a tout chamboulé. On s'en rend pas encore bien compte ici, parce qu'on est un peu perdus dans nos montagnes, mais les temps ont changé. Plus rien n'est comme avant.

— La terre restera toujours la terre, me répondit Céleste.

— Oui, mais c'est la façon de s'en servir qui n'est plus la même.

Ils m'observaient, intrigués par mon propos. C'est que, dans ma tête, maintenant tout allait vite. Avec Oscar, nous avions parcouru le domaine de long en large. Tu vois, m'avait-il dit, tes champs sont tous recoupés par des haies, des murs de pierres, des passages pour les bêtes, et c'est tout ça qui empêche de faire de grands sillons. Tu perds du temps, de la semence, et la sueur de tes bêtes. J'avais dit oui, pour ne pas lui expliquer que c'était comme ça depuis toujours, et que les bêtes s'en accommodaient. Mais soudainement, je comprenais. Les bœufs qui tirent la charrue, les chevaux qui tournent la meule, la mule qui monte l'eau du puits, ça, c'était avant. Avant la guerre.

Aujourd'hui, des hommes inventaient des machines capables de traverser le désert, de monter des montagnes, de voler dans le ciel, et moi, j'étais là, à vouloir vivre comme dans un autre siècle.

— Il faut nettoyer les champs, dis-je d'un ton décidé.

Édouard et Céleste me regardèrent, avec plein de questions dans les yeux.

— Ah, fit Édouard comme seule réponse.

Il réfléchissait, et chez lui, ça prenait toujours du temps. Je n'attendis pas qu'il ait fini.

— Et après, j'achèterai un tracteur.

— Ah!

— Un tracteur! répéta Céleste. Un tracteur! Comme celui du château de Sauvages.

Je le regardai, tout étonné.

— Il y a un tracteur à Sauvages?

— Bé oui, puisque je te le dis. Ça fera le deuxième été.

— Comment vous le savez? lui demanda Édouard.

— Mais, faut se tenir au courant. Moi, si de ce jour je prenais un fermage, je te vendrais toutes ces bêtes et je m'achèterais un tracteur. Putain, faut voir le travail que ça te fait en rien de temps. Les vieux, c'est souvent plus en avance que les jeunes.

— Vous comprenez, nous dit-il, j'ai rien d'autre à faire, alors, j'observe. Je le vois bien que tout est chambardé. Même les saisons, elles sont plus comme avant.

— Alors, vous croyez que c'est une bonne chose, d'avoir un tracteur?

Il était tellement content d'être utile qu'il s'en trouvait rajeuni.

— Je te le conduirai pas, le tracteur, mais si tu veux m'écouter, c'est ça qu'il te faut. Avec une charrue à deux socs, ça te fait deux sillons d'un coup.

Et il tapa de sa canne sur le sol pour bien appuyer son propos.

— Tu peux me croire, c'est ça qu'il te faut, répéta-t-il.

— Si c'est vous qui le dites, répondit Édouard, alors, y a pas à hésiter.

Nous étions là, sans trop parler, parce que cette décision que nous venions de prendre, maintenant il fallait la réaliser. Acheter un tracteur, c'est pas seulement prendre de l'argent et dire au marchand, té, voilà des sous, donnez-moi un tracteur. C'est plus compliqué que ça. Acheter un tracteur, c'est comme commencer une révolution. Ça vous change d'un coup toutes les habitudes, ça vous renverse le quotidien. Alors, soudain, j'eus un doute. Peut-être, je me dis, peut-être que la terre d'ici, elle aimera pas ça, se faire éventrer comme une malpropre. Et puis, j'ai bien vu, pendant la guerre, les voitures, les ambulances, ça vous empeste l'air avec leurs moteurs.

J'ai toujours été comme ça. D'abord, je me décide, après, je me fais l'avocat du diable. Puis, quand j'ai bien tout pesé, alors, je me jette à l'eau, et je nage, ou je coule.

— Seulement, pour labourer avec un tracteur, il faut d'abord avoir des bonnes surfaces de champs. Et ici, on a que des bouts de prés.

Et je leur expliquai ce que m'avait dit Oscar.

— Seulement, c'est un travail de fou que de faire tout ça, et on n'est que nous, me fit remarquer Édouard.

— Les Polonais! cria Céleste. Les Polonais!

Marie, qui devait écouter derrière la porte, ne put résister plus longtemps.

— Papé Céleste, qu'est-ce qu'ils vous ont fait, les Polonais?

Il tapa de sa canne et puis brandit le poing en l'air.

— Des travailleurs, qu'il nous dit, des travailleurs à vous prendre le travail de dessous le nez. C'est un maître mineur de La Vernarède qui me l'a dit.

Il se tourna vers Édouard.

— Roule-moi une cigarette, si tu veux que je vous explique.

Édouard, prenant son petit air coquin, sortit sa

blague à tabac. Nous échangeâmes un regard pendant que Céleste se servait un verre de vin.

— Bon, alors voilà, commença-t-il. Depuis quelque temps, là-haut, je voyais passer des hommes qu'ils étaient pas d'ici. Pas de notre allure, quoi. Alors, l'autre jour, le Martin, que son père était mon conscrit, est venu pour chasser. Martin, je lui ai dit, ces hommes que je vois, ils travaillent où ? À la mine, Céleste, qu'il m'a dit, aux travers-bancs, et si vous les voyiez, ils vous arrachent le charbon comme vous vous ramassez des pécoles de chèvre. Et d'où qu'ils sont ? que je lui ai demandé.

Il attendit un instant, nous regarda en faisant briller ses yeux.

— De Pologne, qu'il m'a répondu. Des Polonais, de Pologne.

— Hé bé, Céleste, voilà une bonne chose, lui dis-je tout en me demandant où il voulait en venir.

— J'ai pas fini, qu'il tonna. À la mine, ils chôment un jour la semaine, alors, les Polonais, ils sont libres le dimanche et le lundi, et ils ont pas de femmes ici, ils les ont laissées au pays.

— Et alors ?

— Et alors ? D'abord ils ont besoin de pécaillons pour les faire venir, les femmes, et ensuite, un homme sans femme, ça te tient une force entre les jambes qu'il te tombe le travail de deux pour se soulager.

— Papé ! cria Marie.

— Oh ! ma belle, je parle pas de moi. Moi, tout juste si je peux pisser avec.

Ce fut un fou rire général. On en apprend des choses, en écoutant les vieux, me dis-je en rallumant ma cigarette.

— Bon, alors maintenant qu'on sait où trouver les hommes pour nous aider à nettoyer la terre, il faut trouver un tracteur, et pour ça, il faut quelqu'un qui s'y connaisse.

Bien entendu, je pensais à mon ami Georges. Si seulement il était par là, lui, avec ses pistons qui montent et qui descendent, ses soupapes qui rodent et ses joints de culasse qui pètent, s'il était là, il saurait me dire quoi acheter.

— Je vais écrire à Georges pour lui demander conseil.

Je n'ai pas eu le temps de chercher le papier. Un bruit monstrueux emplit la cour de la Bastide. Chacun de nous fit un bond à la fenêtre.

— Une automobile! Une automobile! crièrent Pierre et Jean en rentrant dans la cuisine pour en ressortir tout aussitôt.

— Ah bé, ça, alors, c'est pas Dieu possible!

Je me tourne vers le papé et Édouard.

— Ah bé, merde! C'est Georges!

Je crois que le ciel me serait tombé sur la tête, ça m'aurait pas fait plus d'effet.

— Bé, merde!

C'est tout ce que je pouvais dire.

— Alors, Antonin Maillefer, qu'il me crie depuis la porte, tu peux pas écrire un peu pour donner de tes nouvelles?

Mon gitan, il était là devant moi, avec ses cheveux toujours aussi roux, son sourire toujours aussi lumineux et, encore une fois, dans le moment précis où j'avais besoin de lui.

— Tu tombes bien, je lui dis. Justement, je parlais de toi.

Il s'avança et me donna une grande tape dans le dos.

— Je suis content de te voir, qu'il me répondit. J'ai une surprise pour toi. Je me marie.

— Et moi, j'en ai une aussi. J'achète un tracteur.

— Chacun laboure ce qu'il peut, nous jeta Marie.

Puis elle rougit et poussa trois petits gloussements. C'était son jour de faire la dinde.

La soirée fut plutôt animée. Même le papé Céleste, qui d'ordinaire se couchait tout de suite après le repas, resta éveillé jusqu'à 11 heures. C'est qu'en plus, il nous tenait la vedette. Maintenant, c'est lui qui questionnait Georges.

— À combien tu dis que tu roules ?

— Sur une bonne route, je monte à 60.

— Putain, même pas une demi-heure pour aller à la ville. La première fois que j'y suis allé, on a mis quatre heures, quatre, tu entends, et encore, on avait fait vite.

Il tournait sa casquette devant derrière

— Ça me fait rien d'être vieux, qu'il nous dit, mais si c'était mon temps d'être jeune, j'irais de l'avant. Fachté, je vous le dis, un jour, on ira sur la Lune.

— Parlez pas de malheur, papé, lui dit Marie.

— Et pourquoi ce serait un malheur ?

— Parce que, parce que ça dérangerait le bon Dieu.

— Pfeu, qu'il fit, les femmes, avec leurs bondieuseries.

Puis il reprit son propos en tapant de sa canne.

— Je vous dis qu'on ira sur la Lune. Moi, je le verrai pas, mais les gamins, eux, peut-être bien qu'ils le verront.

Il était gai. Je crois même qu'il avait bu un petit coup de trop. Mais, surtout, ici, il se sentait un peu comme l'ancêtre, alors, il pouvait se permettre de dire ce qu'il pensait.

— En attendant, papé, je me contenterai d'acheter un tracteur.

Il plissa un peu les paupières, fit une moue avec ses lèvres.

— Alors, qu'il me dit, tu l'as trouvé, le magot de Mathurin ?

Simplement, je ne répondis pas.

— Hé bé, je suis bien content pour toi. Tu l'as mérité, ce que tu as.

Puis il se leva, nous souhaita le bonsoir et alla s'enfermer avec ses rêves. Édouard en fit tout autant.

Alors seulement, mon ami Georges le gadjo me parla de sa future. Et moi, de mon tracteur.

Et puis aussi, malgré tout, un peu de Berthe.

10

La visite de Georges nous apporta le grand bol de fraîcheur dont nous avions besoin.

— Bon, me dit-il après avoir déjeuné d'un bon morceau de saucisson et d'une belle tranche de pain, c'est pas le tout de parler, maintenant, il faut le trouver, ce tracteur.

— Dans la région, un tracteur d'occasion, je ne sais pas trop où aller.

— Antonin, si tu veux m'écouter, achète du neuf.

— J'ai pas les moyens. Si je dépense tout pour un tracteur, j'aurai pas pour les semences et le reste. Tu as vu l'état du domaine. Ça fuit de partout.

— Fais comme les autres, emprunte. L'État prête aux anciens soldats, à 2 % l'an.

Emprunter, avoir des dettes, ça m'aurait ruiné la santé.

— Je préfère ne rien devoir à personne.

— Tu es ridicule. De nos jours, on peut pas s'en sortir autrement. Et puis, c'est pas de l'usure, c'est le gouvernement. Merde alors, ils nous doivent bien ça, après ce qu'on leur a donné pendant quatre ans.

— On verra. En attendant, allons à la ville. J'ai vu une réclame pour du matériel. Ça nous donnera toujours une idée des prix.

Je suis certain qu'en 14, le transport des troupes par les taxis de Paris jusqu'au front de la Marne nécessita moins de chambard que notre départ pour la ville. Je voulais qu'Édouard vienne avec nous, mais il rechigna un peu. La ville, il y avait vécu bien trop longtemps. Ça ne lui disait pas plus que ça. Et puis, les tracteurs, il n'y connaissait rien, alors, il embarrasserait plus qu'autre chose.

— On en profitera pour voir un peu de ce qu'on manque, insistai-je, là j'ai besoin de vous.

— Si je suis utile, je viendrai.

— Nous aussi, on vient, crièrent en chœur les jumeaux, nous aussi, avec la chèvre.

— Les jumeaux, vous restez ici, avec moi, leur dit Marie.

— Mais la chèvre, elle peut pas aller sans nous.

— La chèvre a pas besoin d'aller à la ville, hurla Marie. Quelle idée !

— Si, pour son besoin.

— Quel besoin ?

— Il lui faut un bouc, sinon elle va devenir folle.

— Je me demande ou ils vont chercher tout ça, bougonna leur mère en levant les bras au ciel.

Céleste fit deux ou trois bruits avec son nez, tout en cherchant quelque chose par terre, histoire de ne pas avoir à répondre.

Marie nous prépara un panier avec des omelettes et du fromage, et, le lendemain de bon matin, nous prîmes la route, sans la chèvre, mais avec le papé Céleste. À notre grand étonnement, à l'aube il était déjà assis sur le banc du perron, avec sa veste noire des dimanches, sa lavallière nouée autour du cou et un chapeau de bon feutre sur la tête.

— Alors, monsieur Céleste, lui dit Georges, on prend déjà l'air?

— On prend l'air du temps, qu'il répondit.

Puis il frappa le sol de sa canne pour bien marquer ce qu'il allait dire.

— On m'a pas invité, mais que ça vous plaise ou non, moi aussi je vais à la ville. Tu crois pas que je vais rater ça.

Et nous voilà partis, trois générations d'hommes amoureux de leur terre, et maintenant prêts à tout pour la sauver.

Georges roula aussi lentement que possible en essayant d'éviter tous les nids-de-poule et autres trous qui jalonnaient la route depuis Cassagnettes jusqu'à Malbosc. De tout le trajet le papé Céleste n'ouvrit pas la bouche, mais à peine fut-il sorti de la voiture qu'il y alla d'un bon juron pour se soulager.

— Putain de..., hurla-t-il, tu roules comme un fada. J'ai eu la trouille de ma vie. Je vais boire un coup, pour me remonter.

Il y avait si longtemps qu'il n'était pas sorti de Cassagnettes qu'il était tout excité. Je recommandai à Édouard et à Georges de ne pas le quitter; aussi ils l'accompagnèrent au café pendant que je rendais visite au notaire. Car ma première halte était pour lui. Je voulais quand même avoir une idée de ce dont je pourrais disposer.

— Ah, voilà notre ami Antonin, dit-il en me voyant entrer. On vient aux nouvelles.

— On vient surtout voir si elles sont bonnes ou mauvaises.

— Tout dépend de ce que vous attendez. Mais je crois qu'elles sont bonnes.

Elles l'étaient. J'avais une vague idée de ce que

valait l'or, mais ce que je ne savais pas, c'est que le magot de Mathurin se composait principalement de pièces très anciennes qui pouvaient intéresser des collectionneurs. D'abord, je ne pensais pas qu'on puisse collectionner des pièces, qu'elles soient en or ou en fer.

— Eh bien, si, mon cher Antonin, il y a des gens qui achètent uniquement des pièces rares. Et dans votre sac, il y en a pas mal qui valent beaucoup plus que leur pesant d'or.

— Alors, le tout, ça va chercher dans les combien ?

C'est que j'avais un tracteur à acheter, des Polonais de Pologne à engager et, peut-être bien, quelques besoins en plus.

— On approchera les cent mille francs.

Je restai sans voix. Cent mille francs, c'était assez pour acheter dix tracteurs. D'un seul coup, je vis tous ces engins en train de labourer, et ils allaient tellement vite que la terre montait pardessus les murs et j'avais plus assez de champs pour leur donner.

— Mais, si vous voulez un conseil, j'utiliserais pas tout en une seule fois, me dit le notaire.

— C'est que la Bastide a besoin de gros travaux.

— Vous savez, si j'étais vous, je garderais une partie de cet or, et je profiterais de ce que l'Etat prête à 2 %.

Il s'y mettait lui aussi. J'avais cent mille francs, et ils voulaient tous que je fasse des dettes.

— Même à 2 %, il faut rembourser. Alors, je préfère payer comptant.

— Comme vous voulez, mais un jour, vous regretterez de ne pas m'avoir écouté.

Il fut convenu que je reviendrais dans une quinzaine, le temps pour lui de négocier au mieux. C'est au moment où je lui disais au revoir qu'il me parla de Berthe.

— Elle est venue la semaine dernière voir ma fille, sa filleule, et elle m'a chargé de vous donner le bonjour.

— C'est bien gentil de sa part. Dites-lui que...

Là, je n'ai pas pu finir ma phrase. Ma gorge s'est nouée et j'ai senti des larmes me monter aux yeux. Alors, quitte à passer pour un grossier, je suis sorti sans prononcer un mot de plus. J'ai beau avoir cent mille francs, que je me disais, je n'en suis pas plus heureux pour autant.

— Quelque chose va pas ? me demanda discrètement Georges en me voyant rentrer dans le café.

— Non, enfin, si, mais je te dirai après. En attendant, j'ai cent mille francs à dépenser et je sais pas par où commencer.

— Je vais t'aider, qu'il me dit sans sourciller. Tu vas voir comme ça va vite.

Le soir même, il ne m'en restait que cinquante mille. Mais j'avais un tracteur neuf, une charrette à ridelles pour atteler derrière, une charrue à trois socs, un moteur pour monter l'eau du puits et des outils à vous donner l'envie de travailler à un mort. Sans compter un peu de basse-cour pour Marie et la semence et le fumier qu'on me livrerait à l'automne.

J'étais paré. C'est quand même incroyable, me disais-je, que ce soit l'or des Maillefer qui vienne maintenant sauver la Bastide. Les Maillefer, ils n'étaient jamais que de petits paysans, alors que la Bastide, c'était le fleuron de la vallée. Eh bien, voilà, le petit sauve le gros.

Ma foi, puisqu'on était dans la dépense, et que, cette fois, j'avais accepté que le notaire me fasse une petite avance, je décidai d'inviter mes compagnons dans un restaurant. C'était pas si souvent que j'avais quelque chose à fêter.

— C'est un restaurant, ça, me dit Céleste quand

je poussai la porte du Coq-Hardi, putain, tu te mouches pas avec les doigts.

Et il s'installa de telle sorte qu'il puisse voir toute la salle. La conversation fut pour le moins très animée. Georges nous fit un cours de mécanique, Édouard hochait de la tête, et le papé regardait les serveuses.

— Qu'est-ce que je veux manger, ma belle ? dit-il à celle qui nous prenait la commande, mais, ce que vous voulez, boundie, ce que vous voulez.

Puis se tournant vers nous, il ajouta, en patois :

— J'ai une faim de loup, je mangerais une bergère.

— Faudrait avoir des dents, papé, lui répondit la jeune fille.

Du coup, il se contenta de regarder. Jusqu'à ce que, ayant bu un petit coup de trop, il nous parle d'acheter un troupeau. À priori, je n'en voulais pas. Enfin, pas tout de suite, parce qu'il m'aurait fallu trouver un berger, et un bon berger, c'était pas facile. Et puis, les bêtes, c'est trop de travail. Il faut traire, se lever la nuit quand elles vèlent. Il faut laver les bidons, et si on vend pas le lait, il faut encore faire les caillés et le fromage. Or, dans tout ça, une bonne partie était autrefois le travail des femmes, mais maintenant, il n'y avait que Marie, et elle avait déjà bien de quoi faire. En plus, aujourd'hui, en voyant toutes ces machines qu'on inventait pour faire le travail, j'étais renforcé dans mon idée que la vie d'une propriété ne serait plus la même. Seulement, Céleste, il voulait des moutons.

— Si tu les achètes pas, qu'il me dit en sortant son portefeuille, alors je les achèterai tout seul.

Et il étala une liasse de billets sur la table. Nous eûmes un regard entre nous. Il n'avait plus tellement la notion des prix. Ses billets, il n'y en avait pas de quoi payer pour une brebis.

— Vous avez raison, je lui dis, nous irons à la foire et nous achèterons quelques têtes, ça ne mangera pas de pain.

— On fera moitié-moitié, qu'il me répondit tout content.

Édouard me regarda, étonné que j'accepte sans discuter. Mais il comprit à mon sourire qu'avec Céleste, il ne serait jamais question d'argent. C'était un peu ma façon de lui pardonner sa méchanceté d'autrefois.

Bref, dépenser autant en un jour, ça vous fiche le tournis pour la semaine, si ce n'est pour un mois. En tout cas, j'avais bien fait de suivre le conseil d'Édouard et d'attendre avant de dépenser, sinon, j'aurais fait n'importe quoi de mes sous.

Sur le chemin du retour, ce fut plutôt calme dans la voiture. De plus, nous étions tous exténués par le bruit de la ville et nous aspirions à un peu de repos. C'était compter sans les jumeaux et Marie qui nous attendaient avec grande impatience.

Dès qu'ils entendirent le ronronnement du moteur, Pierre et Jean coururent à notre devant en agitant les bras comme des moulins à vent. Nous eûmes droit à mille embrassades, comme si nous revenions d'un périple autour du monde.

— Quoi vous nous avez ramené ?

— Un bout d'espoir, leur répondit Céleste.

— Il est où ? demandèrent-ils sans se démonter.

Le papé resta d'abord bouche bée. Puis il se reprit et sortit son portefeuille.

— Tenez, dit-il en leur donnant un billet à chacun, je vais en gagner plein d'autres.

— Maintenant, dit Pierre, ça nous fait deux tontons, un papé et un tas de sous.

— Et la chèvre ? questionna Jean.

— Elle est vieille. On la donnera à un trimardeur.

— C'est pas gentil ce que vous dites là, fit remarquer Édouard.

Ils réfléchirent un instant.

— Bon, expliqua Pierre, on la gardera pour mettre dans la crèche avec le Jésus. Mais alors, il faut lui trouver un âne, pour pas qu'elle s'embête toute seule.

Il me restait cinquante mille francs. Pour ce prix-là, je me dis, n'importe quel âne traversera le pays pour venir tenir compagnie à une chèvre, même vieille.

11

Georges resta un jour de plus, puis il reprit la route car le travail, et sa dulcinée, l'attendaient à Paris.

— Puisque ton tracteur ne sera là que dans une quinzaine, me dit-il avant son départ, tu devrais en profiter pour venir avec moi. Tu redescendras par le train.

J'ai failli dire oui. Mais c'était pas encore le moment de faire des voyages. L'été serait bientôt là et la terre attendait qu'on s'occupe d'elle.

— Bon, alors, tu me promets que tu viendras pour mon mariage.

— Ah, ça, si tu veux bien attendre après les semailles, je dis pas non.

— Mon Dieu, cria Marie en regardant Georges, promettez-moi que vous allez pas le faire monter sur cette grande tour.

— Oh ! que si, il va y monter !

— Sainte Mère de Dieu, faites qu'elle s'écroule

pas ce jour-là. Et toi, continua-t-elle en se tournant vers moi, va pas me ramener une poule de là-bas, une toute peinte en rouge.

— Pourquoi elles sont peintes en rouge? demandèrent les jumeaux.

— Pour faire les œufs carrés, leur répondit Céleste.

Le lendemain, on entendit Marie hurler comme un loup à la mort. Elle venait de trouver les trois poules qui faisaient sa fierté couvertes de peinture antirouille.

— C'était pour voir comment c'est, les œufs carrés, expliquèrent Pierre et Jean.

Tout de suite après le départ de Georges, avec Édouard on s'est remis au travail. On a commencé par couper deux haies qui partageaient une terre, puis on a remonté un enclos pour mettre le troupeau de Céleste. On pouvait pas faire plus que de réparer et nettoyer. Mais dès que nous eûmes le tracteur, les choses changèrent du tout au tout, et surtout, je pris conscience de l'énorme tâche à accomplir. Plus nous faisions du travail, plus il en arrivait. Le tracteur, c'était bien beau, mais maintenant, pour défricher là où se trouvaient les haies, il fallait un autre outil plus fort que les socs de la charrue. J'allai voir un forgeron et je lui expliquai ce que je voulais. D'abord, il me prit pour un fou, puis il me fit la machine. C'était comme un gros doigt, un doigt de diable qui vous soulève l'âme de la terre. Par moments, ça me faisait mal de la voir se retourner comme une malheureuse, mais quand je me penchais pour la toucher et que je la sentais belle et toute neuve se blottir dans le creux de ma main, je me disais que c'était pour son bien, qu'il fallait qu'elle respire, qu'elle voie le soleil. Elle était là pour nourrir l'homme et nous, pour prendre soin d'elle.

Le soir, à table, avec Édouard, on parlait de la journée et de ce qu'il faudrait faire le lendemain.

— Il vaut mieux faire lentement, même si on a que quelques hectares prêts à semer, mais qu'ils soient bien préparés.

— Patron, si on enlevait le muret qui coupe vers le ruisseau, on aurait un bon morceau de plus à labourer.

— C'est pas trop pentu ?

— Justement, c'est un bon coteau, on pourrait y mettre de la vigne. Y en a une nouvelle qui vient du nord et qui fait un bon grain juteux, on devrait l'essayer.

C'est que maintenant, il était encore plus mordu que moi par le progrès. Je m'étais abonné à un journal, *La Voix de la terre,* et dès qu'il arrivait, Édouard s'en emparait. Il ne savait pas bien lire, alors il se contentait des gros titres, puis il me demandait :

— Là, ils disent bien que ceci ou cela ?

— Eh oui, et même que...

Et alors on parlait pendant un moment et semblant de rien je lui disais tout ce qu'il y avait dans le journal.

Comme, même avec le tracteur, on avait trop à faire, je suis allé à La Vernarède embaucher des Polonais.

— Des Polonais, me dit Marie, moi je veux bien, mais il faut leur dire que je sais pas cuisiner polonais. D'abord, où c'est, la Pologne ?

— En haut, à droite, que je lui répondis en faisant un geste.

— Vous voyez, les jumeaux, ça sert à ça, l'école. De savoir où se trouve la Pologne quand on vous le demande.

Elle gonfla sa poitrine de fierté à l'idée qu'un jour, ses enfants sauraient, eux aussi, où se trouve la Pologne.

Les deux hommes commencèrent de démolir un muret de pierres sèches le samedi matin, et le dimanche soir il était par terre. Avec Édouard, on s'est regardés sans rien dire, mais on n'en pensait pas moins.

— Je vous l'avais dit, que c'étaient des costauds, clama Céleste.

Puis il leva sa casquette et se gratta le crâne.

— Mais, putain, j'aurais jamais cru à ce point-là.

Du coup, comme j'en avais bien pour mon argent, je les engageai pour nous aider pendant tout l'été et, à la mi-septembre, j'avais de beaux champs prêts à être labourés.

C'est à cette époque que je reçus la visite d'un homme de la Vallée-Basse. C'est le notaire qui me l'envoyait. Un grand-oncle à lui, dont les deux fils n'étaient pas revenus de la guerre, venait de mourir en lui laissant son bien. Une bonne terre, pas grande, mais riche et bien arrosée. Seulement l'homme avait grandi à la ville, ce qui fait qu'il n'y connaissait rien.

— Le notaire m'a dit que je pourrais vous les donner en fermage.

— C'est bien gentil au notaire de penser à nous, mais vous savez, on est que deux et on a déjà beaucoup à faire.

— Dans ce cas, je vais les mettre en vente. Je veux seulement garder la maison. Les terres, je m'en fous.

— Voilà une bonne idée, mais soyez pas pressé, parce que les terres, de par ici, il n'y a plus personne pour les acheter.

— Pourvu que j'en tire de quoi arranger la

maison, parce que figurez-vous qu'il n'y a même pas de cabinet d'aisances.

Et voilà que ce brave homme, pas malin pour deux sous, se met en devoir de nous expliquer qu'il faut refaire la toiture de la maison et que sa femme veut mettre l'électricité et l'eau courante et qu'ils ne vont pas vivre comme l'oncle qui dormait dans une pièce pas chauffée et que eux, ils sont habitués au confort de la ville et patati et patata.

Parle, je me disais, pendant que tu parles, le prix de ta terre baisse.

— Et combien vous en demanderiez ?

C'était Édouard, qui s'était rapproché.

— Il faudrait voir avec le notaire, répondit l'homme.

Je regardai Édouard. Il faisait semblant d'être simplement curieux, mais je voyais bien, à sa tête, qu'il en avait envie, de ces terres-là.

— Il nous faut passer le voir dans la semaine, dis-je à l'homme. Donnez-lui votre prix, si des fois on peut s'arranger.

— C'est une bonne terre, me dit Édouard quand l'homme fut parti. Ça pourrait être une bonne affaire.

— Peut-être, lui répondis-je seulement.

Bien sûr que c'était une bonne affaire d'acheter cette terre. Mais, avant que d'en trop parler, je voulais être sûr que je pourrais la réaliser. Parce que j'avais déjà une idée en tête.

Alors, je suis allé voir le notaire. L'homme avait donné son prix.

— Mais je lui ai bien dit que c'était beaucoup trop, me précisa le notaire.

— Ah bon !

— Surtout, qu'il reprit avec un sourire, surtout si c'est vous qui achetez.

Décidément, il me plaisait de plus en plus, ce notaire.

— Alors, je peux vous faire une offre ?

On a vite été d'accord, vu que j'étais le seul acheteur.

— Je vais suivre votre conseil, lui dis-je. Je vais emprunter à 2 %.

— Ah ! voilà une bonne chose. Comme cela, vous pourrez aussi acheter un autre tracteur neuf et labourer toute la commune, plaisanta-t-il. Parce que vous savez que tout le monde en parle, de votre tracteur. D'ailleurs, il se peut fort que je vous fasse une visite, un de ces jours, pour le voir à l'œuvre.

— Alors, je garderai un champ à labourer, pour le jour où vous viendrez. Mais des tracteurs, j'en ai assez d'un. Ce que je veux maintenant, c'est acheter ces terres de la Vallée-Basse pour quelqu'un.

— Pas pour vous ?

— Non, pour aider quelqu'un.

Et voilà. J'ai emprunté à 2 %, et j'ai prêté l'argent à Édouard. Sans intérêt. Et il a acheté sa terre.

— C'est pas tellement pour moi que je voulais un peu de bien, qu'il m'a dit quelques jours plus tard en sortant de chez le notaire, c'est pour Marie et les jumeaux. S'il m'arrive quelque chose, j'aurais pas voulu les laisser sans rien.

Puis il me donna deux ou trois tapes sur l'épaule.

— C'est que, continua-t-il, ils sont toute ma vie.

Il m'avait demandé de n'en rien dire à Marie avant que la chose soit faite. Maintenant elle nous attendait, et il allait lui annoncer la nouvelle.

— D'où vous venez de traîner ?

Il me fit un clin d'œil.

— Assieds-toi, qu'il lui dit. J'ai à te parler.

Elle le regarda, puis nous dévisagea.

— Y a un malheur ?

— Assieds-toi, et écoute-moi, qu'il répéta.

Alors, d'une voix posée, il se mit en devoir de lui expliquer ce que nous venions de faire.

— Mon Dieu ! Seigneur Jésus ! Sainte Vierge ! C'est pas vrai. Édouard, me fais pas marcher, j'en mourrais. Mère du Ciel ! J'ai une terre, à moi ! Jésus ! Marie !

Tout ça s'accompagnait de signes de croix, de bouffées de chaleur qui lui montaient au visage, de soulèvement de poitrine et de tas de petits bruits que seule Marie pouvait faire.

Ce soir-là, c'est nous, les hommes, qui avons préparé le repas. Avec l'aide des jumeaux. Marie, elle avait une poussée de fièvre qui l'empêchait même de parler.

— Fatché, lui a dit Céleste en plaisantant, ça coûte cher, mais on y arrive, à vous faire taire.

Elle n'a même pas eu la force de répondre.

Le tracteur a labouré tout ça en rien de temps. Les terres de la Bastide, les terres d'Édouard, et pour le coup, un bout de champ plein de caillasses qui appartenait à Céleste.

— Avance ! qu'il criait au tracteur, avance ! Boundie ! Regarde-la, la terre, elle se retourne comme une femelle en chaleur.

Et il courait, en mesurant de la main la profondeur du sillon.

— Trois bonnes mains, et sans forcer. Avec les bêtes, je remuais tout juste la moitié de ça, et en me tuant sur la charrue.

En octobre, on a semé. Les deux Polonais, Édouard et moi.

— Pour faire une bonne récolte, la première poignée de semence, c'est une vierge qui doit la jeter, nous annonça Marie. Et surtout quand c'est une terre neuve.

— Vous en connaissez une, de vierge ? lui

demanda Céleste. Va-t'en même savoir s'il en reste de nos jours !

— Nous, on fera la vierge, déclarèrent les jumeaux. On sait faire.

Personne n'a ri. Puisque tout était chamboulé, pourquoi ne pas chambouler aussi les traditions ?

Le lendemain, un mardi, assis dans la petite charrette que nous leur avions fabriquée avec les roues d'un vieux landau, tirés par leur âne et tenant leur chèvre en laisse, Pierre et Jean, escortés par Marie, descendirent sur les terres de la Vallée-Basse. Prenant leur rôle très au sérieux, ils avaient revêtu leurs habits de fête et portaient chacun un petit sac de toile. Quand ils furent à hauteur du champ, ils quittèrent leur attelage et marchèrent dans la terre fraîchement remuée. Puis, d'un geste sublime et calme, chacun d'eux plongea une main dans son sac et jeta la première poignée dans l'air. Ils attendirent que les graines soient retombées, alors, ils reprirent leur place dans la carriole et, sans un mot, repartirent vers la Bastide.

— À nous, me dit simplement Édouard.

Et, à son tour, il avança dans le sillon, le pas solide, mais la main tremblante d'émotion.

Pour la première fois, il allait ensemencer sa terre.

DEUXIÈME PARTIE

LE TEMPS DE CASSAGNETTES

Ainsi la vieille Mathilde Hormit s'était trouvé, à son niveau, une belle tanière de XVIIe. Mais la vie, ça ne se garde pas suffisant d'un part derrière des murs de pierres. La vie, c'est comme le bonheur, ça se partage. Et si on ne partage pas, alors, tout doucement on meurt encore un coup, et cette fois, c'est être bien pour toujours.

Déjà avant la guerre, la campagne se vidait. Les quatre ans de malheurs n'avaient fait qu'accentuer la chose et Cassagnettes ne faisait pas exception à la règle.

Des deux cent trois habitants qui autrefois peuplaient le hameau, il n'en restait aujourd'hui qu'une centaine et l'une après l'autre les jardins abandonnaient aux ronces, les chemins disparaissaient sous l'herbe, et sur la placette à l'abri des platanes, seuls quelques vieillards trouvaient encore le temps de faire la sieste sur un banc en attendant à leur tour que la Gueuse vienne les chercher.

— Le jour où on a fermé l'école, on avait dit madame Alice avant de mourir, ce jour là, sera la fin du village.

Sa maison-école, dans laquelle elle avait régné pendant presque quarante ans, sa maison-école

1

Ainsi, la vieille Bastide endormie s'était trouvé, à nouveau, une belle raison de vivre. Mais la vie, ça ne se garde pas au fond d'un parc, derrière des murs de pierres. La vie, c'est comme le bonheur, ça se partage. Et si on ne partage pas, alors, tout doucement on meurt encore un coup, et cette fois, peut-être bien pour toujours.

Déjà, avant la guerre, la campagne se vidait. Les quatre ans de malheurs n'avaient fait qu'accentuer la chose et Cassagnettes ne faisait pas exception à la règle.

Des deux cent trois habitants qui autrefois peuplaient le hameau, il n'en restait aujourd'hui qu'une centaine et, l'une après l'autre, les fermettes s'abandonnaient aux ronces, les chemins disparaissaient sous l'herbe, et sur la placette, à l'abri des platanes, seuls quelques vieillards trouvaient encore le temps de faire la sieste sur un banc, en attendant, à leur tour, que la Gueuse vienne les chercher.

— Le jour où on a fermé l'école, m'avait dit madame Alice avant de mourir, ce jour-là, on a tué le village.

Sa maison-école, dans laquelle elle avait régné pendant presque quarante ans, sa maison-école, donc, petite mais généreusement bâtie sur un beau terrain dans la partie haute du hameau, s'était ajoutée au bien que j'avais hérité de Jules le légionnaire, et était toujours là, vide elle aussi, à subir le bon vouloir du temps.

Les jumeaux, qui ne cessaient d'explorer le pays et de poser des questions, voulurent savoir ce qu'était cette maison fermée et dans laquelle ils avaient vu, à travers une fente dans les volets clos, des bancs et, sur le mur, un grand dessin tout peinturluré.

— C'est la carte de France. En vert, ce sont les plaines, en marron, les montagnes, et en bleu, les rivières et les mers.

Mais mon explication ne leur suffit pas.

— Nous, on veut voir.

Comme le ton était sans discussion possible, je leur ouvris donc la porte de la salle de classe, l'unique salle de classe de Cassagnettes, qui avait vu défiler, à chaque rentrée scolaire et selon madame Alice, tous les cancres du village et des environs.

En moins de temps qu'il n'en faut pour le dire, Pierre et Jean prirent possession de la pièce, l'un installé au pupitre de l'institutrice, l'autre à un banc du premier rang. Pendant qu'ils jouaient, avec Marie, nous en profitâmes pour aérer un peu le reste de la maison.

— Mon Dieu, me dit-elle, si un jour on lui rouvrait son école, à Alice, elle en mourrait de joie.

— Marie, madame Alice est déjà morte.

— Dans des cas, on peut mourir deux fois, me répondit-elle sans sourciller.

Et elle continua de farfouiller ici et là, sans se demander, cette fois, si Alice aimerait ça.

— Dans le fond, un peu arrangée, cette maisonnette, elle ferait bien mon bonheur.

Marie, depuis qu'elle était devenue propriétaire d'une terre, elle voyait tout en un peu plus grand qu'avant. Je ne répondis pas, parce que cette maisonnette contenait encore trop de mon passé pour que je le laisse partir. Sur le buffet trônaient toujours les douze livres de la littérature française, comme disait Alice en appuyant bien sur les mots, et dans lesquels j'avais passé de longues soirées de lecture auprès de la cheminée, pendant que la vieille dame corrigeait les devoirs des autres élèves.

— Je vais emporter les livres, dis-je à Marie, je vois qu'ils s'abîment ici. D'ailleurs, il faudra venir plus souvent pour ouvrir les volets, sinon tout va moisir.

— Oh ! bé, ça, je veux bien y faire si vous me laissez la clé, me répondit-elle toute contente. Je viendrai un après-midi pour tout ranger et nettoyer. Peuchère, ça lui fera plaisir, à Alice, de voir qu'on s'occupe de son chez-elle.

Décidément, elle lui plaisait, cette maisonnette. Les jumeaux nous interrompirent dans nos pensées.

— Maman, on veut plus jouer ici. A deux, c'est pas bien, alors, on veut aller à l'école, la vraie.

— Vous êtes trop petits.

— Nous, on veut.

Et quand ils voulaient quelque chose, rien ne pouvait les arrêter.

— Ils sont encore bien jeunes, me dit Marie, mais, enfin, s'ils veulent aller à l'école, c'est pas moi qui les en empêcherai.

Alors, dès le lendemain, Édouard et Marie allèrent les inscrire à l'école de Malbosc. Ils n'auraient dû commencer que l'année suivante, mais le directeur, étonné de leur raisonnement, décida de les prendre en petite classe.

— S'ils ne suivent pas, ils auront toujours appris

quelque chose pour l'an prochain, dit-il aux parents.

— On va suivre, répondirent les jumeaux.

Le premier matin fut un matin de fête. Marie était excitée comme une puce. Si je veux bien être honnête, je dirai que nous l'étions tous un peu. Même Édouard, à la seule différence que chez lui, ça ne se voyait pas à l'œil nu.

— Et si on vous demande votre nom, expliquait Marie aux jumeaux, faites pas de simagrés. Soyez gentils. Pierre, mets pas ton doigt dans ton nez. Jean, mais Jean, dépêche-toi, tu vas être en retard. Faites-vous voir.

Ils se tenaient debout, devant la cheminée, dans leur sarrau noir boutonné sur le côté et qui faisait encore plus ressortir leur blondeur. Deux petits démons habillés en anges. Pour une fois, ils étaient calmes.

— Vous êtes prêts ? leur demanda Édouard.

Silence.

— Alors, répéta Édouard, vous êtes prêts ?

— On y va pas.

— Quoi ?

— On y va pas, répéta Pierre.

— Et pourquoi ça ? questionna Édouard.

— Parce que, on veut un sou pour y aller.

Édouard attendit, sans bouger. Puis il se décida à parler.

— Bien.

Et il leur donna à chacun un sou.

— Maintenant, allons-y.

Et ils partirent pour Malbosc, juchés sur leur âne qui, lui aussi, prenait pour la première fois le chemin de l'école.

Édouard revint dans la matinée, toujours de bonne humeur, et me rejoignit dans la porcherie.

Je finissais de réparer un enclos de bois pour mettre une coche que je venais d'acheter.

Vers les trois heures, Marie vint nous trouver. Tout au long de la journée, elle n'avait cessé de se poser des questions.

— À savoir si je leur ai donné assez pour manger ? Peut-être qu'ils sont pas bien couverts, il fait quand même un peu frais. Mon Dieu, je savais que j'avais oublié quelque chose, je leur ai pas dit de mettre leur laine pour jouer à la récréation, pouvu que le maître le leur dise.

Maintenant, elle ne tenait plus en place.

— Je veux voir à quoi elle ressemble, cette école, nous dit-elle depuis la porte, et puis, quand même, il faut que j'y aille, sinon, de rater un jour comme ça, je m'en remettrai pas.

Elle avait bien raison, un premier jour d'école, ça n'arrive qu'une fois, alors, faut pas le manquer. D'ailleurs, je n'avais rien dit, mais ce matin, en voyant partir les jumeaux, je m'étais un peu revu le jour de ma première classe.

Tu te souviens, Adélaïde ? La mémé Petite avait fait le chemin avec moi, parce qu'elle voulait voir si j'étais bien au rang de devant, comme l'avait dit madame Alice. Mais surtout, parce que, en m'accompagnant, elle était redevenue pour un instant la petite Mathilde, celle qui avait rêvé de tout apprendre mais qu'on avait mise très jeune, trop jeune, à garder les vaches. Avec moi, elle était allée à l'école, une fois, et cette fois avait rempli le reste de sa vie.

Mais c'est de toi, ma mère, avant tout, que je me rappelle. La classe était finie, et je fermais le portail de la cour lorsque je te vis, belle, toujours divinement belle, avec ton petit chapeau à plumes, ta robe de serge bleue, ton sourire et tes yeux en amande. Ah ! tes yeux, maman, il faut avoir vu une fois le regard qu'ils posaient sur moi pour comprendre combien tu m'aimais.

Tu étais venue de ta ville, pour me faire la surprise, et ce soir-là plus que tout autre, tu fus à moi, rien qu'à moi, et j'aurais voulu que ce jour ne finisse jamais.

Marie revint, avec les jumeaux, alors que la nuit venait juste de tomber.

— Papa ! Tonton ! nous cria tout de suite Pierre, il faut que vous voyiez, c'est pas une école de petits, où on va. On a un grand tableau noir, et on va écrire dessus des choses que même toi tu sais pas ce que ça veut dire.

— Oui, seulement nous, on saura, parce qu'on va apprendre, reprit Jean.

— Le maître, il a dit qu'on était les plus forts, Jean et moi, à cause qu'on est deux les mêmes.

— Et puis, à côté, y a l'école des filles.

— Chut ! Le dis pas ! Ils ont pas besoin de savoir tout, lui murmura Pierre, on a nos secrets à nous.

Ils étaient jumeaux, mais Pierre était plus malin, plus retors, et il avait pris Jean sous son aile, comme s'il avait compris dès le premier instant qu'il fallait le protéger, qu'il serait toujours le plus petit des deux.

— C'est Pierre qui est né le deuxième, me dit Marie un jour que nous parlions des jumeaux, alors, c'est l'aîné.

— Et pourquoi ça ?

— Parce que c'est comme ça, le dernier qui naît, c'est le premier conçu. D'abord, il le sait bien, Pierre, qu'il est l'aîné.

Mystère de la nature. Pierre est l'aîné. Et il est vrai que déjà tout dans son comportement indiquait qu'il en était conscient. Sans pour autant jamais mettre en avant son autorité naturelle, il entourait Jean d'une infranchissable barrière de douceur.

Marie me raconta qu'à la naissance, par un choix que seul le hasard n'avait pu fournir, elle avait nourri d'abord Pierre. Il s'était agglutiné sur le sein droit, mais, après quelques succions, l'avait rejeté. Elle lui donna alors le gauche. Il s'agglutina à nouveau, mais presque aussitôt refusa de téter, faisant en sorte qu'on lui rende le premier sein délaissé. On le crut capricieux. Il n'en était rien. Pierre, en frère attentif, venait de goûter aux deux tétons, choisissant pour laisser à son autre moi-même celui qui serait le plus facile à téter, mais, également, le sein à la peau la plus douce, la plus soyeuse, et surtout, celui qui est le plus près du cœur, dont les battements rythment la vie. Il se gardait le sein droit, celui du muscle qui travaille, ne se souciant pas du granulé de la peau, du sanglot étouffé de la respiration ou de l'angle un peu trop raide du bras offert en soutien. Il savait déjà que les seins, comme les jumeaux, se ressemblent, mais ne sont jamais identiques.

— Et ça, tonton, c'est le livre de pipe, me dit Jean en me tirant de ma rêverie.

— Ça s'appelle un abécédaire.

Il me regarde, sceptique, puis se tourne vers son frère.

— Tu comprends rien, me rétorque Pierre. Tu vois bien que la première page, c'est une pipe qu'il y a dessus. Et c'est écrit là.

Et, ensemble, ils lisent la première ligne.

— P et I, ça fait pi, P et E, ça fait pe.

Un grand souffle, et ils reprennent.

— P et I et P et E, ça fait PIPE.

— Mon Dieu ! s'écrie Marie, mon Dieu, déjà en un jour ils savent tout ça.

Elle est fière, comme seule une mère peut l'être.

Édouard sourit, et même s'il ne dit rien, on voit bien qu'il est fier lui aussi. Mais s'il ne dit rien, c'est qu'il y a également une raison.

— On mange ? demande-t-il.

— Oui, nous, on a faim, répondent les jumeaux.

— Vous avez des sous ? leur demande Édouard.

Pierre et Jean s'arrêtent net.

— Moi, pour vous faire manger, je veux deux sous chacun.

— Mais enfin, Édouard ! veut intervenir Marie.

D'un seul regard il lui interdit d'aller plus loin.

— Quand vous m'aurez donné chacun deux sous, vous pourrez manger.

— On n'a qu'un sou, murmurent-ils d'une voix honteuse.

— Bien, répond Édouard en empochant les piécettes, vous me devez encore un sou chacun. Mais vous pourrez me le donner un autre jour.

— Il faut qu'ils apprennent la valeur des choses, me dit-il un peu plus tard, il faut qu'ils apprennent. Et tout n'est pas dans les livres.

2

Malbosc était quand même à plusieurs kilomètres de la Bastide, et faire le trajet quatre fois par jour nous prenait beaucoup trop de temps. Quant à laisser les jumeaux le faire seuls, il n'en était pas question. Il y avait des maraudeurs, on racontait également des histoires de gamins enlevés, et de plus, la nuit tombait tôt, et l'hiver était là, avec sa cohorte de froid, de pluies et de neige. Les jumeaux étaient trop petits pour être livrés à eux-mêmes.

— Il y a la gamine de la Gravière et les deux du Gustin qui font le trajet, nous dit Marie, on pourrait s'arranger avec eux pour aller les chercher chacun son tour.

Alors, croyant bien faire, avec Édouard, on est allés trouver les fermiers de la Gravière. Je ne savais rien de ces fermiers, si ce n'est qu'ils étaient les neveux de la défunte Alice.

— Des moins que rien, m'avait-elle dit, qui me plaindraient la coquille d'un œuf.

J'avais pris sa remarque pour une de ces vieilles querelles de famille qui traversent le temps plus solidement qu'un pont sur la rivière. Je ne me doutais pas que pour eux, cette famille-là, j'en faisais également partie.

Déjà, en traversant leur cour, je vis une femme, ce devait être la mère, se cacher dans un appentis et nous observer sans bouger. Je frappai à la porte. Une gamine, sale et habillée de vieilleries, nous ouvrit.

— Qu'est-ce que c'est ? cria une voix d'homme.

Le ton n'était pas une invitation à aller plus loin. Aussi, je me présentai depuis le pas de la porte.

— C'est Antonin Maillefer ! De la Bastide !

Édouard fit de même, puis, sans plus tarder, il lui expliqua le pourquoi de notre visite.

— Si on pouvait s'arranger un jour chacun, ça aiderait.

Nous avions, tout en parlant, fait un pas vers l'intérieur.

— L'école, si elle y va pas, nous dit le bonhomme sans bouger de son banc, j'en ai rien à foutre. Pour torcher le cul des mioches et traire les vaches, elle a pas besoin de savoir lire.

La gamine s'était réfugiée dans un coin de la

pièce, se rongeant le bout des doigts, une peur profonde dans les yeux.

— De toute façon, je répondis, que ça vous plaise ou non, c'est la loi de les envoyer à l'école. Alors, autant le faire de bonne grâce.

J'en avais trop dit. L'homme se dressa, saisit sa canne et la fit tournoyer dans l'air.

— Tu es venu me dire ce que j'ai à faire ! Je t'ai rien demandé, alors fous-moi le camp.

— Mais, ne vous énervez pas, juste on parlait.

Il fit un pas vers moi.

— Nous, on a besoin de travailler pour manger, on vole pas le bien des autres.

En un instant je compris l'erreur de ma démarche. Non seulement j'avais hérité de la Bastide de Jules, mais, en plus, et surtout, de la maison-école d'Alice. Et cette maison-école, ils pensaient qu'elle leur reviendrait à eux, sa seule famille.

L'homme me fixait, la bave jusque sur les lèvres.

— Et puis, reprit-il, occupe-toi de tes affaires, avant de t'occuper de celles des autres.

Et, en crachant sa chique par terre, il marmonna un mot. Ce mot que j'aurais reconnu entre mille autres, tellement il soulevait en moi une vieille et profonde douleur.

— Bâtard, marmonna-t-il.

Édouard m'attrapa par mon paletot.

— Sortons d'ici, qu'il me dit. Tu m'entends, sortons !

Et il me tira dehors. Des flots de sang me battaient si fort aux tempes que je n'y voyais plus.

— Calme-toi, me dit Édouard, calme-toi. Ça changera rien que tu t'énerves.

Nous marchions maintenant sur le chemin de Laval. L'air vif, en me fouettant le visage, m'apportait des odeurs de plein hiver.

Décidément, ma mère, me disais-je tout en forçant le pas pour me calmer, décidément, quoi que je fasse et quoi qu'il m'arrive, ça se retournera toujours contre moi. Mais aussi, tu n'aurais pas pu me donner un père, n'importe lequel, mais un père, avec un nom, parce que, comme le dit Marie, on a beau être les enfants de l'amour, pour les autres, on est, et on reste, des bâtards !

— Bâtard ou pas, dis-je à Édouard, j'ai pas honte de mon nom. Maillefer je suis né, Maillefer je mourrai. Ce qu'ils pensent et disent, je m'en fous.

En même temps que je disais ça, une petite voix à l'intérieur me soutenait le contraire. Non, Antonin, non, tu ne t'en fous pas, qu'elle me susurrait. Tu n'as même qu'une seule envie, c'est de leur prouver que tu es le plus fort. Et pour ça, tu es bien capable de tout.

— Ce qui compte, maintenant, me dit Édouard, c'est que tu penses à toi. Le reste et les autres, un jour, ça se réglera tout seul.

Té, reprit la voix, tu en as tellement envie de leur prouver que tu es le plus fort, que tu es même capable de faire des choses impossibles. Comme quoi ? Tiens, comme de vouloir sauver Cassagnettes, par exemple.

Sauver Cassagnettes, mais de quoi ? que je lui demande, à cette voix.

De la mort ! parbleu, de la mort ! Tu le vois bien que le hameau se meurt. Regarde autour de toi, l'école est fermée, la cure est fermée, Marthe est seule dans son café-épicerie-tabac. L'hiver, les cheminées ne fument plus, les gens ne cuisent même plus leur pain, ils l'achètent tout fait par un autre. Té, un jour, si ça continue, ils iront même acheter leur lait.

Je m'en fous, de Cassagnettes.

C'est pas vrai, Antonin, qu'elle me répond, cette

petite voix, c'est pas vrai. Sinon, tu serais parti, toi aussi. Mais tu l'aimes, ton Cassagnettes. Tu l'aimes tellement qu'un jour tu as dit à ta mère que tu lui construirais un château, ici, avec des jardins de fleurs partout, comme ça, elle ne repartirait jamais. Et toi non plus.

J'étais enfant, quand j'ai dit ça.

Je sais, continue la voix, mais c'est quand on est grand qu'on tient ses promesses d'enfant. Et dans le fond, tu en as très envie, de faire ce que je te dis. Avoue-le, ça te déplairait pas, hé, toi, Antonin Maillefer, le bâtard de la Baraille, de sauver le village.

Saleté de petite voix !

— Qu'est-ce qu'on fait pour Gustin, on va le voir ? me demande Édouard.

— Il vaut mieux que Marie y aille. Les femmes s'arrangent plus facilement entre elles. Moi, j'ai autre chose à faire.

Je ne croyais pas si bien dire.

3

— Mon Dieu, nous raconta Marie, ça leur a fait plaisir, à Gustin et à Louisette, de voir qu'on pensait à eux. Ils m'ont dit : On savait que vous étiez revenue, mais on osait pas venir vous voir, à cause de, vous savez ce qu'on veut dire. Je savais pas, mais j'ai dit : Oh oui ! je sais, mais c'est fini. Ah ! c'est fini, qu'ils ont répondu, mais on savait pas. Hé, c'est que vous savez pas tout, que je leur ai dit. Et voilà, personne comprenait de quoi on parlait, mais tout le monde était content, alors, pourquoi se faire du mauvais sang ?

Elle était de bonne humeur, Marie. De faire des visites, ça lui plaisait.

— Eux, ce qui les peine le plus, c'est que l'église soit fermée. Aller à Malbosc, ça leur fait trop loin. On pourrait voir l'évêque, ou quelqu'un, pour avoir une messe le dimanche. Ça leur mangerait pas de pain de nous envoyer un curé.

— Ils n'ont qu'à aller le demander, s'ils en ont envie.

Les problèmes de messe de Louisette et Gustin n'étaient pas les miens.

— Et puis, on n'a pas besoin d'être fourré à l'église tous les dimanches pour être un bon chrétien.

— Mauvais garnement, me cria Marie, tu finiras en enfer.

— Nous, tonton Tonin, on viendra avec toi, conclurent les jumeaux.

Puis Pierre s'approcha et me glissa à l'oreille :

— Si tu nous donnes un sou.

En attendant l'enfer promis par Marie, il me fallait boucher une fondrière qui menaçait d'emporter le chemin de la Baraille. J'attelai la remorque avec quelques outils dedans et, de bon matin, je montai faire mon travail. C'est en redescendant de la fermette que je m'arrêtai un instant pour nettoyer le piédestal du Jésus sur Son mamelon. Que l'église soit fermée ne me préoccupait pas, mais mon Jésus, ça, c'était une autre histoire.

— Alors, Jésus, que je Lui dis tout en ratissant les vieilles herbes, on Se fait toujours du souci pour le monde.

Je Lui parlais toujours comme ça, mi-figue, mi-raisin. C'est qu'on était de vieux copains, Lui et moi. Depuis que j'étais petit, je Lui racontais mes histoires de l'école, mes chagrins de ma mère. L'été, je Lui portais des fleurs, et lentement, avec le temps, on avait pris l'habitude l'un de l'autre.

— Je ne sais pas si Vous avez vu, mais les affaires du pays ne sont pas brillantes. Enfin, ici, on risque pas grand-chose, on aura toujours de quoi se mettre sous la dent.

Je finis de désherber puis je rangeai mes outils et remontai sur le tracteur.

— Un jour, je viendrai Vous repeindre un peu, parce que sinon, Vous allez finir tout couvert de rouille.

C'est au moment où j'allais démarrer, et que je m'y attendais le moins, qu'Il m'a répondu, en traître.

— Alors, Antonin, tu Me le sauves ce Cassagnettes, oui ou non ?

Oh ! bon Dieu, Il s'y mettait, Lui aussi. Et là, je compris que j'étais foutu. Parce qu'une petite voix, on peut se la mettre de côté et l'oublier. Mais votre Jésus, quand Il vous demande une chose, chrétien ou pas, vous fermez votre clapet et vous la faites.

— Merde ! Oh ! pardon, Jésus.

Il ne releva pas mon juron. Il faut dire qu'Il en avait entendu d'autres, depuis qu'on L'avait installé sur sa croix.

— Enfin, je veux dire, enfin quoi, je veux pas m'occuper de tout ça.

Il n'a pas bougé. C'est pas un gros parleur. Il vous dit une chose, et puis, après, à vous d'en faire ce que vous voulez.

Alors je suis rentré à la Bastide, un peu remué quand même.

— Ça a pas l'air d'aller fort, me demande Marie.

— J'ai des bourdonnements d'oreilles, que je lui réponds.

— Tant que ce sont pas des voix que tu entends, me dit-elle.

Sorcière ! j'ai pensé.

Quelques jours plus tard, je songe à Gustin et à

Louisette. Dans le fond, ils n'ont pas tort, que je me dis, parce que, une messe, c'est un bon moyen de rassembler ceux qui sont encore ici. Autrefois, le dimanche, devant l'église, les gens se retrouvaient, échangeaient des propos, des nouvelles. Et puis, vu comme ça, c'est pas grand-chose, mais pour annoncer une messe, il faut sonner la cloche. Tiens, des gens se disent, tiens, ça sonne à Cassagnettes, il doit se passer quelque chose, allons voir. Et ils viennent, parce que les gens sont curieux, alors ils viennent. Et qu'est-ce qu'ils trouvent ? Un village faisant la sieste entre ses collines, des ruelles qui s'enfuient quand on s'approche, des maisons qui se cachent au fond des cours, et puis, d'un seul coup, une belle placette à l'ombre de ses deux platanes, avec dans un coin une fontaine qui se fait des gargouillis, et puis, d'un côté, son bureau de tabac-épicerie-café juste un peu ouvert et de l'autre, son église, qui rit de leur avoir joué ce tour. Té, ils disent, on l'avait oublié, ce village. Alors ils restent un peu, puis, comme le village il leur donne de tout, du calme, de l'eau fraîche, de l'ombre ; aux hommes, il donne de la place pour jouer à la pétanque, aux femmes, des bancs pour tricoter en papotant, et aux enfants, des cachettes pour faire peur, enfin quoi, tout ce qu'il faut pour être bien, alors, ils restent d'abord un peu, puis ils reviennent, et comme ça, semblant de rien, le village il reprend vie. Alors, messe ou pas messe, ce qu'il me fallait faire en premier, c'était sonner la cloche.

— J'irai voir le curé de Malbosc, dis-je à Marie ce soir-là, et je lui demanderai de me laisser la clé de l'église.

— C'est pas vous qui allez dire la messe ?

— Ah ! ça, non, mais si j'ai la clé, je peux toujours ouvrir l'église, et si je peux ouvrir l'église, alors, je peux sonner la cloche.

— Et ça fera quoi ?
— On verra bien.
Je ne savais pas dans quoi je mettais les pieds.
— On verra bien, que je répétais.
Et on a vu.

4

C'était le premier dimanche de novembre. Avec Édouard, guidés par Céleste, nous étions montés jusqu'à la montagne sur laquelle le papé possédait quelques bouts de terrain et la baraque qui avait été sa demeure pendant cinquante ans.

— Il faut que j'aille la fermer pour l'hiver, nous avait-il dit la veille. Au printemps, je verrai bien, si des fois vous voulez plus de moi.

— C'est surtout si des fois vous vous embêtez à la Bastide.

— Ou bien que vous trouviez une jeunesse pour vous faire compagnie, ajouta Édouard.

Bref, Céleste fit le tour de sa pièce en terre battue, et en profita pour ramasser quelques bricoles qu'il voulait garder avec lui.

— Des souvenirs, qu'il nous dit, une vie de souvenirs.

Il glissa le tout dans une boîte en fer-blanc du planteur de Caïffa avec sur le couvercle un tableau de demoiselles faisant une dînette dans l'herbe, puis, après avoir bien barricadé la porte et la lucarne, il se mit en devoir de nous faire faire le tour de son domaine, c'est-à-dire quelques bouts de terrain volés à la caillasse et qui y retournaient déjà.

— Si des fois il m'arrive quelque chose, faut que

vous sachiez où est mon bien, nous dit-il fièrement. J'ai assez sué dessus pour pas qu'il s'abandonne, parce que, cette terre, elle me vaut une fortune.

Comme quoi la richesse est bien dans le cœur, et non pas dans le nombre d'hectares.

Nous étions sur le chemin du retour quand les jumeaux nous trouvèrent.

— Y a du monde pour toi à la Bastide, me dirent-ils en chœur, et du beau monde.

— Comment ça, du beau monde ?

— Hé bé, du monde que notre mère elle a tout de suite enlevé son tablier de la cuisine et elle a mis l'autre pour aller leur parler.

Effectivement, ça devait être du beau monde. En fait, c'était le notaire, et sa famille, qui nous rendaient visite.

— Je vous avais promis de venir voir votre tracteur à l'œuvre, me dit-il en me serrant la main.

— Vous arrivez trop tard, on a plus rien à labourer. Si j'avais su que vous veniez...

— Ce sera pour une autre fois. Je voulais surtout faire découvrir Cassagnettes à ma famille.

Et il me présenta tour à tour sa femme, douce comme une peau de pêche sous son chapeau, une jeune fille, Thérèse, à l'air revêche et qui n'avait posé qu'une fesse sur la chaise tout en faisant des manières de vieille rombière et, fort heureusement, une gamine de dix ou douze ans, laquelle, debout sur le banc, expliquait aux chats que son père était notaire et qu'elle voulait être infirmière ou maîtresse d'école. Mais dès qu'elle vit les jumeaux, elle sauta au sol et ils partirent tous les trois s'enfermer dans le salon.

— Monsieur Antonin, me dit Marie en prenant l'air des grands jours, justement, j'ai voulu mettre ces messieurs et dames au salon, mais monsieur le notaire a pas voulu.

— Le salon, répondit-il en me serrant la main, c'est pour les invités. Nous, on n'est pas invités, on est passés vous dire bonjour. En amis, si vous le permettez.

Puis il se tourna vers sa femme, et ajouta en souriant, comme s'il lui demandait la permission :

— Et peut-être bien en voisins, n'est-ce pas, Ameline ?

Je ne sais ce qui me surprit le plus. Le fait qu'ils parlent d'être voisins ou le prénom de sa femme. Ameline, c'était pas commun de par chez nous.

— En voisins ? Mais ce serait une bonne nouvelle.

— Ma femme ne connaissait pas Cassagnettes, m'expliqua-t-il en se rasseyant. Mais dès que nous sommes arrivés par ici, elle m'a dit, Albert, c'est là que je veux vivre.

— Pas moi, affirma la jeune pimbêche, ça sent trop mauvais.

Personne ne prêta attention à son propos, alors elle nous tourna le dos et, merci mon Dieu, ne bougea plus de tout l'après-midi.

La conversation roula sur une chose et l'autre, puis Marie, qui s'était éclipsée un moment et nous était revenue sans son tablier blanc de gouvernante mais avec sa robe des dimanches, Marie, donc, proposa à madame la femme du notaire de faire le tour de la maison.

— Je demande pas à Antonin, précisa-t-elle, parce que je sais qu'il dirait pas non.

— Cela me ferait vraiment plaisir, dit la jeune dame.

— Vous savez, c'est pas astiqué comme autrefois, je suis seule pour tout faire, mais, va, y a de beaux restes.

Et, pendant qu'elles entreprenaient leur tour, nous, les hommes, allâmes voir ce fameux tracteur.

— J'ai raté les labours, me dit le notaire, mais je reviendrai pour voir cet engin dans un champ.

Puis on parla des travaux qu'il faudrait entreprendre au printemps, de ce que pourrait donner la terre, de l'argent qui perdait beaucoup de sa valeur.

— Si la droite perd les élections législatives, nous aurons un gouvernement de gauche, et Millerand sera obligé de quitter la présidence.

— Vous croyez que ça changera quelque chose pour nous ?

— On verra, mais je crains fort que la question des dettes allemandes ne soit un prétexte pour nous faire oublier la réalité de notre situation économique. Soyez prudent, c'est le mot d'ordre à suivre pour les mois à venir.

J'écoutais, parce que je comprenais que c'était important de savoir. Et puis, discuter avec lui de toutes ces choses, c'était comme un grand souffle d'air nouveau dans la tête.

— Antonin, qu'il me disait en changeant de conversation, vous devriez penser à planter du pommier. La pomme, bientôt, rapportera plus que le raisin. Et votre terre est bonne pour ça.

Alors nous bavardions de ceci et de cela, et je voyais bien que ce brave homme, il aurait préféré avoir un champ plutôt que d'être enfermé dans son bureau, et qu'en plus je lui étais sympathique.

Aussi, sur le chemin de retour à la Bastide, je lui fis part de mon souci de voir le village se vider et de mon intention de ramener un peu de monde, en commençant, peut-être, par demander la réouverture de l'église. Je me gardai bien de lui parler de mes voix. On en avait déjà assez avec Jeanne d'Arc sans que je m'y mette aussi. Et puis, je voulais bien à la rigueur essayer de sauver Cassagnettes, mais la France, c'était trop pour moi.

— Au moins, expliquai-je au notaire, ce serait

bien que le dimanche on voie un peu d'animation. Sinon, bientôt, on ne se retrouvera plus que pour les enterrements.

— Ce que vous voulez faire va soulever des rancœurs, car les gens n'aiment pas trop être dérangés dans leurs habitudes.

Il s'arrêta de marcher et me dévisagea, apparemment intrigué.

— Et vous allez déranger. Mais votre idée de vouloir faire revivre ce hameau me plaît beaucoup, poursuivit-il. En ce qui concerne la clé de l'église, si vous voulez bien, je m'en occuperai. J'ai quelques moyens de faire pression. Si je sens le curé réticent, nous pourrons toujours voir l'évêque.

— Là, je vous laisserai faire volontiers, parce que pour parler à un évêque, je m'embrouillerais un peu.

— C'est pas plus difficile que de parler à un Jésus, me répondit-il en souriant. Et l'évêque, il vous répond tout de suite.

Je devais avoir l'air tellement ébahi qu'il se sentit obligé de me donner une précision.

— Je vous ai dit qu'une étude de notaire, c'était presque comme un confessionnal. Les gens viennent, et nous racontent un peu de tout.

Nous étions maintenant sur le perron. Ces dames arrivèrent de leur tour du potager et tout le monde s'engouffra dans la cuisine pour se réchauffer. La gamine et les jumeaux sortirent du salon et nous rejoignirent.

— Papa, dit-elle, quand c'est qu'on vient habiter ici ?

— Ça te plairait ?

— Ah non ! cria la pimbêche en se retournant, si on vient ici, moi je demande à partir en pension.

— Bon débarras, répondit la gamine.

— Marilou, intervint la mère calmement, je t'ai

déjà prié de ne pas contrarier ta sœur. Si Thérèse préfère la pension, elle ira en pension.

Puis elle se tourna vers Thérèse.

— N'est-ce pas, ma chérie ?

La journée tirait à sa fin. Le notaire se leva et prit congé de nous.

— Il ne nous reste plus qu'à trouver une maison, et nous déménageons, me dit-il.

— Ce ne sera pas le plus facile, parce qu'ici il n'y a pas grand-chose qui puisse vous convenir.

Je voyais mal le notaire et sa famille s'installer dans une des maisons du village. Elles étaient toutes petites, vieilles, sans confort, enfin quoi, pas faites pour un notaire.

— Vendez-nous la Bastide, me dit sa femme.

Je la regardai, et je vis bien qu'elle était sérieuse.

— On va d'abord faire sonner la cloche de l'église, après, on verra, lui répondis-je pour couper court.

Mais, dans ma tête, c'était tout vu. La Bastide, il ne fallait pas qu'elle en rêve.

J'avais compté sans la foudre. Et sans cette coquine de Marilou.

5

Tout juste deux semaines après sa première visite, le notaire entra triomphalement dans la cuisine de la Bastide. La soupe était déjà sur la table, entre la miche de pain et le fromage.

— Marie, annonça-t-il de la porte, vous pouvez ajouter une assiette. Ça sent trop bon, alors, tant pis si vous pensez que je suis grossier, mais je m'invite.

Il nous serra la main, et prit place sur le banc.

— D'autant plus que je l'ai bien mérité.

Et il posa la clé de l'église sur la table.

— À priori, comme je le pensais, ça ne lui plaisait pas trop que l'on veuille s'occuper de cette église.

— Mais il ne vient jamais, rétorqua Marie.

— Il n'empêche pas moins qu'il est votre curé. Bref, il est d'accord pour que vous vous occupiez de l'église et que vous fassiez sonner la cloche, mais il ne peut rien faire pour la messe. Il n'a pas de prêtre disponible pour venir jusqu'ici.

— Pour encaisser le denier du culte, ils trouvent bien le temps de nous rendre visite. Quand même, peuchère, on est des chrétiens comme les autres. Au moins une messe pour la Noël, on demande pas la lune.

Marie s'énervait.

— Je sais, reprit le notaire, mais sans son accord on ne peut pas aller plus loin.

— Si je comprends bien, lui dis-je après réflexion, nous avons l'église, mais ce qui nous manque, c'est un curé.

— Exactement.

— Eh bien, je crois que j'en ai un. Oh, pas pour tous les dimanches, mais justement, pour le soir de Noël.

Ils attendaient tous que je précise ma pensée.

— Celui qui fut notre curé pendant presque un demi-siècle.

— Mais il est mort, clama Marie, toujours colère.

— Justement, non. Il n'est plus très jeune, mais encore bien vivant.

— Et vous croyez qu'il viendrait ?

— Je crois pouvoir penser que oui.

Parce que ce brave vieux curé, je le connaissais

suffisamment pour savoir qu'il ne me refuserait pas de venir dire une messe, et surtout pas à Cassagnettes.

— Alors, si vous êtes sûr de vous, reprit le notaire, il faut s'organiser pour que l'église soit prête et que les gens le sachent.

Je l'observais pendant qu'il expliquait tout en mangeant sa soupe. Quel homme bizarre ! je me disais. Maintenant, je suis certain qu'il s'ennuie dans son travail. Mais, le plus surprenant, c'est de le voir là, à table, heureux comme un poisson dans l'eau, et c'est tout juste s'il ne se met pas à parler patois, pour faire plus vrai. Quel âge peut-il avoir ? Si je lui enlève son costume, sa moustache, ses besicles, et le prestige de sa situation, il ne doit pas dépasser la quarantaine. En fait, qu'est-ce qu'on sait de lui, dans le pays ? Rien, tout à fait rien. Il est arrivé un beau matin de Meyrueis, pour remplacer le vieux tabellion pingre et pouilleux dont il venait d'acheter l'étude, et tout de suite, contrairement à leurs habitudes, les gens l'ont adopté, comme s'il était un enfant du pays. Meyrueis, ce n'est pas loin, mais c'est quand même de l'autre côté de l'Aigoual, avec d'autres coutumes, des pensements différents. Il a grandi là-bas, mais on le dirait de partout et de nulle part à la fois, tant il vous met à l'aise tout de suite.

Il me faisait penser à Berthe ! Comme ils se ressemblaient, l'oncle et la nièce. Si seulement j'avais été capable de ne pas m'évanouir à chaque fois que je l'avais rencontrée !

— Vous voyez, Antonin, qu'on a du pain sur la planche pour faire venir un peu de monde ici, conclut le notaire.

Je souris, mais il comprit que je n'avais pas écouté ses propos.

— Donc, en premier, reprit-il en s'adressant à

Marie, ce qu'il faut, c'est réussir une belle messe de Noël.

— Ça, l'église sera propre, vous pouvez croire. Mon Dieu, Louisette va être tellement contente qu'elle va vous astiquer tout ça comme un sou neuf. Moi, je l'aiderai, et je préparerai la crèche, parce qu'on va pas faire un Noël sans crèche. Pardi, il faut que je trouve les santons.

— Nous, on fera l'Enfant Jésus, annoncèrent les jumeaux, on sait faire.

— Vous êtes un peu grands pour ça, leur expliqua le notaire, mais peut-être que vous pourriez faire les anges.

Ils se regardèrent, réfléchirent un instant.

— D'accord, mais seulement si on vole pas dans le ciel.

Puis, honteux de l'avouer, ils ajoutèrent :

— Parce que ça, on sait pas.

Il y eut un silence. Une idée était en train de traverser la salle, et personne ne savait encore d'où elle venait, où elle allait, ni même ce qu'elle était. Mais elle était là, bien présente, et il fallait la saisir au vol, sinon...

— Hé bé, nous dit Céleste, si vous faites une crèche avec des vrais anges, alors, moi, je ferai le vrai berger, et je porterai l'agneau sur mes épaules.

Les regards s'entrecroisèrent. Édouard cessa de sculpter son bout de bois, les jumeaux se prirent par la main, Marie se signa. J'attendais, parce que soudain, je venais de voir, devant moi, grosse comme une montagne, cette idée qui venait de se poser au milieu de nous.

— Oh ! bon Dieu ! dit le notaire, oh ! bon Dieu ! C'est ça qu'il nous faut pour faire venir du monde à Cassagnettes.

L'un de nous devait le dire, mais c'était tellement énorme, comme idée, que personne n'osait.

— C'est ça, répétait le notaire.
— C'est ça, quoi ? demanda Céleste.
— Une vraie crèche, il nous faut une vraie crèche. Une crèche vivante.

C'était dit. Maintenant, il fallait le faire.

6

— Ta messe de minuit, me dit le vieux curé Pradeyras, si Dieu me tient en vie jusque-là, tu l'auras. J'ai pas besoin de permission, Cassagnettes, c'est encore ma paroisse. Seulement, il faudra venir me chercher, parce que je peux plus marcher beaucoup.

Puis il se pencha sur moi, comme pour me faire une confidence.

— Tu le sais peut-être pas, mais c'est moi qui ai marié ton papé et ta mamé.

Il eut un petit rire plein de souvenirs.

— Une sacrée histoire, ce mariage.

Je la connaissais, cette histoire, mais il avait tellement envie de me la raconter.

— Tu comprends, ton papé, c'était un parpaillot, et ta mamé, une catholique. Alors, à moins qu'un change de religion, on pouvait pas les marier dans l'église. À la sacristie peut-être, et encore, à la va-vite. Mais ta mamé, elle voulait être mariée devant l'autel, comme une bonne chrétienne. J'ai pas de péché, qu'elle m'a dit, alors, j'ai droit à l'église. Moi, j'ai dit : ils s'aiment, ils sont faits l'un pour l'autre, alors, je les marie comme ils veulent.

Il remontait le cours de sa mémoire.

— Quel pataquès, quand ça s'est su ! On m'a

enlevé de ma cure, une belle cure que j'avais dans le pays bas, et on m'a envoyé dans ce trou de Cassagnettes. J'ai rien dit. Ils croyaient me punir, mais ils se sont trompés. J'ai été le plus heureux des curés.

Il se tourna vers moi.

— Parce que, une âme, qu'elle soit de la campagne ou de la ville, d'un riche ou d'un pauvre, c'est toujours une âme. Et moi, c'étaient les âmes qui m'intéressaient.

Maintenant, son devoir accompli, le brave curé coulait des jours paisibles dans une maison religieuse, en attendant que le Seigneur veuille bien le rappeler auprès de Lui.

— Deux ans après avoir été nommé curé de Cassagnettes, ton papé et ta mamé ont acheté la Baraille. Pour me faire voir qu'ils ne m'abandonnaient pas. De braves gens, Mathilde et Mathurin.

Il avait une autre pensée, mais n'osait pas. Alors je la dis pour lui.

— Ils seraient bien contents de nous voir là, vous et moi, en train de parler. Et ma mère aussi.

— Ah! qu'il fit simplement, Adélaïde. Tu n'as toujours rien trouvé, hé?

— Trouver quoi?

Il se troubla un instant.

— Rien, enfin, de savoir ce qui a bien pu se passer.

— Où ça, en Afrique?

— Non, enfin, je voulais dire, pourquoi on a pas de nouvelles?

Puis il coupa court.

— Alors, tu viendras me chercher? Je compte sur toi.

— C'est nous, monsieur le curé, qui comptons sur vous. Et nous aurons une belle messe.

J'avais bien l'impression que ma visite, tout en

ramenant quelques souvenirs, lui rendait un peu de sa jeunesse.

Sur le chemin du retour, me remémorant ma conversation avec le vieux curé, je ne pus m'empêcher de penser à son étrange question. Qu'est-ce qu'il voulait bien dire, en parlant de ma mère ? Tu n'as toujours rien trouvé ? Trouver quoi ? Il doit savoir que j'ai entrepris des recherches, après la guerre, et alors, il voudrait que je lui dise peut-être quelque chose. Ça doit être ça. Antonin, me dis-je, tu te fais toujours des idées sur tout.

En passant à Malbosc, je m'arrêtai chez le notaire.

— Nous avons un curé.

— Laissez-moi prévenir ma femme tout de suite. Elle est folle de joie à l'idée d'une crèche vivante.

Elle arriva tout aussitôt, avec dans les yeux une de ces petites lueurs de bonheur qui ne trompent pas.

— Je ne veux en rien m'imposer, mais si vous voulez bien mon aide, je suis à votre disposition, me dit-elle en me serrant chaleureusement la main.

— C'est bien gentil à vous, seulement, je ne sais pas par où commencer.

À son sourire, je compris tout de suite que, elle, elle savait.

— Vous voyez, si c'est pour faire une petite fête avec les jumeaux déguisés en anges et Céleste en berger, on peut y faire sans vous déranger, mais ce n'est pas ça qui va changer grand-chose. Et même, pour être franc, je crains que ça fasse tout simplement rire.

— Monsieur Maillefer, si vous le faites pour Cassagnettes, faites-le en grand, ou ne le faites pas.

— Oui, mais en grand, ça nous dépasse, à moins que...

Le « à moins que » fonctionna à merveille. Madame la femme du notaire, avec plein de délicatesse, prit les choses en main.

En rien de temps, la nouvelle courut dans le hameau et la Bastide s'en trouva chamboulée d'un jour à l'autre. Chacun voulut avoir un morceau de la fête, comme quoi il suffit de peu de chose pour que les gens se bougent. Marie sortit des armoires tout ce qu'il fallait de tissus, de vieilles robes et de voiles pour faire les costumes. Madame Ameline, Louisette et quelques femmes du pays se mirent au travail. Elles coupaient, lavaient, brodaient, piaillaient tout au long du jour, car lorsque l'une partait pour s'occuper de sa maison, une autre arrivait pour prendre la place. Même Marthe, dans son café-épicerie, même elle, comprit ce que nous voulions faire.

— Antonin, me dit-elle, je suis pas d'un grand secours, mais s'il faut que j'ouvre après la messe, j'ouvrirai. C'est pas pour le rapport, c'est pour les gens. Un bon vin chaud, ça fera plaisir au monde.

De son côté, le notaire, en homme averti, s'occupa de faire mettre un article dans le journal pour annoncer l'événement et du coup, tout le pays ne parla plus que de notre affaire.

Mais, dans notre enthousiasme, nous avions oublié de respecter les règles de la hiérarchie.

— D'abord, nous dit le curé de Malbosc avec un air furieux, l'abbé Pradeyras n'est pas en état de se déplacer, les religieuses me l'ont confirmé. Et puis, si vous voulez une crèche vivante, elle doit se faire dans le respect de la parole de l'Église sainte et universelle et selon les vœux de votre curé, et de votre évêque. Noël, c'est pas une mascarade.

— Monsieur le curé, on pensait simplement...

— C'est nous qui avons été appelés pour mener le troupeau, et pour penser. Veuillez me ramener la clé de l'église.

Le notaire me fit signe de ne pas insister.

— Le problème, me dit-il en sortant de la sacristie, c'est l'orgueil. La crèche vivante, il la veut pour Malbosc, et surtout, il voudrait que l'idée vienne de lui.

Trois jours plus tard, une missive de monseigneur nous informait que la messe ne pourrait être célébrée que selon les décisions du curé de la paroisse, et il nous demandait, à son tour, de ramener la clé.

— Nous voilà dans de beaux draps, me confia le notaire. Une vraie crèche et pas de curé, ou un curé et pas de vraie crèche, c'est ce que veut dire cette lettre.

— On va pas s'arrêter là ! Et tous ces gens qui y croient, c'est pas possible.

C'est que, maintenant, j'y tenais, à ma messe de minuit.

— D'autant plus que le curé Pradeyras obéira aux ordres de l'évêque, précisa le notaire.

Là, j'en étais moins sûr. Parce que, quoi qu'il en dise, ce brave vieux curé, il n'avait jamais digéré d'avoir passé sa vie ici, comme un puni, lui qui était fait pour les grandes révolutions. Et pour seule preuve, son départ pour la guerre, sa dernière folie, qui se termina malencontreusement les fesses à l'air dans le bas fossé du pont romain. Mais ça, personne d'autre que moi ne le savait.

Antonin Maillefer, me dis-je, le temps est venu. Cette fois c'est à toi, et à toi seul de choisir.

Il est comme ça des moments dans la vie où rien, mais vraiment rien, ne peut vous arrêter. Cassagnettes se mourait, et, secrètement, je ne pouvais pas accepter cette mort, parce que, quelque part, c'était comme si j'abandonnais tout espoir de revoir un jour ma mère.

Parce qu'il faut que tu le saches, Adélaïde, je ne

continuais de me battre que pour toi. C'est vrai ce qu'elle avait dit, cette petite voix. Quand j'étais petit, je m'étais promis de te faire un château, avec des jardins pleins de fleurs comme tu les aimais. Tu aurais pu faire des bouquets de toutes les couleurs et tu les aurais posés le long du chemin de croix, pour la grande procession de Pâques. Et tout le monde aurait dit : Ce sont les bouquets d'Adélaïde, il n'y a qu'elle pour les faire aussi beaux. Et moi, j'aurais rien dit, mais j'aurais été fier pour toi.

Alors, maintenant, je n'allais pas m'arrêter en route.

— Continuons, dis-je au notaire. Continuons, on verra bien. Faites-moi seulement confiance.

— Oh, ça ! me répondit-il, ça vous est acquis depuis longtemps.

Il a toujours eu le mot qu'il fallait pour me donner du courage.

— Et si vous êtes décidé à aller jusqu'au bout, je vous accompagne, ajouta-t-il gaillardement. Je suis certain que vous avez déjà fourbi vos armes.

Oui, monsieur le notaire, oui, j'avais, comme vous disiez si bien, déjà fourbi mes armes. Les vieilles armes des Maillefer. Je m'en étais déjà servi une fois, il y avait fort longtemps, sur les bancs de l'école. Et puisqu'il le fallait, j'allais m'en servir encore.

L'une ne me quittait jamais. L'autre attendait que je veuille bien la sortir de l'ombre.

L'une, c'était la patience. L'autre, c'était la ruse.

La patience, et la ruse. De quoi vous faire gagner toutes les batailles.

7

— Imaginez tout simplement, dis-je au notaire en le raccompagnant, que vous n'avez pas eu le temps de me faire parvenir cette missive de l'évêque. Un oubli, ça arrive.

— Autrement dit, vous n'êtes pas au courant.

— Autrement dit, répétai-je en souriant, je ne suis pas au courant.

Deux semaines s'écoulèrent et chaque jour qui passait me donnait une sueur de plus. Mais j'avais de la patience à revendre. C'est la ruse qui me donnait du souci. Là, j'étais moins fort. Si ma ruse ne marche pas, me disais-je, non seulement je suis ridicule, mais en plus, je me mets la religion à dos.

Fort heureusement, le temps jouait pour moi, car tout de suite après le départ du notaire, il se mit à neiger. Une belle couche de neige bien blanche, pas honteuse pour deux sous de s'étaler ainsi, ventre nu, sur les terres brunes, ou bien de s'entasser dans les creux des vallons, ou encore de caresser quelques branches fragiles pour mieux les faire plier. La neige, elle peut tout aussi bien vous protéger des rudeurs de l'hiver que vous dévorer par petits bouts.

Pour le moment, elle me protégeait, comme elle protégeait Cassagnettes de toutes visites superflues, car seuls ceux qui avaient vraiment à faire par ici prenaient le risque de monter notre chemin encaissé le long de la rivière, couvert de verglas, dangereux comme une promenade vers les gouffres du diable.

Il semblait bien, également, que l'évêque et le curé de Malbosc avaient oublié jusqu'à notre existence. Tant mieux, me disais-je, pour diminuer un peu de ce souci qui m'étouffait, tant mieux.

Enfin, le jour tant attendu arriva. Je pris le prétexte d'aller chercher le notaire et sa famille pour descendre à Malbosc avec le tracteur. Mais, sans rien dire à personne, je fis cinq fois l'aller et le retour dans la journée, pour dégager le chemin et faire la trace, en priant le bon Dieu de retenir la neige dans Son ciel, au moins jusqu'au matin. Pour que ma ruse marche, il fallait que la route soit praticable, même tard le soir.

À la Bastide, c'était en pleine effervescence car, la veille, j'avais fait savoir à tout le village et aux fermes environnantes que nous ferions Noël à Cassagnettes et que ceux et celles qui viendraient de loin avant la messe trouveraient la Bastide ouverte et un bon bouillon pour se réchauffer.

— Seulement un bouillon! s'était écriée Marie, mais vous voulez faire honte.

Et elle avait mis les bouchées doubles, tranchant, coupant, roulant, cuisant, comme si nous voulions nourrir un régiment.

— Les restes, on les aura pour la semaine, mais je voudrais pas qu'ils croient qu'on a plaint. Et puis, on a la fierté.

Édouard, devant tant d'animation, s'était réfugié avec Céleste dans un coin du salon. Madame Ameline, qui nous était arrivée de bon matin, mettait, tout en répétant de vieilles chansons, la dernière touche aux costumes. Thérèse la pimbêche se faisait des simagrés devant la fenêtre, les jumeaux s'essayaient à faire l'ange, et Marilou, pour des raisons inconnues, ne me quittait pas d'une semelle.

— Vous allez où? Et faire quoi? Je peux aller avec vous? Vous avez pas peur? Vous êtes vieux? Et votre maman, elle est où? Vous avez pas de papa non plus?

— Tu poses toujours des questions, comme ça?

Elle me regarde, étonnée.

— Bien oui, si je demande pas, je pourrai jamais me marier. Parce que, il faut en savoir des choses, pour se marier. Vous êtes pas marié ? Et pourquoi ? Ça t'embête que je vienne avec vous ?

— Non, au contraire.

Les enfants, des fois, ça vous oblige à trouver des réponses à plein de questions enfouies.

— Viens, on va jusqu'à l'église.

— Pour quoi faire ?

— Pour voir si Louisette a assez de charbon pour le poêle. Ce soir, il faut que l'église soit bien chaude.

— Ça, je sais pourquoi, me répondit-elle en souriant. Mais je vous le dirai pas. C'est une surprise.

Et elle prit ma main pour marcher dans la neige.

Sa présence me rassurait. Parce que, dans le fond, je n'en menais pas large. Ce midi, je n'avais pu avaler qu'une assiette de soupe, et encore, en me forçant.

Maintenant, il était huit heures du soir, et ceux qui habitaient les fermes les plus reculées commençaient d'arriver. C'était, à chaque fois, des rires, des embrassades, et du bonheur de se retrouver.

— Mon Dieu, Élisa, depuis que je t'ai pas vue. Tu as pas changé.

— Oh, que si, les jambes suivent plus pareil, mais vaille que vaille, on tient encore son rang.

Un moment de tristesse.

— J'ai appris, pour ton Fernand, un si brave petit.

— Hé oui, le dernier jour de la guerre. La fatalité.

— Mais tu as ta bru avec toi, pour t'aider ?

— Oui. Mais heureusement que j'ai mon Jeannot, le petit de Fernand. Il vient de tourner ses seize ans et déjà il me mène la maison. Un vaillant, comme son père.

Et puis une autre carriole arrive et déverse à nouveau son plein d'occupants.

— Dis-moi, Marie, c'est Antonin qui a eu l'idée?

— Peuchère oui, dis, c'est qu'on le dirait pas, mais il en a dans la tête. Il a dit, il faut faire quelque chose pour le village, et Noël, c'est le bon moment.

— Il fallait un comme lui pour oser. Tu comprends, nous, on nous aurait pas écoutés. Tandis que lui...

Silence.

— Et on a toujours pas de nouvelles de...

— Ça, on n'en parle pas.

Je suis dans mon coin de la cheminée. Édouard m'a rejoint. On l'a délogé du salon. Il est là, son couteau d'une main, un bout de bois de l'autre, et il sculpte, calmement.

— Merde! qu'il crie.

Il s'est taillé le doigt. C'est bien la première fois que ça lui arrive. Il prend son mouchoir et serre fort autour. Puis il vient vers moi. Il ne peut plus tenir.

— Antonin, pour la messe, tu as un curé ou tu as pas de curé?

Je le regarde. Je sens qu'il a besoin de savoir, mais je ne peux rien dire, parce que je ne sais pas, moi non plus, si j'aurai un curé.

Le notaire entre. Il porte bottes et houppelande et fait sans cesse le trajet entre l'église et la Bastide.

— Antonin, c'est plein de monde. Il en arrive de partout.

— C'est bien.

Je n'ai jamais été aussi calme de ma vie. Je crois, ma mère, que même si toi, Adélaïde Maillefer vivant dans ton Afrique au bout du monde, tu étais entrée dans la cuisine sur un chameau, eh bien, je n'aurais pas été surpris.

— On n'a plus qu'à attendre.
— Mais attendre quoi ?
— Le curé.
Ce brave notaire m'avoua plus tard qu'il crut bien, ce soir-là, que j'avais perdu la tête.
— Mais, Antonin, ce curé, il vient d'où ? Comment ?

Bang ! L'horloge sonne le premier coup de neuf heures. Marie, au courant de rien, continue d'aller et venir, d'embrasser, de pousser des petits cris, et puis des plus grands. Ameline est à l'étage, en train de préparer les enfants. Céleste a trouvé une vieille brosse à cheveux et, pour s'occuper, peigne son agneau. Bang ! Le notaire s'assoit sur la chaise. Bang ! La cuisine grouille de monde, mais nous, on tend l'oreille. Bang ! Bang ! Bang ! Six coups, sept, huit.

Je n'ai jamais entendu le neuvième coup. À travers le brouhaha général, je n'ai entendu que le bruit d'un moteur de voiture. Je me lève. Je suis debout, silencieux, tendu. Édouard et le notaire me dévisagent. Dehors, une portière claque. Un homme entre dans la cuisine, soulève son chapeau et libère une tignasse rouge feu.

— Il est là, me dit-il, ton curé.

Et le vieux curé Pradeyras, appuyé sur sa canne, apparaît dans l'encadrement de la porte.

J'ai cru tomber raide mort de bonheur. J'avais gagné.

Et voilà l'histoire. Tout de suite après avoir pris connaissance de la lettre de l'évêque, j'avais décidé de passer outre et d'aller malgré tout chercher notre bon vieux curé dans sa maison de retraite.

Seulement, une phrase du curé de Malbosc m'était soudainement revenue à l'esprit. L'abbé Pradeyras ne peut pas se déplacer, nous avait-il dit, les religieuses qui s'occupent de lui me l'ont confirmé.

Ce qui voulait dire en clair que si j'allais chercher l'abbé Pradeyras pour le ramener ici, il y avait de fortes chances pour que je sois mal reçu, et peut-être même pour qu'on ne me laisse pas l'approcher. Il me fallait trouver une autre solution. Alors, j'avais écrit à mon ami Georges, le seul ami assez fou que je connaisse pour faire ce que j'allais lui demander.

Je sais bien que Paris, c'est pas la porte à côté, que je lui écrivais dans ma lettre, *mais ce que je te demande de faire est de la plus grande importance. Ne me réponds pas, fais-le simplement, si tu crois que tu peux faire ça pour moi. Va chercher le curé Pradeyras, enlève-le s'il le faut, mais ramène-le ici avant minuit, car si c'est moi qui y vais, je doute fort qu'on me laisse seulement entrer.*

Une folie. Mais cette folie, ce plus fou que moi, il l'avait faite, roulant toute la nuit et toute la journée, sous la neige, la pluie et le verglas pour arriver à temps à la maison de retraite et nous ramener le bon vieux curé.

Fort heureusement d'ailleurs, car ce que j'avais supposé s'avérait exact...

— On m'a interdit de venir, m'expliqua l'abbé Pradeyras après s'être réchauffé, alors, j'ai fait le benêt, j'ai dit oui. Mais je me tenais prêt, parce que je savais que quelqu'un viendrait me chercher, toi ou un autre. Tu n'allais pas lâcher le morceau comme ça. Je les connais, les Maillefer.

— Que se passera-t-il demain pour vous ?

— Demain, mais demain, je serai peut-être mort, alors, je m'en fous. Maintenant, je suis là, c'est ce qui compte.

À dix heures, ce soir de Noël 1923, tout un cortège quitta la Bastide. En tête marchait un âne que guidait le menuisier Jacquot de Nazareth, un des deux fils de Gustin et Louisette. Sur l'âne se tenait, sage et digne, la Sainte Vierge Marilou, toute de blanc et bleu vêtue, suivaient un rémouleur, un marchand de bois, des femmes en habit, des hommes portant des enfants et, pour clôturer la marche, l'idiot du village jouant du tambourin. Les anges Pierre et Jean ainsi que la chèvre attendaient au chaud de l'église dans la crèche grandeur presque nature bâtie par Édouard, Albert, le notaire, et moi-même.

Jamais l'église de Cassagnettes ne connut pareille foule. Ils étaient venus de partout. Malgré le froid, malgré la neige, malgré la politique, malgré les rancœurs, et malgré tous les malgré du monde. Ce ne fut pas seulement la naissance du Christ, ce fut également la résurrection de Cassagnettes, et la dernière extravagance de notre vieux curé.

En pénétrant dans la sacristie que Louisette avait nettoyée de fond en comble, de sa main décharnée, il me serra le bras.

— Quel Noël ! Mais quel Noël tu m'offres là ! me murmura-t-il.

À minuit sonnant, comme prévu, un petit enfant chaudement emmailloté est déposé dans le berceau de la crèche, entre Marie-Marilou et Joseph-Jacques, tandis que Pierre et Jean remuent leurs ailes de tulle blanc.

Alors arrive Céleste, la grande cape de berger flottant autour de lui, le bâton à la main, et l'agneau bien propret lui entourant le cou. Majestueux. Il s'approche de l'Enfant Jésus, met un genou en terre, et dépose son présent. Le rémouleur, la porteuse de bois, les faneuses et les rosières en font autant, puis la foule commence sa lente procession devant le berceau de paille, et dans les yeux humides se lisent tout autant l'admiration de notre crèche que la joie de partager pareil événement.

Chacun regagne sa place, et c'est alors que nous arrive la surprise. En habits de mineurs, la gueule noircie de charbon, la lampe de cuivre reluisante, la mèche allumée, nos deux Polonais, accompagnés de quelques autres, traversent l'église en chantant un cantique dans leur langue. Une fois à la crèche, ils s'agenouillent devant l'Enfant Jésus et là, de leurs voix chargées d'émotion, ils entonnent le Gloria.

Madame la femme du notaire ne peut se retenir plus longtemps. Une cascade de larmes inonde son beau visage, et Marie, n'ayant d'yeux que pour ses jumeaux, en fait tout de suite autant, immédiatement suivie par la gent féminine de la paroisse, et, il faut bien l'avouer, par un bon nombre d'hommes également.

Et dans l'instant où le dernier Gloria emplit la modeste voûte de notre église, la cloche sonne à toute volée pour annoncer la nouvelle.

Il est né, le Divin Enfant. Il est même né à Cassagnettes.

Je dois bien l'avouer. Je n'étais pas le meilleur des paroissiens. Il fallait un enterrement, un mariage ou un baptême pour me voir à l'église. De plus, si j'étais un catholique, comme ma mémé Petite, je me sentais aussi parpaillot, comme mon grand-père Mathurin. Sans oublier que j'avais été élevé en partie par Alice, institutrice laïque et républicaine.

Mais ce soir-là, dans l'odeur des cierges, de l'encens et de l'amour retrouvé, je compris que seule ma foi d'enfant avait pu me sauver et que, quel que soit Son Nom, il n'y avait qu'un bon Dieu. Celui qui vous donne la force d'espérer.

Voilà comment Cassagnettes, ce hameau perdu, entra par la grande porte dans l'histoire du pays.

Et n'allait pas en sortir de sitôt.

8

L'affaire de notre messe de minuit avec sa crèche vivante fit grand bruit. Tout le canton, et même peut-être bien le département, en parla.

— Les anges, c'étaient les miens, répétait Marie à qui voulait bien l'entendre.

Mais la chose n'allait pas s'arrêter là. Les gens du village, animés par Louisette, décidèrent qu'il fallait un catéchisme pour les enfants et, à défaut d'un curé à demeure, au moins une messe le dimanche.

L'abbé Pradeyras fit savoir à qui de droit qu'il conserverait la clé par-devant lui et qu'il ne repartirait pas de Cassagnettes sans avoir obtenu cette promesse de l'évêché.

— On ne laisse pas les gens sans sacrements, nous dit-il; quant à ma conduite, j'en répondrai devant l'Éternel.

Il s'installa donc à la Bastide. Pour la plus grande joie de Marie et des jumeaux.

— Maintenant on a un papé, une chèvre, un curé, un âne, et encore deux billets, nous informa Pierre.

— Il nous manque juste une bonne sœur, renchérit Jean.

— Mais seulement, nous, on en veut une avec un moulin à vent sur la tête, ajouta Pierre.

— C'est une cornette, pas un moulin à vent, les reprit Marie. Qui vous a raconté ça ?

Ils ont regardé vers Céleste, mais il était occupé à compter les moutons de neige.

— Ça fait rien, a rajouté Jean, on la prendra quand même, si on en trouve une.

Ce qui, par les temps qui couraient, était moins facile à trouver qu'un âne.

Finalement, monsieur le curé de Malbosc, se rappelant soudainement que les Cévenols sont des frondeurs, ravala sa salive et fit le premier pas.

— Puisqu'il sait que je ne peux pas me déplacer, nous dit l'abbé Pradeyras, il n'a qu'à venir ici. Et puis, je suis plus vieux que lui, alors, la politesse...

Il vint donc rendre visite à notre bon curé. Ils papotèrent un moment, égrenèrent quelques souvenirs, puis ils tombèrent d'accord. Nous aurions la messe et le catéchisme à Cassagnettes un dimanche sur deux.

Tout le monde fut satisfait de cette solution et la vie reprit son train-train habituel. J'étais bien soulagé, car je n'avais pas envie de voir cette situation durer trop longtemps. Il fut convenu que l'abbé passerait les fêtes de jour de l'An avec nous et que je le ramènerais après dans sa maison de retraite.

Il y avait maintenant un va-et-vient permanent de gens à la Bastide. Mais Marie régentait tout ça en maîtresse femme. Elle recevait, conseillait et elle alla même, dans son organisation, jusqu'à prévoir le pire.

— Papé Céleste, lui dit-elle dans un moment d'accalmie, si vous voulez mourir, profitez-en qu'on a un curé sous la main.

Le juron du papé a dû faire s'envoler tous les anges du paradis.

Tout était finalement rentré dans l'ordre lorsque

je reçus un mot de Georges m'invitant à son mariage. Au printemps dernier, puis le soir de Noël, il m'avait fait promettre d'être son témoin.

— Je ne me marierai pas sans toi, m'avait-il dit, et je te préviens, si tu me fais faux bond, c'est plus la peine que tu m'écrives.

Après ce qu'il avait fait pour moi, je lui devais bien de tenir ma promesse. Son mot annonçant la date du grand jour, comme il disait, m'arriva donc avec le début de la nouvelle année.

Mariage le 20 janvier. Viens avant. Signé : Georges et Greta.

Une lettre de Georges, c'était toujours un événement, alors, bien sûr, à l'heure du repas, il me fallut la lire trois fois à table.

— Elle me plaît pas, me dit Marie.

— Qu'est-ce qui ne vous plaît pas ?

— Cette fille, cette Greta.

Nous la regardons, Édouard, le papé, le curé, moi.

— C'est pas tes affaires, lui dit Édouard.

— Mais, Marie, vous ne l'avez jamais vue, vous ne la connaissez pas, lui dis-je à mon tour.

Elle pose ses deux grosses mains sur la table, se penche en avant, laisse bâiller son chemisier.

— J'ai pas besoin de la voir pour vous dire qu'elle me plaît pas. Ça, c'est des choses que les femmes elles sentent de loin.

Elle se redresse, renoue la ficelle de son tablier.

— D'abord, pour s'appeler comme ça, faut pas avoir vergogne.

— Ma fille, lui dit le curé Pradeyras, il faut être bonne chrétienne et accepter les gens comme ils sont.

— Oh, mais, monsieur le curé, je dis pas de mal d'elle. Je dis simplement mon pressentiment. Mais quand même, Antonin, reprit-elle pour sauver la face, tu iras t'acheter une chemise et un costume, qu'ils croient pas, là-bas, qu'ici, on est des moins que rien.

Ce que je fis le lendemain. J'achetai le costume, avec le gilet, la cravate, les souliers, le manteau, enfin tout le saint-frusquin pour faire bien. Même des bretelles neuves. On me fit la retouche sur le moment pour que je puisse tout emporter. Le soir, il me fallut tout mettre, pour leur faire voir.

— Tourne, fais voir le pantalon, ils ont pas coupé pour refaire la longueur, j'espère, que si des fois il faut le rallonger.

— C'est fini, vous avez tout inspecté ?

— Je vais quand même te mettre un élastique pour les manches de la chemise, elles sont trop longues. Et le chapeau, mon Dieu, pourquoi tu as pris un chapeau comme ça !

— C'est la mode maintenant.

— La mode, la mode, moi je trouve que ça fait caraque.

— Ça tombe bien, répond Céleste, c'est le mariage d'un gitan.

— D'un gadjo, Céleste, et puis, même si c'était un gitan, c'est mon ami.

— Oh ! mais, reprend Marie, on n'a rien contre, enfin, pour elle, un chapeau comme ça, ça fera l'affaire.

— Nous, on aime bien, dirent les jumeaux.

— On vous demande pas votre avis.

— Oui, mais nous, on le donne.

Je pris le train de la montagne le jeudi matin. À l'époque, il fallait une longue journée de voyage pour aller jusqu'à Paris. En passant, je regardais la campagne, et je voyais des choses qui me donnaient des idées. Surtout quand on a traversé la Beauce et la Brie. Des plaines à perte de vue, avec une belle herbe humide, et, dessous l'herbe, on sentait une terre grasse, nourricière, une terre à vous faire baver d'envie. Mais, je me suis dit, on doit finir par s'ennuyer de ne pas voir de vallats blanchis par la gelée, de torrents pleins de violence et de ciel touchant la cime des montagnes. Ils ne doivent jamais savoir d'où vient le vent, dans ce pays.

C'est comme ça, en voyant le pays des autres, que l'on commence à savoir combien on aime le sien.

Bien entendu, j'avais prévenu Georges de mon arrivée. Seulement, la gare de Lyon, c'est pas la gare de Malbosc. J'avais beau chercher des yeux, je ne le voyais pas. Le quai se vida de son monde, et maintenant j'étais seul à attendre. J'avais fait la guerre, mais là, je me trouvais un peu comme un niais. Peut-être qu'il n'a pas reçu ma réponse, que je me disais, ou alors il a un empêchement. Bref, je m'installai à la devanture du café et commandai une Suze. Après une heure d'attente, je vis mon ami traverser les quais en courant, puis il m'aperçut et vint me rejoindre.

— Alors, gadjo, que je lui dis, on me fait attendre.

À la tête qu'il fit, je compris tout de suite que ça n'allait pas.

— Ça tourne pas rond ?

Il mit un bout de temps pour me répondre.

— Je t'ai fait venir pour rien.

— Je suis venu pour te voir, c'est pas rien.

— Bien sûr que non. Bon, autant que je le dise tout de suite, comme ça, ce sera fait. Elle m'a plaqué.

— Peut-être que...

— Non, y a pas de peut-être que. Elle m'a plaqué pour un autre, un avec plus d'argent que moi. C'est tout.

J'entendais déjà ce que dirait Marie, à l'annonce de cette nouvelle.

— Bon, alors, qu'est-ce que je fais, je m'en retourne ou je reste ?

— Tu restes, couillon, et on va faire la fête, tous les deux, une fête que tu t'en souviendras toute ta vie.

Oh ! ça, il avait raison. Pour m'en souvenir, je m'en souviens encore. Parce que, je peux bien le dire, ce n'est pas tout le monde qui est allé se faire déniaiser à Paris. C'est que les filles de la capitale, elles n'étaient pas mijorées comme celles de par chez nous. Là-bas, c'était : tu me plais, je te plais, alors, on va pas se raconter l'histoire de France.

Georges habitait un petit appartement sous les toits, avec des poutres et une cheminée. On se serait presque cru à la Baraille. Le premier jour, on est allés à la tour Eiffel, mais je n'ai pas voulu monter. Rien que de la regarder d'en bas, j'en avais le tournis. Puis on a promené le long des quais, l'île Saint-Louis, et Notre-Dame. Je m'extasiais sur tout. Les ponts, les péniches, les voitures, les terrasses des cafés, les lumières dans les rues. Et le métro, qui vous traversait à toute vitesse par-dessous la ville et la Seine. Le monde prenait soudainement une autre dimension.

— Attends ce soir, qu'il me disait, Georges, attends ce soir, et tu vas voir ce que c'est vraiment, Paris.

Le soir, on a pris sa voiture, et on est allés à Belleville. Il y avait un bal, dans une salle grande comme toute la Bastide. Tout le monde fumait, même les filles. Elles portaient des robes sans rien dessous, juste une liquette pour tenir les seins, et quand elles dansaient, tout ça se promenait à vous en faire perdre la vue. Les hommes les prenaient par la main, sans rien dire, et ils se mettaient à trémousser du popotin, et moi, là, au milieu, avec mon costume tout neuf, j'avais l'air de ce que j'étais, un paysan endimanché.

— Alors, Antonin, tu te lances ou tu moisis sur place ? me dit Georges en me présentant une amie à lui.

— On danse, qu'elle me dit avec un clin d'œil.

— Bé, c'est pas que je ne voudrais pas, mais c'est que je ne sais pas.

— Oh, ben, alors, on va boire un verre, qu'elle me dit en s'asseyant à côté de moi.

On a bu, ça, je peux pas dire. Je crois que même les Polonais de la mine, qui pourtant avaient la réputation d'être de solides buveurs, hé bé, je crois que même eux, elle les aurait battus. Je n'aurais jamais cru qu'une femme puisse avaler tout ça. Bref, au bout d'un moment, je ne sais pas comment c'est arrivé, mais on n'avait plus qu'une chaise pour deux. Enfin, moi j'étais sur la chaise, et elle sur mes genoux, en train de me susurrer des choses dans l'oreille.

— Ici, y a ben trop de bruit, qu'elle m'a dit, tu crois pas qu'on serait mieux chez moi pour parler ?

Alors, on est allés chez elle, mais nous n'avons pas beaucoup parlé.

Au matin, Georges est venu me chercher.

— On va aux courses, qu'il m'a dit.

— Je vous laisse aller tous les deux, a répondu la fille, j'ai à faire.

Puis elle m'a embrassé.

— Adieu, et fais bon voyage.

Georges m'a tiré par la manche et nous sommes partis.

— Quand même, je pourrais lui faire un petit cadeau.

— Le cadeau, c'est toi, qu'il me répondit, pour le reste, elle a son vieux.

— Son vieux ?

— Maillefer ! Oh, Maillefer ! Tu es toujours aussi naïf. Toi, c'est pour le plaisir, le vieux, c'est pour le loyer. Tu crois pas qu'elle allait t'épouser, non !

Décidément, j'en avais encore à apprendre.

On est allés aux courses. C'est là que j'ai tout compris, sur l'argent de Georges. Je trouvais qu'il gagnait rudement bien sa vie dans la mécanique parce que, depuis trois jours, je le voyais dépenser sans compter. Chaque fois que j'avais voulu payer, ne serait-ce que mon écot, il m'en avait empêché.

— Laisse ça, Antonin, ici, c'est moi qui régale.

Une fois même, il avait ajouté :

— On a une réputation à soutenir, alors, cherche pas.

Je n'avais pas cherché, mais des fois, on a pas besoin de chercher pour trouver. Et là, aux courses, j'ai trouvé d'un seul coup. Georges trafiquait. Je ne comprenais pas trop ce qu'il faisait, mais je voyais bien que ce n'était pas net. Des hommes venaient le voir, ils parlaient à voix basse, puis ils repartaient, et Georges se précipitait vers les guichets et misait sur un cheval. Et il misait gros, trop gros pour lui. Je ne disais rien, mais je sentais bien que ces hommes n'étaient pas très comme il faut et que Georges leur servait à quelque chose de pas clair.

Puis, il a gagné, une fois, deux fois, trois fois. Mais il ne sautait pas de joie, rien, il ne bronchait pas. Il encaissait et les hommes revenaient le voir. Hop, l'argent changeait de mains, et Georges en gardait une partie.

— Georges, que je lui dis au bout d'un moment, je préfère que nous partions d'ici.

— Tu aimes pas ? Je croyais que ça te ferait plaisir, de voir des chevaux.

— Les chevaux, oui, le reste, non.

— Ah ! qu'il fit. J'ai encore une course, et on s'en va.

Je suis allé l'attendre à la voiture. J'étais bien contrarié. De tout le trajet je n'ai pas parlé, j'avais comme un chat en travers de la gorge.

— Antonin, qu'il me dit en arrivant chez lui, dans la vie il y a ceux qui sont nantis, et les autres. Moi, je suis né dans le ruisseau, j'ai pas envie d'y finir.

— Tu préfères finir avec un coup de revolver entre les yeux ? Tu crois que je n'ai pas vu qui c'était, ces types ? Mais tu vas pas y tomber, dans le ruisseau, tu y es !

On s'est disputés comme des chiffonniers. Enfin, c'est surtout moi qui ai gueulé, parce que, il n'y a pas d'autres mots, ça m'emmerdait de voir ce que mon ami était en train de devenir. Georges, il était tout ce que j'aurais voulu être. Fort, intelligent, débrouillard, jamais peur de rien, et maintenant je ne supportais pas de m'être trompé.

— Té, il vaut mieux que je m'en aille, lui dis-je en prenant mes affaires.

Il s'approcha. Il était encore plus malheureux que moi.

— Reste, j'ai besoin de te parler.

Voilà, je suis resté. Et il m'a tout raconté. Comment il avait d'abord rendu service, en portant les mises des autres. Au début, ils ne gagnaient pas à chaque fois, mais même s'ils perdaient, ils lui donnaient la pièce.

— Au garage, je gagnais pas beaucoup, alors, ça m'aidait à joindre les deux bouts. Puis après, petit à petit, ils m'ont fait entrer dans leur système, et là, quand j'ai compris, c'était trop tard pour en sortir.

— Il te faut arrêter, Georges, parce qu'un jour ça finira mal, et c'est toi qui prendras tout sur le dos.

— Si j'arrête, ils viendront après moi. Antonin,

c'est pas des rigolos, c'est des durs, des vrais, du milieu.

— Si tu restes ici, peut-être, mais si tu pars ? Tu ne leur dois rien !

Je sentais qu'il ne pouvait pas se décider.

— À Cassagnettes, ils ne viendront pas te chercher. Et puis, là-bas, s'ils viennent, on les recevra. On est chez nous.

— Il me faut une quinzaine de jours, pour tout liquider. Après, je descendrai.

Le lundi matin, il est allé travailler. On s'est dit au revoir, mais quand il est revenu le soir, j'étais encore là. J'avais l'impression que si je partais, je ne le reverrais plus.

— J'ai raté le train, je me suis perdu en route.

Il ne m'a pas cru, et il avait bien raison.

— Antonin, je ne risque rien. Mais je ne peux pas disparaître comme ça.

— Si tu ne viens pas maintenant, tu ne viendras jamais.

Il ouvrit un placard, souleva la planche du fond et en sortit un paquet.

— Tiens, me dit-il, ce sont mes économies. Garde-les pour moi.

Puis il se mit à rire.

— Chacun son magot. Et te fais pas d'illusions, je t'en fais pas cadeau. Je viendrai bientôt le chercher.

J'ai pris le train de nuit et, le matin suivant, je retrouvais mes pénates. Je ne pouvais rien faire d'autre que de me remettre au travail, et attendre.

Ça, j'en avais l'habitude.

9

— Vous voyez, conclut Marie dès qu'elle connut la nouvelle, vous voyez, on me prend toujours pour une gourde, mais je le savais, que cette fille, elle était de mauvais genre.

— Je n'ai pas dit ça, Marie. J'ai dit simplement que le mariage ne se faisait pas.

— Dis-moi ce que tu voudras, je pense ce que je veux.

L'hiver se passa sans que j'aie de nouvelles de Georges. Mais j'avais décidé de le laisser faire sa vie. Seulement, ça se voyait que j'étais soucieux.

— Antonin, c'est pas de mes affaires, mais depuis ton voyage, tu n'as pas la tête à l'endroit, me dit Édouard.

— C'est Georges.

Et je lui racontai l'histoire.

— Tel que je me le rappelle, c'était un garçon bien trop sérieux pour son âge. Alors, maintenant, il vit sa jeunesse.

Édouard, c'était pas un gros parleur, alors, ce qu'il disait, ça comptait.

— Il sait que tu te soucies pour lui, reprit-il, et rien que pour ça il s'arrêtera.

Je voulus bien le croire puisque, de toute façon, je n'avais pas le choix.

Un beau matin Céleste siffla son chien, ouvrit en grand les portes de la bergerie, et fit prendre à son troupeau le chemin des petits prés de la Baraille. Le printemps était là. Avec Édouard, nous avions fini de remettre en état le matériel, et nous étions fin prêts pour accueillir le réveil de dame nature.

— On pourrait faire ceci, ou on pourrait faire

comme ça, me disait-il en parlant du travail à la Bastide.

Mais quand il s'agissait de descendre dans la Vallée-Basse, il disait simplement :

— Si tu as rien à faire, viens avec moi. Je vais sur *mes* terres.

Et nous allions voir si son blé poussait bien. D'un champ à l'autre nous comparions les premières tiges et déjà notre récolte s'annonçait comme la plus belle qu'on ait jamais connue.

— Attention, je lui dis, faut pas vendre le beurre avant d'avoir baratté. Un mauvais orage et tout est foutu.

C'est ce qui m'était arrivé, trois ans auparavant, alors maintenant, je me méfiais.

Puis ce fut la fin des classes et les jumeaux quittèrent l'école. Marie parlait déjà de les mettre en pension au collège de la ville.

— C'est pas pour dire, mais les meilleurs, ils vont apprendre à la ville. Alors, tant pis, on fera le sacrifice, mais mes petits, ils auront ce qu'il faut.

— Avant de les mettre au collège, on attendra qu'ils sachent compter jusqu'à vingt, lui répondit Édouard.

Elle lui jeta un regard meurtrier.

— Mais après, reprit-il d'une voix ferme, ils iront au collège.

Là, elle s'approcha de lui et l'embrassa sur la joue, devant tout le monde.

— Tu vois que c'est bien vrai, me dit-elle plus tard, j'en ai eu de la chance de l'avoir rencontré, mon Édouard.

Maintenant, le notaire et sa famille nous visitaient de plus en plus souvent. Au début, ils venaient les dimanches où nous avions la messe. Ameline aimait venir à Cassagnettes et parler avec tout le monde. Pour une femme de notaire, elle n'était pas fière pour deux sous.

— Vous n'allez pas repartir comme ça le ventre vide, je leur dis une fois en sortant de l'église, venez manger un morceau avec nous, à la bonne franquette.

Puis, dès que les jours s'allongèrent, je pris plaisir à les retenir pour manger le soir, et, de fil en aiguille, ils nous vinrent tous les dimanches matin et j'étais pleinement heureux de voir ma maison avec tout ce monde.

C'est que, en plus de Céleste, nous avions toujours l'abbé Pradeyras. Comme par hasard, chaque fois qu'il avait été question de le ramener chez les sœurs, il s'était trouvé une excuse pour retarder son départ.

— Avant de partir, je veux être bien sûr qu'ils vous disent la messe toutes les quinzaines.

— Eh bien, restez jusqu'à mon retour de Paris. Après, on avisera.

Quand je suis revenu de Paris et que j'ai parlé de descendre à la ville le lendemain, il s'est trouvé malade.

— Je sais pas ce que j'ai, mais je crois bien que j'ai une indigestion, me dit-il. Faudrait pas que je vomisse en route.

— Eh bien, restez quelques jours de plus pour vous remettre, rien ne presse.

Rien ne pressait, effectivement. Alors, il est resté tout l'hiver. Et maintenant, c'est le printemps, et puis ce sera l'été, et ça, ce sont des bonnes saisons pour garder les vieux curés à la campagne. Alors, il fut convenu qu'il repartirait aux premiers froids.

Et puis les froids sont arrivés tellement vite qu'on a pas eu le temps de le descendre. Alors, il a passé un deuxième hiver.

Et il nous a dit la messe de Noël. Pierre et Jean

ont fait les anges. Aimé, le deuxième fils de Gustin et Louisette, a voulu être Joseph et son frère Jacquot a pris la place du rémouleur. Marilou a remis son voile blanc et bleu de Sainte Vierge et Céleste a porté encore une fois l'agneau sur ses épaules. Les gueules noires sont venues de La Vernarède, comme l'année d'avant, mais cette fois, il y avait quelques-unes de leurs femmes parmi les ouailles. Elles portaient des robes et des foulards de toutes les couleurs et, quand on regardait d'un peu haut, ça faisait ressembler le côté des femmes à un semis de fleurs.

Sans que j'aie besoin de le faire savoir, avant la messe, les gens se sont retrouvés à la Bastide et ce fut à nouveau un grand chambardement dans la maison.

— Allez, maintenant, je veux voir tous les enfants dans le salon.

— C'est pour quoi faire ? me demanda Marilou.

— Tu verras !

— Mais je verrai quoi ?

— Tu verras, en même temps que les autres.

Elle se renfrogna dans un coin. Ça ne lui plaisait pas que je la traite comme tout le monde. Elle, ce qu'elle voulait, c'est que je ne m'occupe que d'elle.

— Elle veut être ta chouchou, disaient les jumeaux en riant.

Et elle de rougir, puis de leur courir après en criant.

J'ai regroupé les enfants dans le salon, non sans mal, parce qu'il y en avait de partout, mais finalement j'y suis arrivé.

— Tout le monde est là ?

— Oui ! Oui !

Alors, sans un mot, j'ai ouvert une grande boîte et vidé son contenu sur la table.

Oh ! non, c'était pas de l'or. C'était plus que de l'or.

C'était un tas d'oranges. En souvenir de ma mémé Petite, et de mon dernier anniversaire à la Baraille. Pour mes neuf ans.

Tu te souviens, Adélaïde ? Tu étais venue de ta ville, en plein hiver, pour me faire la surprise. Oh ! ça, pour une surprise, c'en fut une. Et le repas ? Toutes ces choses que la mémé avait préparées en cachette de moi. Et Georges qui est arrivé avec un bouquet de fleurs volées au cimetière. Des fleurs pour toi, ma mère, toi, le grand amour de sa vie d'alors.

Elle avait même invité madame Alice, la mémé. Pourtant, elle lui en voulait encore, à cause de Mathurin et des soirées qu'il avait passées à discuter de la république avec elle. Mais maintenant, il était mort depuis longtemps, et puis, le temps efface les rancœurs.

C'est le lendemain matin que j'ai trouvé le cadeau de ma mémé. Pas tout le même jour, qu'elle m'avait dit, le mien, tu l'auras demain. Et elle avait tenu sa promesse. En revenant de l'école, je l'ai trouvé, enveloppé de trois papiers de soie, posé sur ma table de nuit. C'était une orange. Mais je ne l'ai jamais mangée, parce que je l'ai trouvée là, juste après avoir vu la mémé, tout endormie, toute froide, sur son lit tout blanc.

C'était son dernier cadeau. Le plus beau que j'aie jamais eu. Alors, j'ai pris ma belle orange, et je l'ai glissée entre ses mains jointes. Elle l'a emportée avec elle quand on l'a mise dans sa terre, sans que personne n'en sache rien. Sauf toi, ma mère, parce que toi, tu voyais tout.

Les enfants poussèrent un seul grand cri de joie et se jetèrent sur le tas. Marilou resta dans son coin, puis elle s'approcha de moi et glissa sa menotte dans ma main.

— L'an prochain, moi, j'aimerais bien que tu sois Joseph, me dit-elle, parce que Aimé, il est bien gentil, mais il est trop petit. Je peux pas me marier avec lui.

— Mais il grandira.

Elle poussa un grand soupir de lassitude.

— Elle ne pense qu'à ça, me dit sa mère quand je lui racontai, devenir institutrice et puis se marier.

— Grand bien lui fasse, répliqua Thérèse la pimbêche, moi, je ne veux pas d'enfant. Ça crie et ça sent mauvais.

— Comme tu voudras, ma chérie, lui répondit gentiment Ameline, comme tu voudras.

Et puis Céleste nous quitta. En 26. Un dimanche soir de janvier. Depuis quelques jours déjà il traînait une sale grippe, ce qui encolérait Marie parce qu'il ne l'avait pas écoutée.

— Céleste, vous êtes comme un gamin. Je vous ai dit de pas sortir, que vous prendriez mal. Il fait un froid à vous geler un œuf sous le cul de la poule.

— Marie, pas devant monsieur le curé, qu'il lui fit remarquer.

— Qu'est-ce que vous dites ? demanda le curé en pointant l'oreille.

— Je dis, cria Céleste, que vous devenez sourd.

— Ah ! moi aussi.

— C'est qu'un froid, c'est tout, nous dit le papé entre deux éternuements. Un bon bouillon et dans deux jours c'est fini.

— Qu'est-ce que vous dites ? redemanda le curé.

— Que dans deux jours je serai mort.

— Pas avec ce temps, lui affirma le brave homme.

Deux jours plus tard, Céleste était bel et bien mort.

— Il a pas donné de peine, nous dit Marie, il est parti dans un souffle.

Je suis allé chercher une poignée de sa terre pour mettre dans son cercueil, puis, comme il n'avait pas prévu de place au cimetière, j'ai fait ouvrir le caveau de Jules.

Le lendemain, le curé Pradeyras, qui avait tenu à donner la bénédiction, nous demanda des nouvelles du papé.

— J'ai pas vu Céleste ce matin, nous dit-il, il devait me mener au cimetière pour voir une tombe.

— C'est vous qui l'avez mené hier, lui dit Marie.

— Ah bon.

Un moment après, il remet ça.

— S'il vient pas maintenant, ce sera trop tard, la nuit sera là.

— Mais enfin, monsieur l'abbé, lui dit Marie, Céleste est mort.

— Ah, bé, ça, alors. Et pourquoi vous me l'avez pas dit plus tôt ?

Personne n'a répondu. Aux premiers beaux jours, on l'a descendu chez les bonnes sœurs. Quand je l'ai quitté, il m'a dit :

— Mathurin, fais attention à toi, et donne le bonjour à Mathilde.

Je lui ai simplement souri. C'est la dernière fois que je l'ai vu.

Après l'enterrement, le notaire est venu nous lire le testament de Céleste.

— Il me l'a dicté à l'étude. Et je n'ai pas pu en changer un mot, nous précisa-t-il.

Antonin, je t'aurais laissé mon bien, mais tu en as déjà assez comme ça. Alors, je te laisse ma part du troupeau. Pour mes terres et ma maison, je veux qu'elles reviennent à Pierre et Jean que ce sont de braves petits et ma montre à Édouard. Et Marie, elle aura l'alliance de ma femme. Mes frusques, vous pouvez les jeter, comme moi, elles ont gagné le repos. Et merci pour tout.

— Comme c'est gentil, s'extasia Marie. Quand même, il avait un grand cœur.

— C'est pas fini, dit le notaire.

Me mettez pas trop près de la route, que le bruit, ça m'énerve.

Il retint son rire. Nous n'avons pas pu retenir le nôtre.

Notre deuxième récolte dépassa tous nos espoirs. Le blé s'était gorgé de soleil et séparer le grain de sa coquille fut un contentement sans cesse renouvelé. L'aire de battage tremblait sous les coups de fléau, le moulin à vent ronronnait comme une chatte en chaleur, et les sacs s'empilaient les uns sur les autres comme des petits plaisirs. Puis ce fut le temps des vendanges et encore une fois la grande cuisine retrouva son utilité. Tous les soirs, elle se remplissait des femmes, des porteurs, et la gaieté faisait oublier la fatigue.

— Ils vont me rendre folle, criait Marie, entre les Polonais et les Espagnols, je sais plus ce que je parle.

Parce que, en plus des Polonais qui travaillaient toujours ici en dehors de la mine, j'avais trouvé des Espagnols pour faire les vendanges. Alors, autour de la table, c'était un peu comme à la Société des nations. Tout le monde parlait et personne ne comprenait, mais nous au moins, on passait de bons moments.

Puis les jumeaux ramenèrent un copain de l'école. Igor. C'était un Russe blanc. Pas à cause de la couleur de sa peau, mais parce que son père avait soutenu le tsar contre les rouges. Après la guerre, ceux qui ont pu se sont enfuis. Beaucoup sont arrivés chez nous pour travailler dans les mines. Alors les jumeaux en avaient trouvé un dans leur école et maintenant, ils faisaient semblant de parler le russe avec lui. Du coup, Marie ne chercha plus à se faire entendre. Elle se contenta de cuisiner et d'attendre le dimanche pour papoter avec Ameline.

— Au moins, quand elle parle, je sais ce qu'on a dit.

Un de ces dimanches-là, je profitai d'un temps clément pour monter jusqu'à la Baraille et nettoyer un peu le jardin. Entre les murs de pierres sèches, sous deux petits monticules de terre, reposaient Mathilde et Mathurin Maillefer. Il faisait encore une chaleur de bel été et j'avais quitté ma chemise, ne portant autour du corps qu'une flanelle bien serrée. Tout absorbé par mon labeur, je n'entendis pas les pas se rapprocher et ce n'est qu'au bruit du portillon que je tournai la tête.

— Bonjour, Antonin, me dit cette coquine de Marilou.

Je fus bien surpris de la voir ici, toute seule.

— Bonjour, Marilou. Mais, qu'est-ce que tu fais là, sans tes parents ?

— Je te regarde travailler. Tu en as, des gros muscles.

Bêtement je rougis. Mais elle n'en fit pas cas et continua de poser des questions.

— Quand tu fermes les bras, le muscle il devient tout rond comme une grosse pomme de terre. Fais-le encore, comme ça, ajouta-t-elle en imitant le geste.

Puis elle se mit à rire.

— Celui de mon papa, on dirait une cerise, à côté du tien.

Alors la mâtine s'approcha de moi, et posa la main sur mon bras.

— Oh ! qu'est-ce que tu es fort ! me dit-elle en ouvrant de grands yeux ébahis. Ça, tu es vraiment fort.

Et ainsi, de dimanche en dimanche, je dus faire voir mes muscles et répondre aux trois mille questions de Marilou.

— Pourquoi personne habite la Baraille ? Et ta mémé, pourquoi elle était petite ? Et la Bastide, qui l'a construite ? Et les olives, pourquoi elles mûrissent pas sur l'arbre ?

— Oh ! lui répondis-je un jour qu'elle m'agaçait un peu, mais tu veux toujours tout savoir.

Elle disparut aussitôt et resta deux dimanches sans me parler. Mais le troisième, alors que j'étais à nouveau monté à la Baraille, cette fois avec mon percheron pour pouvoir porter du bois, elle revint me trouver.

— Tu sais, lui dis-je, j'ai pas voulu te fâcher l'autre jour, mais des fois, on n'est pas d'humeur à parler.

— Je sais, me répondit-elle, mais je voulais te dire une chose.

— C'est quoi ?

— Pas maintenant. Tout à l'heure.

Alors, c'est moi qui lui ai fait voir des choses qui pouvaient l'intéresser, sans qu'elle me demande rien.

— Ici, quand j'étais petit, je jouais toujours tout seul, parce que c'était trop loin, alors les enfants ne venaient pas. Surtout l'hiver. Et là-bas, dans le pré, j'allais garder la chèvre de ma mémé, et je me prenais pour un grand berger.

Je lui racontais tout ça, et pour sûr, ça l'intéressait. Puis la nuit est tombée, tout doucement, pour pas nous surprendre. Alors j'ai mis Marilou sur le percheron et nous sommes redescendus vers la Bastide.

— Tu vois, lui dis-je en montrant le ciel, cette étoile qui brille plus que les autres, c'est l'étoile du Berger. La nuit, elle guide nos pas.

— Et les autres étoiles, elles font quoi ?

— Elles nous regardent pour savoir si on est sages. Et cette chose que tu voulais me dire, c'est quoi ?

— C'est un secret.

Nous arrivions devant le perron. Elle tendit les bras pour que je la descende du cheval.

— Ferme les yeux, me dit-elle une fois au sol.

Je fermai les yeux. Elle me fit un baiser sur la joue.

— C'est un secret, mais un jour, je te le dirai, murmura-t-elle.

Et elle partit en courant.

Les semaines, les mois s'écoulèrent sans qu'on y prenne garde. Il se passait des choses dans le monde et on en parlait même à Cassagnettes. C'était la guerre du Rif marocain, ou Poincaré qui revenait au pouvoir, ou encore le roi des Belges qui épousait une princesse.

— Je l'envie pas, nous dit Marie en voyant la photo du mariage, boudie ! Porter cet attirail tout le jour.

— C'est que pour la cérémonie, Marie, qu'elle le porte.

— Ça fait rien, je l'envie pas. Avec tous ces gens qui regardent tout ce qu'elle fait. La pauvrette !

Puis on apprit que, pour la première fois, une femme venait de traverser la Manche à la nage.

— Je sais pas où elles trouvent le temps, ces femmes, pour faire tout ça. Remarque, je voudrais pas voir sa maison, à celle-là, comment elle est tenue. Ça doit être un beau cafard sans nom.

— Un capharnaüm, Marie.

— Oh ! enfin, un machin à vous donner les nerfs, quoi !

Et elle se calmait les siens en faisant un peu de ménage.

Tranquillement notre vie continuait, même si en dessous de tout ça, déjà la crise s'annonçait.

— Regarde, me dit Édouard en me tendant le journal. On n'a jamais vu ça. Cinquante mille chômeurs.

— Et le gouvernement nous dit de manger du pain rassis parce qu'on manque de blé. Ils n'ont qu'à donner des terres aux chômeurs, et on aura pas besoin de l'acheter à l'étranger, notre blé !

Par moments la colère me montait, parce que je voyais la campagne mourir à petit feu pendant que les gens, eux, mouraient de faim. Et je ne savais pas ce que je pourrais faire de plus.

— On va vers une dévaluation, m'informa le notaire, ne gardez pas de liquidités. Du jour au lendemain, ça ne vaudra plus que la moitié.

Alors, à la fin des vendanges, j'ai acheté un peu de matériel supplémentaire. J'avais vu une machine pour battre le blé. J'en avais pas besoin avant l'été prochain, mais il valait mieux tenir que courir. Puis, tout en gardant une petite réserve, je fis quelques travaux à la Baraille. Parce que la Baraille, c'était toujours une partie de mon cœur.

— Puisqu'on mène l'électricité au village, je vais faire placer des poteaux jusque là-haut, dis-je au notaire.

— Il vous en faut au moins trois, ça va vous coûter cher.

C'est qu'à l'époque, si on voulait aller plus vite, il fallait faire poser les poteaux à ses frais.

— Je sais, mais je lui dois bien ça, à la Baraille

des Maillefer. Après tout, c'est avec leur or que j'ai pu tout sauver.

Dès que l'électricité a été placée, j'ai fait arranger la toiture. Une bonne toiture, disait toujours la mémé Petite, c'est ce qui vous sauve une famille. De famille, je n'en avais pas, mis à part celle d'Édouard. Par contre, des toitures, j'en avais à revendre, entre celle de l'école, de la Bastide, et des deux fermes abandonnées du domaine. Mais celle de la Baraille, elle passait avant toutes les autres.

Maintenant, il me semblait que ma vie allait se dérouler ainsi, tout doucement. Dans le fond, c'était bien comme ça. Quand on a une bonne salade dans son jardin, on dit chez nous, faut pas vouloir celle du voisin.

Et la mienne était belle. Alors!

Alors? Elle était peut-être même trop belle, ce qui fait que je m'endormais sur ma branche. Et ça, c'est pas bon, parce que, dans la vie, il faut toujours avoir un œil ouvert pour voir d'où viennent les choses.

Parce qu'il suffit parfois de quelques gouttes de pluie et d'un sale coup de tonnerre pour vous foutre la tranquillité en l'air. Et vous mettre la vie sens dessus dessous.

10

Depuis mon retour de Paris, il y avait maintenant deux ans, j'avais écrit quelquefois à Georges. Sans rien lui dire de notre différend, je lui donnais simplement des nouvelles de Cassagnettes, lui souhaitais une bonne année ou bien je lui demandais, pour rire un peu, si je pouvais dépenser son magot pour m'acheter une femme. Il ne m'avait répondu qu'une fois. Comme toujours, par une simple carte. *T'en fais pas. Tout va bien.* C'est tout ce qu'il avait trouvé à me dire.

Alors, j'attendais. Et voilà qu'un soir, vers les onze heures, le chien se met à aboyer. J'étais dans mon lit. Je prête l'oreille, mais le chien se calme. Je me retourne pour m'endormir quand soudainement, j'entends un loup. De ce temps-là, mis à part un verre de clinton aux repas, je ne buvais plus. Et de plus, il y avait fort longtemps que les loups avaient disparu de chez nous.

C'est lui, que je me dis, ça ne peut être que lui. Il m'a déjà fait le coup un soir à la Baraille, quand on était gamins.

— Te voilà, mécréant, que je lui dis en ouvrant la porte de la maison, tu mériterais que je te laisse dehors toute la nuit.

— Oh, Maillefer, tu changes pas, faut toujours que tu rouspètes. Sale vieux garçon !

C'est comme ça qu'on se disait notre content de se revoir.

— Pour te supporter, c'est pas une femme qu'il te faut acheter, c'est un harem. Tiens, qu'il dit en me tendant un paquet, voilà de quoi te l'offrir.

Pour sûr, c'était encore un paquet de billets de banque, de ces billets gagnés avec ses trafics sur les chevaux de course, ou ailleurs.

Il quitta sa veste en cuir, une belle veste comme celle que Marie regardait dans les catalogues qu'elle recevait et qu'elle nous montrait en poussant des cris.

— Mille francs ! Pour une veste ! Mais qui c'est qui peut s'acheter ça ?

Bon, je me dis tout de suite en voyant celle de Georges, ne fais pas de remarques, c'est pas tes oignons.

— Mais j'ai pas entendu ta voiture?
— J'ai plus de voiture.
— Ah bon!
Il attendit, pensant peut-être que je lui poserais des questions, mais ne voyant rien venir, il reprit de lui-même :
— Je l'ai vendue, comme ça, j'ai pas à faire de changement d'adresse.
— Ah! Et ta santé, comment va?
Il s'assit à la table. J'étais en train de ranimer le feu dans la cheminée. Il restait juste un peu de braise, mais quelques pignes de pin jetèrent vite une grande lueur sur les murs.
— Tu veux un peu de café, ou de la soupe?
— Du café, c'est bien. Je suis venu à pied depuis la ville, et en route, j'ai mangé un morceau.
— Pourquoi tu n'as pas pris le train jusqu'à Malbosc?
Je servis le café tout en parlant. Il remua trois sucres dans son verre. Puis, il leva les yeux et me regarda en souriant.
— Le train, c'est pour quand on est pressé. Maintenant, j'ai tout mon temps.
Je savais ce qu'il était venu faire, mais je voulais qu'il le dise.
— Bon, tu veux que je te le dise. Hé bé, voilà, je suis revenu pour de bon. Je viens m'installer ici.
— Grand couillon, il t'en a fallu du temps. Alors, c'est pour ça que tu as vendu ta voiture. Tu avais besoin d'argent pour déménager.
— Tu comprends rien. Je l'ai vendue pour pas qu'on sache trop où je suis, enfin, pendant un temps, après, on m'oubliera.
— Tu as fait quelque chose de pas correct?
— Sois tranquille, je ne dois rien à personne.
Alors, pardi, on a passé la nuit à se raconter nos affaires. Avec Georges, c'était toujours pareil.

— Je sais bien que ça te plaisait pas ce que je faisais, mais j'étais pas fou. Les autres, ils gagnaient, et le lendemain, ils flambaient tout. Moi, je dépensais, parce qu'il fallait que je fasse un peu comme eux, mais j'en mettais pas mal de côté à chaque fois.

— Et si tu étais mort ? Ça t'aurait servi à quoi ?

— À te faire riche, puisque c'est toi qui aurais hérité.

— Je vais pas passer ma vie à hériter des gens ! Les vieux, ça va, mais toi, c'est vivant que je te veux ! Et puis, si tu es venu pour me dire des choses comme ça, tu peux repartir d'où tu viens.

Alors, je gueulai un bon coup. Deux ans de soucis, il fallait bien que ça sorte à un moment ou à un autre. Voilà, je me sentais mieux.

— Ça va, tu te sens mieux ? qu'il me dit.

Et on s'est mis à rire.

— Bon, et maintenant, qu'est-ce que tu veux faire ? Tu vas pas me dire que tu veux travailler la terre.

— Je veux m'installer. Je vais ouvrir un garage avec une distribution d'essence.

Il avait pas l'air, Georges, mais il avait la bosse des affaires. Moi, à côté de lui, j'étais un enfant de chœur.

Quelques jours après, il a trouvé une petite maison avec un bâtiment sur le côté, juste à la sortie de la ville, sur une route où il y avait beaucoup de passage, et il l'a achetée.

— C'est ça qu'il me faut. L'emplacement est bon, les murs paraissent solides, et je peux m'agrandir s'il le faut.

— Pour s'agrandir il faut de l'argent, et pour le moment, tu es raide.

Parce que toutes ses économies venaient d'y passer.

— Je vais emprunter. C'est ce qu'il faut faire, Antonin, il faut emprunter. Même le notaire le dit. Si ça dévalue, on remboursera des clopinettes.

Je ne voulais toujours pas. Moi, ce que j'aimais bien faire, c'était acheter quelque chose, sortir mes sous, et payer. Mais lui, il n'avait pas peur. Il s'était mis des emprunts par-dessus la tête.

— Et maintenant, qu'il me dit, si je meurs, il vaut mieux que tu refuses l'héritage. C'est que des dettes.

Il pouvait bien dire et faire ce qu'il voulait, j'étais tellement content qu'il soit revenu par ici que j'aurais même emprunté pour lui s'il l'avait fallu.

Jusqu'à la mi-novembre on se serait encore cru en début d'automne, ce qui fait que je descendais presque deux fois par semaine pour voir Georges et lui donner la main.

— Je lui ai fait un bocal de bœuf en daube, me disait Marie chaque fois qu'elle me voyait prêt à partir, et aussi un de soupe, il aura qu'à faire chauffer. Avec la daube, il a qu'à bouillir des pommes de terre, ça complétera. Il sait bien faire cuire des patates, quand même.

— Marie, Georges, il a l'habitude de manger en pension dans un restaurant.

— Oui, mais avec cette nouvelle loi du gouvernement, il va pas manger gros.

Parce que maintenant, le gouvernement interdisait aux restaurants de servir plus de deux plats au même client, soi-disant pour qu'il reste plus de denrées pour les familles.

— C'est que bientôt, ils vont venir voir nos crottes, pour voir si on n'a pas trop mangé, continuait Marie. Comme si y avait pas assez avec ceux qui crèvent la faim.

Une fin d'après-midi, alors que je revenais de

voir Georges, quelques gouttes de pluie m'attrapèrent à hauteur de la croisée des Quatre-Chemins, mais le gros de l'orage restait suspendu au-dessus du rocher du Duret.

Saleté d'orage, que je me dis, on dirait que tu veux te faire désirer. Allez, tombe, même si tu me mouilles, c'est pas grave, on a besoin d'eau. Et ce disant, je forçai quand même un peu le pas.

— Tu arrives à temps, me dit Édouard quand je poussai la porte, il va en tomber une d'un moment à l'autre.

— C'est bien ce que je pensais, mais elle semble pas vouloir passer la barre. Je suis quand même un peu trempé, je monte me changer.

— Traînez pas, me dit Marie, que le souper est prêt.

— Le temps de monter et de descendre, que je lui crie en prenant l'escalier.

Je monte. Je rentre dans ma chambre, je me dirige vers la fenêtre pour en fermer les volets, je mets ma main sur la poignée. À ce moment-là, les jumeaux m'appellent. Je tourne la tête pour leur répondre, et c'est alors que, dans un atroce déchirement, le ciel me tombe sur la tête, m'éclate dans les oreilles, et, en même temps, le sol se dérobe sous moi.

Je n'ai rien vu, rien senti. Je me retrouve simplement suspendu à une branche du mélèze, les pieds dans le vide, quelque part entre la fenêtre et un gros trou. Ce qui me surprend le plus, c'est le calme. Il n'y a pas un seul bruit. Rien.

Puis, soudain, un hurlement.

— Pierre ! Jean ! Jean ! Antonin ! Mon Dieu ! Pierre ! Répondez !

— On est là, criai-je de mon perchoir.

Je ne comprends pas ce qui m'arrive. Je vois un bout du mur de ma chambre, mais à travers les branches du mélèze. Édouard entre, s'arrête à deux mètres de moi. Il est blanc comme un mort.

— Les jumeaux, tu as vu les jumeaux ?

— Ils étaient à la porte de ma chambre.

— Bon Dieu de merde !

C'est à ce moment-là que Marie appelle du couloir.

— Édouard, ils sont là, ils ont rien.

Et je vois Pierre et Jean, serrés l'un contre l'autre, me regarder en ouvrant des yeux grands comme des hosties.

— Mais qu'est-ce qui arrive ?

— La foudre ! me répondit Édouard.

Entre lui et moi, il y a ce trou dans le sol, et mon lit qui flotte par là-dessus.

— Bouge pas ! Je vais chercher l'échelle.

Il revient presque tout de suite, pose l'échelle en travers du trou, après quoi, je peux regagner le côté couloir. C'est alors que je réalise ce qui s'est passé. La foudre était tombée sur le mélèze, et le mélèze, comme déraciné, s'était écroulé sur la Bastide, déchirant le mur centenaire au moment précis où j'ouvrais la fenêtre de ma chambre. Voilà, le mur avait cédé, le sol avec, et sans les branches de l'arbre, je me serais retrouvé au rez-de-chaussée, peut-être bien entre les bras d'un fauteuil du salon.

— Fatché de Die ! Je l'ai échappé belle. Les jumeaux, vous n'avez pas eu peur ?

— Bé, oui, mais c'est surtout quand on t'a vu tomber dans le trou, me répondit Pierre. On aurait dit un pantin.

— Moi, continua Jean, j'ai rien vu. Pierre il m'a couché par terre avec lui dessus. Alors, j'ai rien vu.

— Et vous, Marie, vous dites rien ?

Elle me regarde, sans parler. Chaque muscle de son visage, et certainement de tout son corps, frémit comme sous un grand vent froid. Elle tremble, doucement, silencieusement.

— On est vivants, Marie, remettez-vous. Buvez quelque chose de chaud.

Mais elle ne peut pas bouger. Édouard me fait signe et nous descendons tous dans la cuisine.

— Mangeons un peu de soupe chaude, après, on ira voir les dégâts. Maintenant il pleut trop.

C'est que l'orage avait enfin éclaté et une pluie diluvienne nous empêchait d'y voir à un mètre.

De retrouver sa cuisine redonna un peu de vigueur à Marie. La soupe et les jumeaux firent le reste. Car pour Pierre et Jean, l'importance de l'événement comptait plus que la peur qu'ils avaient eue.

— L'arbre, on a cru qu'il voulait rentrer par la fenêtre.

— C'est que le tonnerre, il était tellement fort qu'on aurait dit une guerre.

Ils parlent, racontent, inventent, jouent. C'est bien, comme ça, ils avalent leur peur.

— On dirait que ça s'éclaircit, me dit Édouard, allons voir ce qu'il en est de dehors.

On a vite vu. Le mélèze reposait de tout son poids sur le mur de la façade, et il semblait bien, à travers les branches, qu'une grande lézarde descendait du grenier jusqu'au sol de l'étage.

— Il faut voir dans le grenier, si la charpente est touchée, dis-je à Édouard.

Alors, avec une lampe tempête, on est monté dans le grenier. Sur le pas de la porte, mon cœur s'est mis à palpiter au souvenir des moments passés ici, seul dans la pénombre, à raconter ma vie à ma mère absente.

Parce qu'il y a un moment que je ne te l'ai pas dit, ma mère chérie, mais chaque jour qui passe et qui m'éloigne de toi dans le temps ne fait que me rapprocher du jour de ton retour. Bien sûr, il y a le bonheur que j'ai trouvé avec ceux qui m'entourent, mais rien ne pourra me combler tant que je ne saurai où tu es, ce que tu es devenue loin de moi. Aujourd'hui, quand je pense à toi, tu n'arrives plus, comme dans mes rêves d'autrefois, en courant les bras tendus pour me serrer dedans, les larmes de nos retrouvailles baignant tes yeux et mes joues. Tu n'es plus reine dans ton Afrique, il n'y a pas de serviteurs déroulant des tapis de fil d'argent à tes pieds, de femmes voilées te couvrant de pétales de fleurs, de lions s'offrant en sacrifice pour te réchauffer de leur fourrure. Il n'y a plus rien que mes lancinantes questions qui restent toujours sans réponse. Pourquoi, ma mère adorée, pourquoi m'as-tu quitté sans jamais me donner de nouvelles de toi ? Pourquoi, si tu le savais, ne pas m'avoir dit en partant que tu ne reviendrais plus ? Pourquoi ?

— Tiens-moi la lampe, me dit Édouard.

Il s'avance entre les vieux meubles, les souvenirs oubliés, les toiles d'araignées, le fatras de tous les greniers.

— Vous voyez quelque chose ?

— Viens jusque-là.

Je m'approche, repoussant du pied une chaise dépaillée, un berceau en osier.

Devant nous, le trou béant du mur écroulé s'ouvre sur la nuit.

— Il faudra revenir de jour, mais je crois que la poutre maîtresse est sortie du mur. Si la pluie continue, l'eau va s'infiltrer, et ça, ce sera pas bon.

Nous ne pouvons rien faire maintenant, si ce n'est espérer que la pluie cesse. Nous reculons vers la porte. Je bute sur un bout de bois, perds l'équilibre, me rattrape d'une main à un tissu qui recouvre je ne sais quoi.

— Attention ! me crie Édouard.

Quelque chose tombe du toit, juste sur mon épaule. Une odeur de poussière me remplit le nez, la gorge. Édouard attrape l'objet et le pousse sur le côté.

— C'est une valise, qu'il me dit. Je me demande quel est le couillon qui est allé la foutre sur une poutre.

Fort heureusement, je n'ai pas lâché la lampe. Par précaution, je souffle la flamme.

— Il vaut mieux être prudent. Il ne nous manquerait plus qu'un feu pour finir la journée.

Marie nous attend, avec les jumeaux, bien au chaud devant la cheminée.

— J'ai fait une tisane de verveine, ça calme les émotions, nous dit-elle.

Mais, à sa voix, on sent bien qu'elle est toujours contrariée. Même Pierre et Jean, après l'excitation des premiers moments, ont maintenant le contrecoup de leur frayeur. C'est souvent comme ça.

— C'est comment là-haut ? demande Marie.

— Comme un grenier, répond Édouard. Mais un grenier sous un toit bien solide. On peut dormir tranquille, c'est pas demain qu'il nous dévalera dessus.

— Tu es sûr, questionne à nouveau Marie. C'était quoi, ce bruit ?

— Oh, j'ai voulu faire mon guignol, que je réponds en riant pour les dérider, et je me suis embrouillé les pieds dans une vieille valise.

Mais ils n'ont pas envie de rire.

— Je crois que le marchand de sable est en train de passer, me répond Édouard.

— On veut pas dormir seuls, murmurent les deux gamins.

— Hé bé, prenez ma place pendant que j'aide Antonin à sortir ses affaires de la chambre.

Parce que ma chambre, ce n'était plus que ce grand trou dans le plancher avec les branches du mélèze jouant à passe-muraille.

Avec quelques planches on a calfeutré pour protéger de la pluie, puis on a tiré dans un coin ce qui risquait de s'abîmer.

— Je vais dormir dans l'autre chambre, dis-je à Édouard, pour le reste, on verra demain.

— De toute façon, me répond-il, pour le moment, il n'y a rien de plus à faire.

Je croyais pouvoir m'endormir tout de suite, tant j'étais fatigué, mais bien au contraire, je me tourne et retourne dans tous les sens. À un moment, j'entends un des jumeaux crier. Il devait faire un cauchemar. Édouard se lève, je reconnais son pas, et descend à la cuisine, certainement pour chercher à boire. Puis les chuchotements disparaissent et tout redevient tranquille.

Mais, plus que le mélèze abattu, plus que le mur lézardé de haut en bas, plus que la charpente en mauvais état, une chose me travaille, m'empêche de trouver le sommeil, et cette chose, je n'arrive pas à savoir ce que c'est.

Finalement, sur le matin, la fatigue emporte le morceau, et je m'endors. Mais c'est un de ces sommeils qui vous mélangent le rêve et les pensées, les couleurs et les parfums, sans que vous sachiez vraiment si vous dormez ou si vous êtes réveillé. Cette chose, je me dis, tu l'as vue, et tu l'as oubliée. Et maintenant, tu ne sais plus ce que c'est. Ça me tenaille. Impossible de savoir.

Puis, soudain, je me dresse sur mon lit. Il fait un froid à peler une olive, mais je ne sens rien, parce que je sais que c'est là, cette chose que je cherche, c'est là, devant mon nez.

La valise ! La valise du grenier, c'est ça que j'ai vu et que j'ai oublié, et pourtant cette valise, je la connais, j'en suis sûr maintenant.

Cette valise, c'est la valise de ma mère !

11

Par quel mystère, maman, ta valise était-elle revenue à la Bastide, je n'en savais trop rien. Mais ce qui était certain, c'est que quelqu'un l'avait ramenée et, de plus, dissimulée dans cet inaccessible coin du grenier.

Je suis remonté la chercher, seul, parce que le mystère de ton absence n'appartenait qu'à moi. Comme un voleur je l'ai descendue et, ne voulant pas la mettre dans ma chambre de crainte qu'on ne la voie, je me suis enfermé avec elle dans le bureau de Jules le légionnaire.

Ce bureau, c'était l'Afrique. Celle qu'il parcourut pendant trente ans et qui se réduisait maintenant à quatre murs pleins de souvenirs poussiéreux. C'est ici, seul comme moi aujourd'hui, qu'il venait revivre ses instants de gloire passée. Partout, c'étaient des masques colorés, des coiffes de plumes, des arcs tendus, des flèches dans leurs carquois sentant encore le gibier tué. Le lit de camp disparaissait sous les tissus chamoirés, les coussins de peau de chèvre, et sur le bureau, dans un amalgame de cuivre martelé et de bijoux berbères, s'empilait tout ce que cette Afrique lui avait laissé emporter avant qu'il ne vienne finir ses jours dans la vallée de Cassagnettes. Et qu'il ne devienne follement amoureux d'Adélaïde Maillefer. Toi, ma mère.

Je restai assis sur le sol, les yeux rivés sur cette valise posée devant moi. J'en détaillai chaque coin, chaque éraflure, espérant trouver un indice, un seul, qui me dise que ce n'était pas la tienne.

Mais la mémoire parfois vous trahit drôlement. Ici, sans que je sache comment, elle avait retenu jusqu'aux plus infimes détails, comme si elle savait déjà, à l'époque de ton départ, qu'elle devrait un jour me convaincre.

Car il n'y avait aucun doute à avoir. Cette valise, c'était bien la tienne, ma mère jamais oubliée. Deux robes de ville, un chapeau comme toi seule pouvais en porter, et des bottines à la peau douce, divinement douce, aussi douce que celle de tes pieds. Des volants un peu fous, une paire de dessous brodés à tes initiales, une boîte de mouchoirs neufs, et un peu de ces babioles dont tu raffolais. Cette valise, c'était toi, entièrement toi. Et c'était bien celle que tu voulais emporter dans ton voyage vers la fortune.

Seulement, je ne voulais pas répondre à ces questions que sa présence dans le grenier me faisait poser. Je ne voulais pas encore me pencher sur le silence de ces années. Alors, je ne me souvins que de ce que tu m'avais dit la veille de ton départ.

Là-bas, tu m'as dit, on trouve de tout. Je n'emporte que le nécessaire et j'achèterai le reste sur place.

C'est ça que tu m'as dit, maintenant je m'en souviens. Mais alors, peut-être bien que c'est toi qui l'as laissée, cette valise. Oui, c'est ça, tu n'as pas voulu t'embarrasser de choses inutiles, surtout que tu allais revenir me chercher, juste après les vendanges. Alors, cette valise, tu l'aurais récupérée à ce moment-là, avec mes affaires. C'est ça que tu as dû penser.

Seulement, tu n'es pas revenue. Ni après les vendanges de cette année-là, ni après les vendanges d'aucune année depuis.

Heureusement que j'ai cette photo de toi prise par mon photographe ambulant de père, l'autre absent de ma vie. Mais lui, je m'en fous, je ne l'ai jamais connu, il ne m'a jamais nourri de son sein, bercé dans ses bras, couvert de baisers. Lui, je ne l'ai jamais attendu. Tandis que toi !

Et maintenant, voilà tout ce qui me reste. Une vieille valise. Une photo déjà jaunie.

Et cet espoir qui ne m'a jamais quitté.

12

La pluie dura trois nuits et trois jours. Il nous fallut dégager tout ce qui restait dans ma chambre, et l'armoire en bambou qui me venait de ma mémé Petite faillit bien ne pas survivre à ce nouveau déménagement. Finalement elle trouva sa place dans l'autre chambre, à côté de la commode de ma mère. Tout aussitôt, Marie se jette dessus, armée de chiffons et de cire d'abeille.

— Tu vas pas la reconnaître, cette armoire, quand je l'aurai bien astiquée.

— Vous croyez que la cire d'abeille suffira ?

— La cire d'abeille, ça fait pas tout, me répond-elle en soulevant les épaules. C'est l'huile de coude qui fait des miracles, pas la cire d'abeille.

— Elle se régale, me souffla Édouard, je te l'ai dit, plus c'est sale, plus elle aime.

Et elle repasse une autre couche de cire, et d'huile de coude.

Puis, il nous fallut dégager le salon, parce que maintenant l'eau s'infiltrait par la lézarde dans le mur. C'est que le mélèze, alourdi par les branches gorgées de pluie, pesait de plus en plus sur la façade de la Bastide.

— On ne peut plus attendre, dis-je à Édouard après une nouvelle inspection des dégâts, sinon, le mur va céder sur toute la hauteur.

Alors, avec Édouard, Milo et Braslav, mes deux

Polonais, Gustin, qui était venu nous prêter main-forte, on a dépieuté l'arbre à la hache.

On l'a attaqué par la base, de telle sorte qu'il puisse glisser sur le côté, mais il était bien ancré dans le mur, et il a fallu l'étriper presque jusqu'à la cime avant qu'il se laisse aller.

Oh! ça, je peux bien le dire, j'en avais mal au cœur de le voir tomber en morceaux, ce grand mélèze plus que centenaire. C'est qu'il en avait vu passer des générations d'hommes, des événements de toutes sortes. Et maintenant, il était là, tout nu, s'agrippant à la vieille Bastide, l'embrassant encore une fois, dernière tendresse d'un vieillard se sentant partir pour le grand voyage, tandis qu'elle, écartelée, le regardait lentement s'effondrer sans rien pouvoir faire pour lui. On aurait dit un vieux couple que la mort sépare.

La façade dégagée, toute l'ampleur de la catastrophe nous apparut.

— Il faut réparer, et vite, me dit le notaire qui, apprenant la nouvelle, avait fait le déplacement.

— Remonter le mur tant que c'est mouillé, c'est comme mettre un emplâtre sur une jambe de bois. Je crois que le mieux à faire, c'est de calfeutrer avec des planches, et surtout de soutenir la toiture.

Je voyais bien qu'on ne pouvait pas faire beaucoup plus, mais surtout, ce que je ne disais pas, c'est que je ne voulais plus rester là.

Parce que, depuis la découverte de ta valise, ma mère disparue, je ne pouvais plus regarder cette maison sans que m'assaillent mille et une questions auxquelles je ne pouvais apporter de réponse.

Jusqu'à présent, je m'étais simplement demandé pourquoi tu ne m'avais écrit que deux fois, de ton Afrique aux mirages. Deux fois, juste dans les premiers mois qui suivirent ton départ, et puis, plus rien, seulement cet étouffant et inexplicable silence.

Ces deux petites cartes postales, madame Alice les avait lues, et relues, comme si elle voulait les déchiffrer. Puis elle les avait rangées, avec ton dernier cahier de mauvaise élève, dans une grande enveloppe de papier brun.

— Les écrits, qu'elle m'avait dit, ça se garde. Ce sont des souvenirs importants. Et puis, on ne sait jamais, un jour, ils peuvent servir, avait-elle ajouté.

Une fois, j'avais regardé les tampons. Ces cartes, tu les avais expédiées de Ouagadougou. Ouagadougou, c'était aussi la ville d'Abel, le serviteur noir de Jules, qui était retourné dans son pays juste quelques mois après ton départ.

Tout ça tournait dans ma tête, et peut-être bien que les réponses que je cherchais étaient là, à portée de main. Mais cette enveloppe, je ne voulais pas la rouvrir, car, maintenant, elle me faisait peur.

Malgré tous nos efforts pour calfeutrer l'ouverture du mur, il nous fallut admettre que, avec les gros froids, nous ne pourrions pas passer l'hiver ici. La bâtisse avait pris trop d'eau et l'humidité se sentait de partout. Il nous fallut quitter la Bastide.

Mais notre déménagement ne fut pas un triste abandon. Bien au contraire.

— On aurait dit que j'en avais le pressentiment, me dit Marie en chargeant la charrette, que quand j'ai nettoyé la maison d'Alice, je me suis dit, fais-le comme il faut, que si des fois on en avait le besoin.

Parce que, finalement, elle allait l'habiter, cette maisonnette qu'elle aimait tant.

— C'est vrai, tonton, que c'est là que tu dormais quand tu étais petit ? me demandèrent les jumeaux en s'appropriant la chambrette d'en haut.

— Oui, et je n'avais qu'à ouvrir la porte pour être dans l'école.

— Alors, tu devais être vraiment petit, me dit Jean.

— Trop petit pour mener les filles dans ta chambre, pouffa Pierre avec un air entendu.

— Mais on jouait dans la cour.

Il me regarde, interroge son frère du regard, puis me répond :

— Pas pour jouer. Pour faire des bébés !

L'effondrement du mélèze m'avait laissé moins pantois que la réflexion de ce gamin. Moi, à leur âge, et même bien plus tard, je croyais que les filles naissaient dans les roses, et les garçons dans les choux.

Ils déménagèrent donc à la maison-école de madame Alice, et, d'un seul coup, la salle de classe, avec sa carte de France, ses bancs et son tableau noir, se refit un coup de jeunesse.

Puis ce fut mon tour. Et, comme Marie, j'avais dû, moi aussi, avoir un pressentiment en faisant monter l'électricité jusqu'à la Baraille.

Parce que j'allais enfin tenir cette vieille promesse que je m'étais faite : revivre dans la fermette des Maillefer.

Ce qui me fut un autre petit bonheur.

13

Il est des moments dans la vie où la solitude vous est comme un véritable baume. Et de me retrouver, seul, dans la maison de mon enfance, en fut un merveilleux.

Non pas que de vivre avec Édouard et Marie m'ait posé le moindre problème, mais la famille des uns, ce n'est pas tout à fait la famille des autres.

— Voilà une bonne chose, me dit le notaire en apprenant mon déménagement. Aucune femme ne serait venue habiter la Bastide avec un autre couple, aussi dévoué qu'il soit. La cuisine de Marie, ce sera toujours la cuisine de Marie, et la nouvelle venue sera toujours une intruse.

— Vous avez peut-être raison, mais comme je n'ai pas l'intention de me marier...

— Ça, mon cher Antonin, nul ne peut prédire. Voyez mon cas. Une folie ! Trois semaines après avoir rencontré Ameline, j'avais la bague au doigt.

Il se pencha vers moi, confident.

— Et croyez-moi, je ne regrette rien.

— À Meyrueis c'est possible, mais ici, même avec de la bonne volonté, il n'y a rien à marier.

— Vous en faites pas, le sentiment a de ces malices à vous damner un diable. Vous verrez ce que je vous dis.

En attendant de trouver chaussure à mon pied, je me faisais une petite vie de vieux garçon, et je m'en portais bien.

En quelques jours, avec les hommes, nous avions remis la fermette en état de vivre. Une table, quelques chaises, un meuble pour mettre un peu de vaisselle, et dans la chambre, un lit et un chevet. Cela me suffisait, puisque ce n'était, a priori, que pour passer l'hiver. Au printemps, avant les travaux des champs, je ferais réparer la Bastide et tout rentrerait dans l'ordre. C'était du moins ce que nous disions, mais dans le fond, chacun de nous savait que ce temps-là était fini.

— Mon Dieu, me disait Marie quand je descendais pour manger, c'est tellement pratique ici qu'en rien de temps j'ai fait tout mon ménage.

— Comme ça, me dit Édouard avec moquerie, elle peut aller faire celui de Marthe.

— Mauvaise langue ! Je vais faire quelques courses et voir si elle a pas besoin de rien, qu'elle peut plus marcher, la pauvrette.

Parce que Marie, d'être en plein cœur du village, elle aimait bien. C'était moins isolé qu'à la Bastide.

Tous les matins je retrouvais Édouard. Souvent, il était déjà au travail quand j'arrivais. À la campagne, même en plein hiver, il y a toujours quelque chose à faire. Vers les midi, on allait à la maison-école se réchauffer avec une bonne soupe, tout en écoutant Marie nous donner les derniers potins du village. Puis, je remontais à la Baraille, souvent en fin d'après-midi, avant que la nuit tombe.

Et là, comme par enchantement, je me découvrais une autre vie. D'abord, les premiers jours, je me plongeai dans les livres ramenés de chez madame Alice, comme ça, histoire de relire ces contes qui m'avaient tant passionné autrefois.

La passion, ça s'oublie peut-être un peu, mais, en fait, ça ne vous quitte jamais. En rien de temps, je dévorai les livres d'Alice. Alors, je fis un tour dans les placards de la Bastide, et ramenai tout ce qui me tombait sous la main.

Lire, non seulement ça vous repose la tête, mais en plus, ça vous demande du confort.

— Édouard, si on peut monter avec le tracteur, je voudrais prendre un fauteuil du salon pour mettre devant la cheminée.

Alors, on a monté le fauteuil avec une petite table pour poser mes livres dessus. Et puis, à faire le voyage, on a monté l'armoire en bambou de la mémé, pour pas qu'elle s'abîme avec l'humidité. Té, puisqu'on y est, si je mettais un deuxième fauteuil, des fois que quelqu'un vienne me visiter.

C'est comme ça qu'on s'installe, et que le provisoire dure.

Bien engoncé entre les bras du fauteuil, à la

seule lumière des flammes dansantes, des fois, je voyais le jour poindre tandis que je tournais la dernière page de mon livre.

— Tu peux plus te lever ? me disait Édouard quand j'arrivais à la Bastide. Me dis pas que tu fais la fête tout seul, là-haut.

— J'ai encore trouvé un livre qui m'a tenu la nuit.

— Boundie, le dis pas à Marie, qu'elle va se faire un souci noir, de te voir lire comme ça. Elle, elle croit que tu as une bonne amie, et ça, ça la rassure.

Voilà, Adélaïde, comment j'ai passé mon premier hiver à la Baraille. Toi qui voulais tout le temps que je devienne un savant, ça devait te faire plaisir de me voir avaler tout ça comme un glouton.

Mais si je lisais tous ces livres sans m'arrêter, c'était pour ne pas lire autre chose. C'était pour ne pas ouvrir cette enveloppe et me pencher sur tes cartes postales d'Afrique. La peur, parfois, ça vous fait prendre des chemins détournés, mais, quoi que vous fassiez, un jour ou l'autre, elle vous force à faire face.

— Honnêtement, dis-je au notaire aux premiers beaux jours, je ne sais pas si je vais réparer la Bastide. C'est beaucoup d'argent, que je n'ai pas, et de toute façon, cette maison est trop grande pour moi.

— Sage décision, me répondit-il, mais il n'empêche pas moins que le bâtiment ne peut pas rester comme ça.

— Je ne veux pas vendre, d'abord, parce que j'ai besoin des communs, et puis, la Bastide, c'est le centre du domaine. De toute façon, qui achètera ça, et ici, à Cassagnettes ?

— Ma femme, répondit-il en riant.

Et c'est ainsi qu'Ameline et sa famille s'emparèrent de la Bastide. Mais je ne leur vendis pas mon bien. Je le leur prêtai seulement, pour dix ans, en échange de quoi ils paieraient les réparations.

— Dans le fond, me dit Albert, semblant de rien, vous faites votre petit bonhomme de chemin.

— Comment ça ?

— Il y a un an, Cassagnettes se mourait. Et aujourd'hui, vous avez une messe toutes les deux semaines, le feu qui brûle dans la maison d'Alice et de la Baraille, et la Bastide sauvée des eaux.

— Je ne l'avais pas vu comme ça, mais vous avez raison, finalement, avec le temps, les choses avancent sans qu'on y prenne garde.

— Et maintenant, qu'est-ce que vous allez nous sortir ?

Tiens, il a raison, ce notaire, et puisque j'y suis, autant continuer. J'avais les deux fermes du domaine, inhabitées depuis le milieu de la guerre. Oh, c'étaient pas des grosses fermes, un peu comme toutes celles que l'on voit dans le pays, avec juste de quoi loger une famille, un bout de jardin et quelques poules, mais, par les temps difficiles que nous traversions, ça pouvait bien faire plaisir à quelqu'un, de les habiter.

Alors, j'ai demandé à Milo et à Braslav si ça les intéressait. Ils ne m'ont pas fait répéter deux fois. Ils ont sauté de joie.

— Nos femmes, elles sont pleines de malheurs, là où on habite. Elles peuvent pas faire comme chez nous, en Pologne.

— Mais ça vous fera loin pour aller à la mine tous les jours.

— Nous, bon marcheurs, qu'ils m'ont répondu.

Et le tracteur a, encore une fois, ramené une pleine charrette de vie à Cassagnettes.

— Tel que je vous vois venir, me dit Albert en apprenant la nouvelle, un de ces jours, vous finirez au conseil municipal.

— Et pourquoi pas maire de Malbosc, que je lui répondis.

— Et pourquoi pas ? qu'il répéta en riant. Pourquoi pas ?

— Comme ça, ajouta Marilou en pointant son nez, comme ça, ce sera plus facile pour se marier.

Les enfants, ça a des idées fixes, mais Marilou, c'était pas seulement une idée qu'elle avait, c'était un rêve.

Et un rêve qu'elle voulait réaliser.

TROISIÈME PARTIE

LE TEMPS DE LA ROUTE

[illegible] qu'[illegible] entendit le [illegible] de [illegible] Bastide, et nous laissa, son mari et moi, [illegible] [illegible] d'autre [illegible]. [illegible] elle était déjà [illegible] le [illegible] et avec tout son charme, elle [illegible] avait son équipe de bûcherons, n'hésitant pas à monter sur l'échafaudage, à se glisser dans le [illegible], à prendre une truelle pour [illegible] une pierre pendant qu'un maçon finissait son [illegible]. Les hommes, qui au début avaient [illegible] [illegible] cette petit bout de femme, ne juraient plus [illegible] que par elle.

[illegible] la [illegible] ma mère d'[illegible], je [illegible] sans cesse [illegible] du temps où tu régnais sur le domaine. [illegible], les hommes, les fermiers, les journaliers et même les femmes de la maison [illegible] de ton savoir-faire. Mais toi aussi tu [illegible] de la [illegible] dans la poche. Il faut dire qu'en plus d'être une grosse travailleuse, tu étais d'une telle beauté que rien, ni personne, ne pouvait te résister. C'était bien peut-être là ton plus grand malheur car toi, ce que tu voulais, c'était être aimée pour tes qualités, pas pour la douceur de ta peau.

Il l'avait bien compris, ton [illegible] [illegible]

1

Ameline prit en main les travaux de réfection de la Bastide, et nous laissa, son mari et moi-même, béats d'admiration. De bon matin elle était déjà sur le chantier, et, avec tout son charme, elle dirigeait son équipe de tâcherons, n'hésitant pas à monter sur l'échafaudage, à se glisser dans le grenier, à prendre une truelle pour tenir une pierre pendant qu'un maçon finissait son ciment. Les hommes, qui au début avaient ri en sourdine de voir ce petit bout de femme, ne juraient plus maintenant que par elle.

En la voyant faire, ma mère disparue, je pensais sans cesse à toi, du temps où tu régnais sur le domaine. Pareillement, les hommes, les fermiers, les journaliers et même les femmes de la maison avaient douté de ton savoir-faire. Mais toi aussi, tu avais eu vite fait de te les mettre dans la poche. Il faut dire qu'en plus d'être une grosse travailleuse, tu étais d'une telle beauté que rien, ni personne, ne pouvait te résister. C'était bien peut-être là ton plus grand malheur, car toi, ce que tu voulais, c'était être aimée pour tes qualités, pas pour la douceur de ta peau.

Il l'avait bien compris, ton jardinier moustachu,

et quand il te parlait, c'était toujours pour te dire combien il avait besoin de toi, que toi seule avais du courage, de la force pour deux, et alors tu te laissais griser par ses mots et tu donnais tout de toi.

Malheureusement, ton jardinier moustachu, c'était pas de la bonne graine. Oh ! que non ! Et pourtant, il lui a suffi de revenir te chercher pour que tu le croies à nouveau, et que tout bascule. Si seulement tu avais bien voulu m'écouter, mais non, tu n'en faisais qu'à ta tête, et puis, je n'étais qu'un gamin. À onze ans, on ne vous prend pas au sérieux. Pourtant, Adélaïde, j'en savais des choses, de ces choses qu'on n'apprend pas dans les livres mais que l'on porte en soi. Et ce que je savais déjà, c'est que si tu restais ici, avec moi, rien ne pourrait nous détruire. Mais tu as préféré l'aventure, le rêve, et par moments, le soir surtout, je t'en veux quand même un peu de m'avoir laissé tout seul.

— Si vous faisiez comme ceci, ou comme cela, s'avisa de dire le notaire aux maçons qui remontaient le mur.

Ils le toisèrent, puis, sans répondre, se tournèrent vers Ameline. Alors il remit son lorgnon et me rejoignit dans les communs.

— Je crois, mon cher Antonin, que sans avoir l'air d'y toucher, quand je leur parle, ils se moquent de moi.

— Je ne le crois pas, j'en suis sûr.

— Bien, alors, puisque vous êtes de mon avis, je vais retourner à mon étude.

— Et moi, à mes moutons.

Nous faisions une bonne paire d'amis, Albert et moi, malgré la différence d'âge, et de tout le reste.

— Ce sont justement les différences qui présentent un intérêt, me répondit-il un jour que nous en parlions, sinon, Antonin, quel ennui ce serait !

Le chantier dura deux mois. Puis, en même temps que les premiers beaux jours, Ameline installa la famille notariale dans la Bastide rénovée, ce qui lui permit d'être sur place pour surveiller la suite des travaux. Car maintenant qu'elle était en train, elle n'allait pas s'arrêter en route. En rien de temps, elle me transforma cette vieille bâtisse séculaire en une charmante demeure bourgeoise, lui redonnant une grande partie de son lustre d'antan.

— Elle nous a pris la maladie de la pierre propre, me disait Albert en la regardant faire. Et ça risque de la tenir une vie entière.

Elle n'avait pas que cette maladie-là, elle avait aussi celle du bon meuble ciré, des rideaux frais, de la lumière neuve, du beau linge et de l'argenterie éclatante.

— Je croyais qu'elle voulait une maison à la campagne pour élever des poules, me précisa Albert, mais vu le montant des factures, c'est le poulailler le plus cher qu'on ait jamais vu.

— C'est que vous avez épousé une poule de luxe, répondit Marie qui venait maintenant chaque jour aider Ameline.

Puis, comme toujours réalisant son propos après l'avoir dit, elle se reprit, un peu gênée.

— Enfin, vous voyez ce que je veux dire, oh, boudie, té, je ferais mieux de me taire. Mais quand même, elle vous fait une bien belle maison. Y a de quoi être fier.

Le dimanche suivant, Ameline fit annoncer à la sortie de l'église qu'une fête aurait lieu dans l'après-midi et que tous les enfants de Cassagnettes étaient invités.

— Nous avons un peu précipité le déménagement, me confia Albert, parce que c'est l'anniversaire de Marilou, et nous voulons lui faire une surprise.

Il y eut foule dans le parc de la Bastide, et chacun reçut un petit sac contenant une brioche, du chocolat et quelques friandises. Puis Marilou mena une ronde endiablée, et, en passant, me prit par la main et m'entraîna.

Le cotillon fini, et pendant que les filles se remettaient, j'organisai avec les garçons une course au trésor qui nous mena tout autour du parc, ponctuée de grands cris à chaque découverte. Les jumeaux se surpassèrent, inventant trois mille traquenards, effrayant les plus jeunes, trompant les plus âgés, se taillant la part du lion en toute chose. Puis, les filles se joignirent à nous, et ce fut une partie de cache-cache. Ameline appela tout le monde dans la cuisine et servit de la limonade. Il y eut encore des chansons et des rires, et enfin, la nuit tombant, chacun repartit chez soi, la tête pleine de souvenirs.

Bon Dieu, que je me disais en voyant toute cette jeunesse, voilà un bout de mon rêve qui se réalise. La Bastide pleine d'enfants. Seulement, ce serait mieux si ces enfants, c'étaient un peu les miens.

— Je voulais te dire merci, Antonin, me dit Marilou en me tendant la main, parce que sans toi, j'aurais pas pu avoir une aussi belle fête.

Elle avait soudainement un air sérieux de jeune fille.

— Mais, je n'y suis pour rien, c'est ta maman qui a tout prévu.

— Oui, mais je veux dire, si je suis heureuse, c'est parce que je suis ici, à la Bastide, et ça, c'est grâce à toi.

— C'est surtout grâce à la foudre, lui répondis-je en plaisantant.

Elle me regarda, sourit, et ajouta :

— Elle a bien raison, Berthe, quand elle dit que tu ne comprends rien à rien.

Et elle s'éloigna, me laissant comme un couillon sur ma chaise.

— Vous avez là une bien belle jeune fille bientôt prête à marier, dis-je à Ameline pour me reprendre.

— Mais elle n'a que quinze ans ! Et puis, je n'ai pas l'âge d'être grand-mère.

— De toute façon, répliqua Thérèse la pimbêche, elle ne peut pas se marier avant moi. Je suis l'aînée.

— Mais oui, ma chérie, mais oui, répondit Ameline.

La saison d'été s'annonça sous de bons augures. N'ayant plus la grande cuisine de la Bastide pour nourrir les hommes, Marie installa des tables dans la cour de l'école et se fit aider par les deux femmes de nos Polonais. Car malgré le matériel que j'avais acheté, nous étions encore, au gros de la saison, une quinzaine à travailler sur le domaine, et à passer à table midi et soir.

Les terres d'Édouard furent les premières prêtes à faucher.

— C'est nous qu'on a semé, déclarèrent les jumeaux, c'est nous qu'on fauche les premiers.

— C'est bien gentil, leur dit Marie, de vouloir aider.

— Combien tu nous donnes ? répondit tout aussitôt Pierre.

Mais, au regard de son père, il jugea préférable de s'échapper avant d'entendre la réponse.

— Elle les gâte pas, me confia Édouard, elle les pourrit.

La moisson se fit avec un bel entrain et tout de suite après il fallut attaquer les vendanges. Les journées étaient longues, mais je trouvais toujours le courage, le soir venu, de remonter jusqu'à la Baraille, et de lire encore quelques pages, ou quelques lignes, avant de m'endormir.

Parfois Georges me faisait la surprise d'une visite, mais comme ses affaires marchaient pour le mieux, il avait de moins en moins de temps libre. Et puis, il avait une nouvelle bonne amie, et, encore une fois, projetait de l'épouser.

— Antonin, je vais me marier, et comme ça, elle pourra m'aider pour les affaires.

Je ne disais rien, mais je voyais mal sa future, avec ses allures provocantes et ses ongles peinturlurés, se faire une situation dans la mécanique.

— Boudie, me dit Marie, te fais pas de soucis, avec une pouliche comme celle-là, il peut se remettre aux courses. C'est pas les clients qui manqueront pour monter dessus.

— Marie, rétorqua Édouard, fais attention à ce que tu dis.

— Oh, mais je fais attention, comme avec celle de Paris. Hé, que je me suis pas trompée ?

— Georges, lui dis-je une fois que nous étions tous les deux dans la cour de la Bastide, tu crois pas qu'elle est un peu trop affriolante pour un négoce ?

Il m'a regardé, avec une grande peine dans les yeux.

— Ah ! toi aussi, tu te fies aux apparences. Et pourtant, Antonin, tu sais bien que ça veut rien dire, la façon de s'habiller. C'est ce qu'il y a dans le cœur qui compte. Et puis, qu'est-ce que tu y connais, aux femmes ?

Il était vexé.

— Trouve-t'en une d'abord, sinon, bientôt, tu sentiras le rance, qu'il ajouta en montant dans sa voiture.

Il fit ronfler le moteur, craqua une vitesse. Il était vraiment contrarié.

— Réfléchis-y, à ce que je viens de te dire, me cria-t-il en démarrant.

J'irai le voir pour m'excuser, me dis-je après son départ, et puis, peut-être qu'il a raison, parce que c'est bien vrai, je n'y connais pas grand-chose aux femmes. Même Berthe l'a dit à Marilou, que je ne comprenais rien à rien.

Il faudrait peut-être que je suive le conseil de mon rouquin. Ou du moins, que j'y pense.

Mais je n'ai pas eu le temps, car le jour même, notre facteur vint me trouver à la Baraille. Il avait une lettre importante à me remettre. Une lettre qui allait tout bouleverser.

Parce que cette lettre, elle était adressée à Adélaïde Maillefer.

2

De coutume Fernand me laissait toujours le courrier à la Bastide ou à la maison-école. Souvent même, si nous étions aux champs, ou s'il avait bu un coup de trop, il le posait tout simplement chez Marthe.

Ce jour-là, malgré tout contrarié par ce qui venait de se passer entre Georges et moi, j'étais remonté à la Baraille pour trouver un peu de calme. Comme toujours dans ces cas-là, le meilleur remède est de faire travailler ses mains, ce qui repose un peu la tête. J'étais en train de consolider le mur de l'enclos lorsque je vis apparaître le facteur dans la traverse du Jatelin.

Chaque fois que quelqu'un tournait dans l'ombre du rocher du Duret, je ne pouvais m'empêcher de repenser à ma mère, lorsqu'elle me revenait de sa ville, les bras chargés de cadeaux, et que je l'attendais assis sur le muret. Je devais avoir cinq ou six ans, et alors je poussais des cris de joie, et elle, elle lâchait tout et courait vers moi pour me prendre dans ses bras. Ces jours-là, c'était jour de fête à la Baraille.

Aujourd'hui, il fallait que Fernand ait une raison importante pour venir jusqu'ici.

— Putain, c'est pas du chemin facile, me dit-il en s'asseyant sur le banc. Ça te sèche le gosier.

— J'ai un petit clinton au frais, ça vous dit ?

— Ah, ça ! si tu me prends par le sentiment, je dirai pas non.

Le temps que je lui serve un verre, et la conversation roule, car, dans nos campagnes, on prenait encore le temps de se faire des amitiés avant de passer aux choses sérieuses.

— Et les autres, qui traversent l'*Atelantique* sans s'arrêter, et en l'air. *Fatché !* J'aurais une de ces trouilles, si c'était moi. Té, sers-moi un autre verre, ça tiendra compagnie au premier.

Les autres, comme disait Fernand, c'étaient Costes et Le Brix. Deux jours avant, le 16 octobre 1927, ils avaient réussi la traversée de l'Atlantique Sud, sans escale. 3 363 kilomètres en dix-huit heures et trente-sept minutes. Un exploit à vous donner la chair de poule.

— Moi, je mets six heures pour faire ma tournée, et encore, les bons jours seulement, et par les raccourcis. Et eux, té, ça te dit bonjour en français le matin, et le soir, té, ça te parle chinois. Putain, on n'arrête pas le progrès.

Il sirota un peu de son vin, reposa le verre sur la table, se frotta la moustache d'un revers de main. Maintenant, on allait passer aux choses sérieuses.

— Antonin, je suis venu te porter une lettre, que si je la laisse en bas, les autres, ça les occupera à jacasser pendant un mois, de voir d'où elle vient.

Il reprend son verre et le remplit.

— Le premier, c'est pour la soif, le second, c'est pour la compagnie, le troisième, c'est pour le goût.

Il pose sa sacoche sur la table.

— Le quatrième, il paraît qu'il a pas besoin de prétexte, ajoute-t-il pour se donner du temps.

Il ouvre sa sacoche, en sort une enveloppe. Il me regarde droit dans les yeux.

— Cette lettre, je te la porte ici, parce qu'elle est adressée à *Madame Adélaïde Maillefer.*

Je ne bronche pas. J'attends. Alors, d'une voix caverneuse, il ajoute :

— Et de plus, elle vient d'Afrique.

Je reste silencieux, les yeux rivés sur l'enveloppe qu'il me tend. Je reste silencieux, mais mon cœur, lui, il est en tintamarre. Cette lettre est là, au bout de mes doigts, et je n'ose pas la prendre. Alors, il la pose sur la table. J'attends.

Fernand attend, lui aussi, mais il comprend que je ne ferai rien tant qu'il sera là.

— Peut-être que tu veux être seul pour la lire ?

Je ne réponds pas, je souris simplement. Alors il se lève et, sans un mot de plus, il traverse la courette.

— Si tu as besoin, je suis là, qu'il me crie depuis le portillon.

Mais je n'ai pas besoin de lui ni de personne d'autre. Je prends l'enveloppe, je la palpe et la palpe encore, sans me décider à l'ouvrir. Parce que, cette lettre que quelqu'un a envoyée à ma mère, peut-être que je n'ai pas le droit de savoir ce qu'elle dit.

Je vais dans le jardin, là où Mathurin et la mémé m'attendent sous leurs petits tas de terre bien propre. Je m'assois un instant entre les deux, sans parler. Je suis comme perdu. Moi qui ai sauvé la Bastide et la Baraille et les terres d'alentour, je suis maintenant perdu comme un gamin qui n'a que trois sous pour acheter un bonbon de quatre.

Dans le fond, je ne veux pas savoir ce qu'elle dit, cette lettre. Je ne veux pas. Mais eux, la mémé et son homme, eux ils veulent savoir, je le sens bien. Alors, j'ouvre l'enveloppe et je lis, à haute voix pour qu'ils entendent, je leur lis cette lettre adressée à Adélaïde Maillefer, leur fille.

Ma chère Adélaïde,

Cela te paraîtra bien étrange que j'écrive si longtemps après ce jour de notre rencontre. Je pensais bien revenir à Cassagnettes avant de partir en Afrique, comme je te l'avais dit. Seulement on n'est pas toujours maître de son temps.

Maintenant je sais que je ne reviendrai jamais, et chaque fois que je regarde cette photo prise ce jour-là, mes yeux s'embrument, parce que, hé bé, oui, j'aurais dû t'enlever. Voilà, Adélaïde, ce que je voulais dire avant de quitter ce monde, en t'envoyant l'au revoir d'un vieil amoureux transi. Peut-être que tu as un bon mari et de beaux enfants, et je vous souhaite à tous beaucoup de bonheur.

Seulement si des fois tu trouves un moment pour penser à ce nigaud de photographe ambulant qui a eu peur de t'aimer, là où je serai ça changera pas grand-chose, mais cela me fera quand même bien du plaisir.

Signé : *Antonin Cellier.*

Antonin Cellier, photographe ambulant. Mon père ! Ce père dont je portais, sans le savoir, le prénom que ma mère avait tant aimé. Cette lettre, c'était lui qui l'écrivait à Adélaïde Maillefer.

Alors la colère me prit. Mais qu'est-ce qu'elle avait donc, cette Afrique où ils étaient tous partis ? Et moi qui croyais, ma mère, que c'était Jules qui t'avait fait rêver d'elle. Et moi qui croyais, encore, que tu étais allée rejoindre ton jardinier moustachu.

Mais non, ma mère, maintenant je comprends tout, tu es partie chercher mon père. C'est pour moi, uniquement pour moi, que tu as fait ce long voyage. Tu as voulu le retrouver, pour me sauver, pour que je ne sois plus un bâtard. Tu ne m'as pas abandonné, tu ne m'as pas oublié. Bien au contraire, tu t'es sacrifiée pour moi.

Fallait-il que tu m'aimes, pour faire ça ! Seulement, tu ne l'as pas trouvé, ce photographe ambulant. Elle est trop grande, cette Afrique, pour que vous vous y soyez rencontrés. Mais aussi, ce père d'un jour, il pouvait pas être ambulant à Cassagnettes ? Non, il lui fallait aller à l'autre bout du monde, lui aussi !

Oh, bon Dieu ! Alors qu'il aurait fait si bon d'être heureux ici, entre une moisson d'août et un printemps de mai, bien calé l'hiver dans la cheminée, bien au frais l'été sous la tonnelle, et de voir le soleil se lever dans le vallon des Mourres, et encore de voir le soleil se coucher sur les coteaux de Sénéchas.

Et la source avec son eau bien douce sur la peau, et les pignes de pin qui embaument la montagne, et les mûres bien noires qui vous barbouillent les lèvres, et le vent pleurant comme un loup dans les fentes des volets, dites-moi, vous avez ça dans votre Afrique d'hommes bleus ?

Je tourne en rond, tellement j'ai mal. Je cherche quelque chose. Je trouve l'album de géographie de Jules. Cet album sur lequel j'ai, moi aussi, soir après soir depuis plus de quinze ans, parcouru cette terre de mirages. Je l'ouvre, ce livre, à la page 8. Elle est là, l'Afrique, elle s'étale, elle occupe toute la page. Alors, fou de rage, je la déchire, cette Afrique mal foutue en forme de poire. Je la déchire en mille morceaux, et je les brûle un à un pour être bien certain qu'il n'en restera rien.

Non, monsieur le photographe ambulant, non, elle n'a pas eu un bon mari, Adélaïde. Non, elle n'a pas eu de beaux enfants non plus. Ce qu'elle a eu, je vais vous le dire, vous le crier s'il le faut. Un bâtard ! Vous entendez, un bâtard qu'elle a eu ! C'est tout !

Il avait raison le facteur, après le troisième verre, on a plus besoin de prétexte, on boit pour boire. Parce que pour guérir ce mal qui me harcèle, là, au côté gauche, douloureux comme celui que j'avais autrefois quand j'étais petit, pour le guérir, et pour la deuxième fois de ma vie, je n'ai rien trouvé d'autre que de me remettre à boire.

Trois jours ? Une semaine ? Quelques mois peut-être ? Je ne sais pas, parce que, quand on boit, on ne s'occupe pas du temps qui passe.

Sans rien changer à mes habitudes, je descendais le matin jusqu'à la Bastide et retrouvais Édouard. Nous discutions un peu du travail, nous nourrissions les bêtes, puis je passais dire bonjour à Marie, manger un morceau, mais, dès le début d'après-midi, je n'avais qu'une seule hâte : remonter m'enfermer entre les quatre murs de la Baraille. Et là, assis devant le feu de cheminée, je prenais un livre pour me donner bonne conscience, j'ouvrais une bouteille, parce qu'il faisait soif, et lentement, je laissais l'alcool faire son travail.

Il n'en paraissait rien, et même je ne me rendais pas tout à fait compte de ce qui m'arrivait, d'autant plus que je ne me saoulais pas. Je buvais, simplement. Mais je buvais beaucoup.

Et puis, le soir de Noël, alors que depuis le matin je travaillais pour préparer notre crèche, j'eus une première colère. Peut-être bien parce que cette fête, dans le fond, je n'en voulais plus, et peut-être aussi parce que de voir le bonheur des autres, ça me faisait encore plus penser à celui que j'attendais depuis si longtemps.

— Ça n'a pas l'air d'aller fort, me dit Marie en me voyant, tu couves la grippe ou tu me fais une pécole de travers.

Elle me regarda, un peu suspicieuse.

— Je sais pas ce que tu trafiques là-haut, ajouta-t-elle, mais pour sûr, tu pètes pas de santé.

D'apparence sa phrase paraissait anodine, mais je sentis bien qu'en fait elle me faisait un reproche. Tu fais quoi, Antonin, elle voulait dire, cette phrase, tu fais quoi de ta vie ? Tu crois qu'on le voit pas que tu bois, que tu te martyrises l'esprit ? Allons, regarde autour de toi, il y a bien plus malheureux, tu sais. Si seulement tu en parlais de ce qui te tracasse, ça te soulagerait un peu. Peut-être bien que ça nous soulagerait, nous aussi, parce qu'on le sait bien, à quoi tu penses.

— Occupez-vous de ce qui vous regarde, que je lui répondis sèchement.

Puis je pris mes affaires et repartis chez moi, plantant là tout ce monde avec leurs préparatifs, et je ne descendis pas pour la messe de minuit. Le lendemain matin, ne me voyant toujours pas arriver, Édouard pointa son nez à la Baraille.

— Je me suis endormi, lui dis-je, et après, c'était trop tard pour descendre.

— On s'est fait du souci, surtout Marie, et aussi chez le notaire.

— Ça n'en vaut pas la peine. Ce qu'il me faut, c'est qu'on me laisse un peu tranquille.

Il bougea la tête, regarda le désordre de la pièce.

— C'est comme tu veux. Mais tu sais où nous trouver.

Et il repartit. Bien malheureux, mais il savait qu'il ne pouvait pas faire plus. Parce que ma maladie, je devais la soigner tout seul, avec, comme seul remède, une bonne dose de volonté. Seulement, ce remède-là, on ne le trouve pas davantage à l'épicerie de Marthe que dans les potions magiques de madame Alice. On se le fabrique tout seul.

Voilà, ma mère, comment tout doucement je me coupai du monde et passai l'hiver dans mon trou. Oh, bien sûr, je continuais d'aller et de venir, de faire semblant, et les autres faisaient pareil. De temps en temps, Édouard, sous un prétexte quelconque, se renseignait sur ma santé. Marie s'inquiétait, mais ne disait rien, parce qu'il est des choses dans nos campagnes dont on ne parle pas facilement. Une fois même, j'ai vu arriver les jumeaux à la Baraille. Nul doute qu'on me les envoyait pour voir, pas par curiosité, mais par souci. Seulement ceux qui boivent ont des malices pour cacher leur vice.

— Alors, les jumeaux, vous vous décidez quand même à venir me voir, que je leur dis avec un grand sourire, j'ai bien cru que je passerais l'hiver sans votre visite.

— Nous, on croyait que tu voulais voir personne ici.

— Et qui vous a dit ça? Et puis vous, c'est pas pareil. Seulement, pardi, il vous faut repartir avant la nuit, à cause des loups.

— Des loups?

Ils sont repartis presque aussitôt, et ne sont jamais remontés.

D'autres fois je plaisantais Marie, pour lui faire croire que tout allait bien.

— Je crois que je finirai mes jours dans un monastère, que je lui dis, à moins que ce ne soit comme un sauvage sur une île.

— Pas besoin d'aller sur une île, pour être un sauvage, me répondit-elle.

Ce jour-là j'étais enjoué, alors je fis le sauvage pour amuser les jumeaux, et continuer de tromper mon monde. Édouard me regarda, et dans son regard, je vis bien que lui, je ne le trompais pas. Mais il ne disait rien, et quand il me parlait, c'était uniquement du travail.

— Qu'est-ce que je fais pour le troupeau ? Il faut bien trouver quelqu'un pour le sortir aux beaux jours.

— On verra bien à ce moment-là.

Et puis, un matin de mars, un samedi, Marilou arriva par la traverse du Jatelin. Avant même de la voir, lorsque j'entendis grincer le portillon du jardin, je sus que c'était elle. Comme ça, une idée qui me passait par la tête. C'est Marilou, que je me suis dit.

Elle frappa à la porte tout en m'appelant.

— Antonin ! Ouh ! ouh ! C'est Marilou !

Je ressentis un peu de gêne, surtout parce que d'un seul coup je m'apercevais que la maison était tout en désordre, je peux bien le dire, elle était même sale. J'ouvris la porte en pensant retenir ma visiteuse sur le palier, mais, sans hésiter, elle me poussa vers l'intérieur.

— J'ai une bonne nouvelle, Antonin, et comme je crois que vous allez être content, je suis venue vous la dire.

La petite paysanne de l'été dernier s'était faite coquette. Maintenant, elle ressemblait à une jeune fille et, de plus, me vouvoyait. Je la dévisageais, en essayant de ne pas le faire voir, mais c'était pas facile. C'est vrai qu'elle s'était embellie, la drôlesse. Surtout ses yeux, pétillants, frais comme un gardon, roulant de droite et de gauche pendant qu'elle parlait en se dandinant.

Une chaleur me monta aux joues, mais elle n'y prêta pas attention.

— C'est que maintenant, vous ne venez plus nous voir le dimanche.

— Je viens la semaine, alors, le dimanche, je reste au chaud.

En la regardant, je sentais comme un malaise m'envahir. Quelque part, sa visite m'embêtait et, en même temps, me faisait plaisir.

— Voilà, reprit-elle, je voulais vous dire que j'ai réussi mon concours d'entrée à l'école normale. Dans quatre ans je serai institutrice.

Maintenant, cette chaleur me prenait dans tout le corps. Pourtant, je n'avais pas encore bu. C'était autre chose qui me chauffait comme ça.

— ... et alors, continua-t-elle, mon père demandera la réouverture de l'école de Cassagnettes et je viendrai m'installer ici.

J'étouffais. Je ne comprenais pas ce qui m'arrivait et maintenant son attitude m'exaspérait de plus en plus. Alors, bêtement, j'explosai.

— Quoi ? Institutrice à Cassagnettes, dans mon école, une péronnelle comme toi, et tout ça parce que monsieur son père il est notaire et qu'il magouille avec le maire et tout le saint-frusquin ? Comme si on avait besoin d'une prétentieuse pour nous apprendre quoi que ce soit. Déjà vous avez fait main basse sur ma Bastide, et maintenant tu voudrais aussi ma maison-école ? C'est ça que tu veux ?

Je fus sans aucun doute beaucoup plus grossier que mon souvenir.

Marilou, choquée, reste un instant paralysée sur place, puis ouvre la porte et s'enfuit. De là où je suis, je la vois courir sur le chemin. Avant de disparaître, elle s'arrête, se retourne. Son visage est couvert de larmes. Alors, soudainement, je me réveille de mon cauchemar et réalise ce que je suis devenu. Je me sens honteux, profondément honteux. Pendant un moment je tourne en rond, rangeant une chose, en déplaçant une autre. Je pense même lui courir après, Marilou, pour m'excuser et lui dire que oui, je suis bien content qu'elle rouvre la maison-école, que même je vais lui repeindre la salle de classe tout de suite, tellement je suis certain qu'elle va être la prochaine institutrice de Cassagnettes. Ah, ça, je serai fier pour elle, et pour madame Alice, et un peu pour moi aussi, de lui donner la clé le premier jour de classe.

Maintenant, c'est une autre chaleur qui me remplit le corps. Une autre idée qui fait sa place dans mon cerveau.

Marilou, que je me répète, mais enfin, Antonin, pas Marilou. Tu te racontes une histoire, c'est parce qu'elle te rappelle Berthe que tu crois que...

Je prends un broc et le remplis d'eau froide. Je pose une cuvette sur la table, je verse l'eau dedans. Je quitte ma chemise et je commence à m'asperger le visage, les épaules, le torse. L'eau coule, glacée, mais je ne la sens pas. Je pense à Berthe, mais je ne vois que Marilou.

C'est plus tard, dans l'après-midi, que je commence à comprendre ce qui m'arrive. Et ça me paraît tellement énorme qu'il me faut le dire à quelqu'un. Georges ! Il faut que je le dise à Georges, parce que lui, il pourra me conseiller. À moins qu'il n'en rie, mais je m'en fous, parce que maintenant, je suis heureux. Enfin, presque.

Je prends un sac, une chemise propre, j'enfile

mon paletot et je descends à toute vitesse par la traverse. Il fait froid, mais un froid qui vous fait chanter le sang dans les veines.

De loin, je vois le Jésus, en plein courant d'air, alors je lève mon chapeau pour Le saluer.

— Je viendrai Vous parler demain, que je Lui crie, pour Vous dire une chose importante. Demain !

Il peut bien attendre à demain, parce que si je Lui explique maintenant, ça va me prendre trop de temps et, de toute façon, Il ne me répondra pas.

Et moi, ce que je veux, c'est une réponse. C'est quelqu'un qui me dise : Oui, c'est ça, ce que tu as au cœur. C'est bien ça, et même que ça porte un nom. Ça s'appelle de l'amour. Hé oui, Antonin, tu es amoureux !

Moi, amoureux ? Georges ! Georges ! Mais qu'est-ce que tu me dis là !

3

— Oh ! Maillefer, on t'a foutu à la porte de chez toi, me dit Georges en me voyant entrer dans son garage.

Il me tend la main, puis, pour marquer son contentement, il me tape sur l'épaule et finalement, il y a une grande embrassade.

— Tu m'as manqué, sale têtu ! Qu'est-ce que tu fais, hé, seul dans ton trou ? Tu comptes tes sous ?

— Dis, c'est pas plus loin de Cassagnettes à la ville que de la ville à Cassagnettes, alors, tu pouvais bien venir, toi aussi.

— Hé, pour quoi faire ?

Puis il me dévisage.

— Ça va mieux ? qu'il me demande.

Il n'en dit pas plus, mais je comprends qu'il est au courant de mon mauvais hiver et que lui aussi, il avait décidé de me laisser m'en sortir tout seul.

— Oh ! que oui, et surtout depuis peu.

— Toi, tu me caches quelque chose, qu'il répond en souriant. Viens un peu par ici me raconter.

Alors, on s'est installés et on a parlé. Un peu de moi, un peu de lui, un peu de la mécanique, un peu de ses affaires et un peu des miennes, et puis un peu de nos amours, et tous ces un peu bout à bout, ça nous a menés jusqu'à la moitié de la nuit.

— Antonin, me dit-il, laisse le temps faire son chemin. Pour le moment, ta Marilou, elle est encore jeunette. Et puis, c'est peut-être une idée que tu te fais. Va pas de nouveau te mettre martel en tête, qu'après, tu tournes mal.

Il attendit un instant, puis il m'avoua que c'était fini avec la sienne.

— Je t'en ai voulu de ce que tu m'as dit, mais dans le fond, tu avais raison. C'était une brave fille, seulement... Enfin, c'est pas la peine d'en faire un plat. Une de perdue, dix de retrouvées !

Et il recommence à me parler de sa mécanique, parce qu'il a beau dire, il n'y a que ça qui l'intéresse. Il est là, entre un piston et une soupape, et moi je l'écoute, mais d'une oreille distraite. C'est que j'ai autre chose en tête.

Et si des fois Marilou elle m'aimait, elle aussi, que je me dis en sourdine. Après tout, ça s'est déjà vu, des jeunes avec des un peu plus vieux. Et puis, du premier jour qu'elle est arrivée à la Bastide, elle a toujours voulu vivre là. Alors, peut-être que c'est le destin ! Quatre ans, elle a dit, quatre ans avant qu'elle soit institutrice. Ce qui lui fera vingt ans, et moi trente-deux. De toute façon, je ne suis pas pressé, je peux encore attendre.

Justement, entre-temps, je pourrais continuer de m'occuper du domaine. Et aussi du village. Il faut pas qu'il se vide davantage, parce que, s'il se vide, il n'y aura plus d'enfants, et s'il n'y a plus d'enfants, on n'aura pas besoin d'une école, et si on n'a pas d'école, on n'aura pas besoin...

— À quoi tu penses encore ? me demande Georges.

— À acheter une voiture.

— Ah bé, toi, alors ! Ça te prend comme la poudre d'escampette.

Je suis tellement surpris par ce que je viens de dire que je n'en reviens pas moi-même.

— Ah bé, ça alors, qu'il continue de dire, tu m'en bouches un coin.

— Je vais pas passer ma vie à me promener le cul sur le tracteur.

Mais la vraie raison, c'est parce que, secrètement, je me dis que Marilou, ça devrait bien lui plaire, de me voir conduire une voiture. On a beau grandir, quand on est amoureux, on est comme un enfant, on veut toujours éblouir un peu.

Alors, je commencerais par acheter une voiture, et après j'attendrais que ce soit l'été. Parce que cet été, Marilou, je pourrai m'arranger pour la rencontrer à la Bastide, ou bien sur un chemin. Nous ferons un brin de causette. Tu sais, je lui expliquerai, elle avait raison, Berthe, de te dire que je comprends rien. C'est vrai que des fois, je suis un peu lent. Il faut que je m'habitue aux gens, à leur façon de penser. Comme avec toi, par exemple, j'aime bien parler. Té, si tu veux, un dimanche, on pourrait aller vers le château de Portes, avec la voiture. Pourquoi le château de Portes, qu'elle me demandera ? Parce que ! Parce que quoi ? Alors, je lui raconterai quelque chose. Je lui dirai une belle histoire.

Tu veux savoir pourquoi ? Hé bé, d'abord, parce que quand on le voit, on ne sait pas que c'est un château. On croit que c'est un soc renversé qui laboure le ciel. On n'a jamais vu ça. C'est planté là-haut, sur un bout de vague, comme un navire dans la grande mer en tempête. Seulement, ça ne bouge pas, ça reste tout attaché par les pieds. Et puis, on approche, lentement, parce que la route, elle a tellement peur qu'elle s'est faite serpent et se traîne au ras de la roche. Soudainement même, elle se retourne et se cabre, comme un défi, mais le château, lui, il s'en fout. Il la voit pas, cette petite route de fourmi. Alors, elle avance encore un peu son bout de chemin, elle se cache au milieu des arbres, assagie, toute droite. Mais d'un seul coup, il est là, sur son flanc droit, et elle ne peut plus l'éviter parce que à gauche c'est la ravine avec, tout en bas, la mort qui rôde.

Elle continue, la route. De toute façon, elle n'a pas le choix. Elle longe, en jetant juste un œil pour le surveiller, ce grand mur qui porte fièrement sa couronne de petites tourelles. Il est tellement grand qu'à lui tout seul il gomme le trait de l'horizon.

Il la voit, la route. Il voit même qu'il lui fait peur, et il est content, parce que, depuis un tas de siècles, il est là pour ça. Faire peur.

Mais la route, il a bien envie de la séduire aussi. Alors, il change son orgueil pour de la bonhomie, il s'arrondit le dos de sa grosse tour ventrue et il montre sur son flanc un peu de ses cicatrices de guerre, comme pour l'attendrir.

Elle se laisse prendre au jeu. Encore un peu méfiante, mais déjà coquine, elle ralentit, s'arrête même sur le champ de rocaille qu'il a mis là, exprès, du côté de ses meurtrissures.

Voilà, elle se repose un brin, s'avance de quelques

pas jusque vers lui, le caresse prudemment au cas où il se rebiffe, mais lui, il ronronne et la laisse faire parce que ça lui soigne le cœur, des caresses comme celle-là.

Ils restent un moment tous les deux, sans parler. Ils savent bien que ça ne va pas durer, alors ils en profitent. La route, il faut qu'elle continue son voyage, tandis que lui, il doit rester là, à surveiller. Puis elle glisse doucement en arrière, reprend sa pente, passe entre les maisons de Portes et descend vers la vallée. Quand elle arrive à la petite courbe du Paulin, elle se retourne pour le regarder encore une fois. Il est toujours là-haut, seul, debout, et il attend, la tête accrochée au bleu du ciel, perdu dans ses rêves de grandeur.

Elle en frémit, la route, de le voir toujours aussi grand. De là où elle est, on dirait la légende d'un roi qui garde les étoiles.

C'est ça, le château de Portes, se dit-elle, c'est une légende de roi qui garde les étoiles.

Et elle continue d'avancer dans la nuit. Rassurée.

Il y aura un moment de silence, puis Marilou me prendra la main. C'est beau ce que tu me racontes, qu'elle me dira, c'est même drôlement beau, j'en ai un frisson.

Et les choses se feront comme ça, lentement. Ça durera un été, un hiver, puis, dans deux ans, trois peut-être... Bon, on verra bien.

Mais avant toute chose, il faudrait que j'aille m'excuser pour ma colère. Dès demain, c'est ce que je ferai.

Le lendemain est arrivé. J'avais des choses à faire qui ne souffraient aucun retard. Alors, Marilou, j'irais la voir un autre jour. Et ce jour suivant, j'ai un peu oublié. Certes, le travail m'accaparait, mais surtout, je recommençais de vivre mon amour comme un songe, parce que, encore une fois, c'était plus facile que d'affronter la réalité.

L'été se passa ainsi, d'un prétexte à l'autre. Au début d'août, Marilou partit pour Meyrueis.

— Berthe ne peut pas venir cette année, me dit Ameline, elle nous prépare un heureux événement pour le printemps.

— Voilà une bonne nouvelle. Si vous lui écrivez, dites-lui bien des choses de ma part.

Elle me sourit, le regard plein de questions.

— Et vous, monsieur Antonin, quand allez-vous nous surprendre d'une heureuse nouvelle ?

— Oh ! moi, je dois faire partie du sac de graines des vieux garçons.

— Il faut se méfier des eaux dormantes, et je me méfierais de vous, si j'avais une fille à marier.

— Mais vous en avez une.

— Thérèse ?

Je ne répondis pas, mais mon cœur battit un peu la chamade, et je dus rougir.

— Pas Marilou, en tout cas. Elle est encore trop jeune. Et puis vous savez, Marilou, avec son caractère, c'est elle qui choisira son mari. Ce n'est pas lui.

Puis ce fut la moisson, et en septembre, en pleine vendange, Marilou revint de son voyage et, le temps de préparer ses bagages, sans rien me dire, elle partit dans son école d'institutrices, tandis que je me retrouvais comme le château de Portes, la tête dans les étoiles, seul avec mon rêve.

Voilà, j'allais retrouver mon petit train-train quotidien, mettre à jour mes comptes, descendre à la Bastide pour m'occuper des bêtes, prendre mon repas avec Édouard et Marie et vite remonter à la Baraille pour passer la soirée auprès de la cheminée, le nez plongé dans un livre. Pour le moins que l'on puisse dire, les temps à venir s'annonçaient sous de bons auspices. Nous avions fait une belle récolte. Il m'avait même fallu engager deux hommes de plus pour pouvoir rentrer les foins et vendanger avant les premières pluies.

— Ne va pas me chercher encore des étrangers, m'avait recommandé Marie, que j'en dors plus de la nuit, de tout leur charabia.

Puis elle était vite partie chez Marthe pour lui faire, comme disait Édouard, un peu de ménage. Car maintenant, elle passait le plus clair de son temps derrière le comptoir de l'épicerie-café-tabac où sa bonne humeur et ses bons mots ramenaient à nouveau un peu de clientèle.

— Je vois bien, me dit-elle un soir, je vois bien que mon Édouard se fatigue à la terre. Alors, si je peux faire un peu à côté, ça le soulagera.

Elle jeta un œil de droite et de gauche, puis, assurée d'être seule avec moi, elle se pencha et finit sa phrase.

— Parce que Marthe, elle me glisse la pièce pour que je l'aide. Et puis, reprit-elle en se redressant, dans l'état où elle est, elle va pas durer longtemps, peuchère, alors, comme y a personne pour reprendre le commerce, enfin, tu me comprends, c'est pas que je lui souhaite de partir, à Marthe, mais enfin, si ça arrive, comme on dit, j'aurai déjà un pied dans la maison.

Sacrée Marie ! Une finaude, sous ses airs de pas y toucher.

Maintenant l'hiver nous tomberait dessus d'un jour à l'autre. Pierre et Jean, de leur côté, avaient déjà repris le chemin de l'école et menaient leur petite vie de galopins.

— Les jumeaux se plaignent de plus vous voir, me dit Marie, quand même, vous pouvez bien descendre au moins un dimanche sur deux.

C'est vrai que l'hiver, je ne les voyais plus beaucoup, car ils prenaient leur repas de midi à Malbosc et le soir, quand ils arrivaient, j'étais déjà reparti sur ma montagne.

— Et puis, ajouta-t-elle, grondez-les un peu, parce qu'ils se font diables et même Édouard les tient plus.

Alors le dimanche suivant, je suis descendu sans m'annoncer.

— Oh bé, s'écria Marie, il va pleuvoir, voilà l'escargot qui sort de sa coquille !

— Tonton Tonin ! Tonton Tonin, tu n'es pas venu nous voir à l'école, me dit Jean, pourtant, nous, on en a des choses à te faire voir.

— Mais seulement si tu nous dis la vérité, reprit Pierre.

— Je dis toujours la vérité.

Ils se regardèrent, Pierre et Jean, avec un air de connivence qui voulait en dire long.

— Bon, reprit Pierre, nous on veut bien faire semblant de te croire, mais cette fois, tu dis pas de mensonge, comme pour les loups. Juré !

— Juré !

Alors il se pencha à mon oreille et me murmura quelque chose.

— Répète, j'ai pas entendu.

— Oh, mais c'est pas une chose qui se crie.

Et il recommença son murmure. Je ne saisis qu'un mot. Marilou.

— Tu as entendu ? me demande-t-il.

— Viens par ici, lui dis-je en le prenant par la main et en l'entraînant vers le fond de la pièce.

— Pas de cachotteries ! cria Marie.

— C'est pas une cachotterie, c'est un secret, répondit Pierre.

Et il me répéta encore une fois son histoire. Il s'agissait bien de Marilou.

— Elle a un amoureux, qu'il me dit.
— Comment tu le sais ?
— Parce qu'on le sait, Jean et moi.

Il attendit un instant, se demandant si l'affaire m'intéressait ou pas. Vu la tête que je faisais, il dut conclure qu'elle m'intéressait. Il se pencha à nouveau vers mon oreille.

— Si des fois tu me donnes cinq sous, je te dirai.
— Ces choses-là se paient pas.
— Mais c'est pas pour le secret, c'est pour qu'on pardonne ton mensonge.

Puis, sûr de lui, il me regarda.

— On le sait, que y a plus de loups.
— Bon, je te donnerai cinq sous.
— Et cinq pour Jean !
— Et cinq pour Jean. Alors, qui c'est, cet amoureux, c'est toi, ou c'est Jean ?

Je faisais le fanfaron, mais j'attendais la réponse avec anxiété. Parce que, d'un seul coup, je m'apercevais que j'avais encore trop attendu. Pierre fit signe à Jean de le rejoindre et un conciliabule commença entre les deux gamins. Puis ils revinrent vers moi, se cachant la bouche derrière leurs mains pour pouvoir rire, et je me dis que je venais de me faire avoir de dix sous.

— Son amoureux, de Marilou, me dit Jean, c'est toi.
— On le sait, parce que, quand elle est partie à la pension, renchérit Pierre, elle a perdu un papier en montant dans le coupé, et je l'ai ramassé.

Et il sortit de sa poche une petite feuille de papier qu'il me tendit.

— Regarde !

Sur la feuille, dessiné à l'encre, un cœur entourait deux initiales entrelacées : *A M.*

— Mais ça veut rien dire ! Vous voyez bien, ce sont seulement mes initiales.

— Tonton Tonin, tu es un couillon, me dit Pierre. Tu vois pas que c'est *A* pour Antonin et *M* pour Marilou ?

Je sortis les dix sous de ma poche.

— Tiens, lui dis-je, chose promise, chose due. Mais tu me donnes le papier.

Alors, ils sourirent tous les deux et Jean s'approcha de moi.

— Et toi, tu l'aimes, Marilou ?

Je le dis toujours, les enfants, ça vous pose des questions que vous n'oseriez pas poser vous-même de peur de devoir répondre.

Et pourtant, celle-là, je ne pouvais pas y échapper.

4

Bien entendu, ma mère chérie, je n'ai parlé à personne de l'histoire des jumeaux. Mais j'y pense beaucoup. Peut-être bien, après tout, que je plais à Marilou. Peut-être même que ses parents ne diraient pas non, bien qu'ils la trouvent encore trop jeune. Il est vrai que d'ici qu'elle ait fini son école supérieure, il passera de l'eau sous le pont, comme on dit chez nous.

Seulement, c'est bien là le danger, parce qu'avec tous les beaux garçons qu'il y a dans cette école, et de plus, jeunes, instruits, ça m'étonnerait bien qu'elle ne trouve pas chaussure à son pied avant la fin des classes.

Tu comprends, Adélaïde, Marilou, elle est un peu comme toi. Pleine d'énergie, fraîche, gracieuse, intelligente, belle également, alors, les garçons, ils doivent tous tourner autour. Je ne vois pas pourquoi elle s'embarrasserait d'un bonhomme comme moi, timide, toujours à se demander ce qu'il fait là où il est.

Et puis, maintenant, je suis habitué à vivre seul. Tu me vois, comme ça, du jour au lendemain, avec une femme et plein de gosses ? Remarque, les gosses, c'est pas ce qui me gênerait. Surtout que ceux-là, ce seront les miens. D'ailleurs, une femme non plus, ça me gênerait pas, c'est même le contraire. Dans le fond, peut-être bien que c'est ce qui peut m'arriver de mieux.

Dis-moi, maman, ça te ferait plaisir d'être grand-mère ? Pas une mémé comme ma mémé Petite, avec son foulard noir sur ses cheveux tout blancs et son visage plein de petites rides comme une pomme reinette, oh, que non, pas comme ça. Toi, Adélaïde, tu seras une grand-mère toute jeune, avec de beaux chapeaux, des robes de soie, des volants de dentelle, une grand-mère de contes de fées avec une baguette magique. Hop ! Tu feras, hop ! et tu arriveras dans la cour de la Bastide, et alors tes petits-enfants applaudiront d'émerveillement en voyant ton visage de porcelaine, tes grands yeux en amande, ton cou de cygne. Tu les prendras par la main et vous ferez une grande ronde tout autour de la maison et soudain, dans un éclat de rire, tu t'envoleras par-dessus les arbres du parc et de là-haut, tu répandras des piécettes d'or et de chocolat.

En attendant, tu vois, je n'ai pas changé, un jour je suis solide comme un roc et je boufferais la terre entière et le lendemain, je retombe comme un soufflé au fromage pas assez cuit, et je doute de tout, et surtout de moi. Ah, si seulement tu étais là, ma mère tant espérée, si seulement tu étais là, comme tout serait différent !

Antonin, je me dis un bon matin, il faut que tu te sortes cette idée de la tête ; alors, ce qu'il te reste à faire, c'est d'aller à la ville, de rencontrer du monde et de vivre un peu comme Georges te le rabâche depuis longtemps.

— Et cette voiture, tu te l'achètes, ou tu attends qu'elle arrive toute seule jusque chez toi ? me demande mon rouquin en me voyant entrer dans son garage.

— C'est pas que je veux pas, mais avec le chemin qu'on a pour monter à Cassagnettes, c'est plutôt un tombereau qu'il me faudrait acheter.

— C'est pas un tombereau, Maillefer, c'est une voiture à chenilles.

— À chenilles ?

— Oui, et justement, tu tombes bien, parce que je voulais venir te chercher pour aller en voir à Meyrueis.

— En plein hiver, qu'est-ce que tu veux qu'on aille faire là-haut ?

— Je te l'ai dit, voir les voitures à chenilles, et aussi mes copains de l'usine. C'est qu'ils sont venus de Paris pour vivre tout l'hiver sur le causse, avant de partir faire leur périple en Chine.

La Chine ! Au volant de leurs autochenilles, ils allaient rallier Kaboul, rouler jusqu'à Peshawar, traverser le désert de Gobi, grimper les pentes de l'Himalaya. Des milliers de kilomètres sur des routes sans nom, par des chemins de lamas, des dunes de sel, et tout ça pour atteindre le toit du monde et peut-être toucher les étoiles du doigt. La Croisière jaune de Citroën ! Un rêve de fou !

— Oh ! ma foi, je veux bien aller avec toi jusqu'à Meyrueis, mais pas plus loin. La Chine, c'est pas pour moi.

Je suis remonté à Cassagnettes pour prendre quelques affaires et surtout pour prévenir Édouard et Marie.

— Pour pas que vous vous fassiez du souci.

— Tu vas pas aller en Chine, au moins ! Mon Dieu, Toninou, fais attention !

Elle s'agite, parle toute seule, puis revient.

— Toninou, dis-moi la vérité. Y a une histoire de femme là-dessous ?

— Marie ! répond Édouard, mêle-toi de ce qui te regarde !

— C'est ce que je fais. Cette femme, c'est une Chinoise ?

— Je vais à Meyrueis, pas à Pékin.

— Oh ! oui, mais avec ces gens-là, on sait jamais. Fais quand même attention à toi.

Le lendemain, de bon matin, nous étions sur la route. C'était un samedi, il faisait froid, mais beau.

— On aura de la neige à partir du col, me dit Georges, mais j'ai pris des chaînes pour mettre aux roues.

— Et si on glisse ?

— On meurt !

— Bon, alors ça va. J'ai laissé mes affaires en ordre. Cette fois, c'est toi qui hérites de tout.

— Ça me fera une belle jambe d'être le mort le plus riche du cimetière.

On était de bonne humeur. On riait de petits riens parce qu'on avait besoin de se retrouver et de rire. Notre dernier voyage ensemble, c'est quand j'étais allé le chercher à l'hôpital de Marseille pendant la guerre.

— C'était pas drôle, me dit Georges. Et puis, je te l'ai jamais dit, mais quand je t'ai écrit, c'était en pensant que tu viendrais me chercher. Seulement, j'osais pas te le demander, alors, j'ai attendu que tu me le proposes.

— Et si j'avais rien dit ?

— Je serais venu tout seul, parce que je savais pas où aller, et aussi parce que je pensais tout le temps à toi. Dis, tu te rappelles quand on est descendus à la ville, pour la fête du 14 Juillet, avec le coupé de Jules ?

Tu parles, si je m'en rappelle. C'était juste avant que tu quittes Cassagnettes, et c'était aussi juste avant que ma mère parte à son tour, d'abord pour sa ville, et puis, pour sa grande aventure en Afrique. Je ne pense même qu'à ça, tous les jours qui passent, parce que c'est depuis que je suis seul. Alors, même si des fois j'aime pas trop ce que tu fais, comme tes trafics à Paris, je suis bien content de t'avoir ici.

— Et moi qui croyais, à la foire, que le lait était gratuit parce que j'avais jamais vu une vache se faire payer pour donner le sien.

— Tu étais déjà un grand couillon et tu n'as pas changé.

On aurait dit deux collégiens, Georges et moi. Et je te raconte ceci, et je te raconte cela, et on se met à rire une fois de plus en se disant des âneries sans queue ni tête.

— Oh bé, Maillefer, je t'ai jamais vu comme ça, me dit-il, tu as bu un coup de trop ou tu me caches quelque chose ?

— Non, ça, c'est Marie qui me le demande, pas toi.

Et de lui raconter les bêtises de Marie, et quelques autres, et lui de me parler de Paris, des filles, et de son trafic, mais tout ça en riant, juste pour continuer de s'amuser. Nous roulons, et les pneus crissent un peu dans les virages, et Georges aime ça.

D'un seul coup, la voiture tourne plus vite. Je vois passer la montagne d'en face, le ravin, la montagne de nouveau et encore le ravin. Je crois qu'il le fait exprès.

— Hé bé, qu'est-ce que tu fais ?

Il ne répond pas. Il est blanc comme un linceul. Même ses cheveux roux ont pâli. Maintenant on est arrêtés sur un bas-côté, dans le sens inverse de notre marche.

— Putain, qu'il me dit, je l'ai pas vu venir. C'est un camion qui a dû lâcher de l'huile.

Alors seulement je réalise qu'il ne s'amuse pas, qu'on a bel et bien dérapé et fait deux tours sur place. On sort de la voiture et je m'avance pour voir le vide.

— Heureusement qu'il y a un parapet.

Je le dis pour me rassurer parce que, entre le ravin et nous, il y a juste une pierre qui dépasse du sol et qui sert de parapet. Pour pouvoir me pencher et voir si c'est profond, je pose le pied dessus, et, sous ce simple poids, elle tombe dans le ravin.

— Putain, me dit Georges, on l'aurait touchée avec la voiture, on serait déjà en bas.

C'est là que j'ai commencé de trembler.

Il a fait plusieurs manœuvres pour remettre la voiture dans le bon sens, et on a continué notre chemin, sans parler, sans rire, et très lentement. Arrivés à la fontaine des Trois-Sources, on s'est arrêtés pour manger un peu, boire un canon et se rafraîchir à grands coups d'eau glacée sur le visage.

— Bon, m'a dit Georges, on est passés près, mais c'était pas pour cette fois.

— Je préférerais même que ce ne soit pas pour aujourd'hui.

— Tu as raison. Après tout, on a le temps, personne nous attend.

Et on a repris le voyage calmement. À hauteur de la maison forestière on a eu la neige. Par grosses bosses sur les talus, elle recouvrait tout, même le silence. On a laissé Villemagne sur la gauche, et puis on est redescendus vers la vallée, de l'autre côté du col, et là, pour la première fois, j'ai vu Meyrueis.

Oh! c'était pas grand. D'ailleurs, c'est toujours pas grand. Ça tient presque dans une main. D'abord, vu d'en haut, ça ressemble à un grand tableau d'écolier, à cause de ses toitures en ardoise. On a même envie de prendre un bâton de craie et de faire des dessins dessus. Puis, quand on approche des premières maisons, on trouve une route qui monte vers la gauche et une qui part se cacher en arrière, au fond de la vallée. Sur la route qui monte vers Sirgas, c'est pas un château qui vous attend un peu plus haut, c'est une Sainte Vierge, toute dressée dans le ciel et qui vous regarde passer sur la route d'en bas.

Sur votre flanc droit, il y a la rivière, bien encaissée dans son lit, et qui coupe la ville en deux. Mais on lui a fait des petits ponts, tout petits pour pouvoir l'enjamber sans l'abîmer. Après, il y a la Tour. On met un T majuscule quand on parle d'elle sinon elle se fait une colère et refuse de dire l'heure. Parce que la Tour, elle porte une grosse horloge qui compte le temps et qui réveille la cloche de l'église quand c'est le moment de sonner. Un peu plus bas, il y a un autre pont, et c'est là que tout change. On découvre d'un coup une autre rivière, et on n'est pas encore revenu de sa surprise qu'une autre vient se rouler à vos pieds. C'est de l'eau toute bleue, d'un bleu froid, avec des bulles de neige dedans, et aussi, quand on regarde bien au fond, des morceaux de ciel qui s'entrechoquent avec les rochers. Maintenant, ça fait trois rivières qui se promènent au beau milieu de Meyrueis, et alors vous levez les yeux pour voir d'où elles viennent, mais tout ce que vous voyez, ce sont ces grands murs de montagnes qui montent, comme des remparts, et vous vous demandez ce qu'il peut bien y avoir derrière. Seulement, la ville, elle ne veut pas vous laisser partir comme ça. Elle a plein de petites rues à vous faire voir, avec des fenêtres à meneaux qui vous sourient, des fontaines qui jouent avec l'eau, des portes en damier de bois, une calade, une placette, et vous vous laissez faire, parce que ça lui fait bien plaisir de vous recevoir.

Ce n'est que plus tard, quand elle vous aura promené un peu partout, qu'elle vous laissera monter sur les causses. Et qu'elle restera là, à vous attendre, parce qu'elle sait très bien que vous reviendrez la voir, un jour ou l'autre.

À peine arrivé, Georges se dirigea vers le garage Malafosse. Toute l'équipe venue de Paris était là. Ils avaient envahi le garage, l'annexe de l'hôtel de l'Europe, le café de Mme Plantier, et toute la ville avait adopté cette bande d'énergumènes à l'accent parigot.

— Tu vois, si j'étais resté avec eux, maintenant, je ferais partie de l'expédition. Tu te rends compte, d'ici jusqu'en Chine!

Oh! que oui, je m'en suis vite rendu compte en écoutant ces hommes qui dormaient une nuit sur deux sous la tente, en plein hiver, pour s'habituer aux rigueurs du climat et qui, toute la journée, roulaient, d'un bout du causse à l'autre, jusqu'à l'épuisement, et roulaient encore pour connaître la limite de leurs machines. Et tout ça, avec de la bonne humeur, des inventions à tout moment, et un esprit d'équipe peu commun.

Georges était excité comme une puce qui vient de trouver un chien tout neuf, et ses collègues, qu'il revoyait pour la première fois depuis son départ de l'usine, l'étaient tout autant que lui. Je me fis tout petit derrière eux, parce que je comprenais que l'on puisse devenir fou de bonheur à l'idée de cette grande aventure.

— Cette nuit, me dit Georges, ils vont réparer les pièces qui ont cassé dans la journée, et demain, les pilotes repartent à l'attaque.

Parce que c'était bien d'une attaque qu'il s'agissait. Rien, paraît-il, n'usait plus les pneus et les chenilles que ce terrain rocailleux des causses.

— Si tu veux, reprit Georges, tu peux aller dormir. Moi, je resterai un peu avec eux.

— Mais moi aussi, tu crois pas que j'ai fait tout ce chemin pour aller me coucher ?

— C'est vrai, me répondit-il tout joyeux, ça te dit de rester ?

Non, ça ne me disait pas plus que ça de passer la nuit à écouter couler des bielles et roder des soupapes, mais je savais que Georges, rien ne lui ferait plus plaisir et, un ami, il faut savoir lui faire plaisir.

Alors, j'ai passé la nuit avec lui et les autres, les mains dans le cambouis, soulevant une roue, tirant sur une chenille, essayant de comprendre comment toute cette mécanique pouvait bien faire avancer la machine, et au petit matin, cassé en deux, rompu de fatigue, je me suis jeté sur un lit, les bras en croix, la tête lourde, mais le cœur bien léger d'avoir partagé ce grand moment avec eux.

C'est en début d'après-midi que je me suis rendu chez Berthe. Elle habitait une agréable maison après la scierie, dans la partie large de la vallée.

— Puisque vous allez à Meyrueis, m'avait dit Ameline avant mon départ, vous pourriez lui porter deux petites laines que j'ai tricotées pour le bébé.

Voilà une visite qui m'enchantait et me donnait du tracas en même temps. Berthe, rien que son nom me faisait encore un peu palpiter le cœur. Maintenant, j'étais là, à quelques pas de chez elle, un peu gêné quand même, avec cette layette pour l'enfant qu'elle attendait.

— J'espérais bien votre visite, me dit-elle dès qu'elle m'ouvrit sa porte.

— Mais comment saviez-vous que j'étais ici ?

— Oh, Meyrueis n'est pas si grand que ça, les nouvelles vont vite.

Elle me sourit, et presque sans vergogne me dévisagea.

— Toutes les filles parlent de vous et de votre ami, et je comprends pourquoi. J'espère simplement que maintenant, ajouta-t-elle, vous ne vous évanouissez plus.

Je dus rougir.

— Oh, je plaisantais.

Elle avait gardé son côté petite fille, mais une partie d'elle s'était durcie. Nous échangeâmes quelques propos, des nouvelles de la famille notariale, mais quand je voulus parler de son mari, elle se déroba, discrètement, mais fermement.

— Il n'est jamais là le dimanche.

Quelque chose ne tourne pas rond dans ce ménage, me dis-je, mais je suis mal placé pour demander.

— Parlez-moi de ma petite Marilou ? me demanda-t-elle, vous savez, elle vous aime beaucoup.

— Les enfants...

Elle me coupa net.

— Antonin, Marilou n'est plus une enfant. Et quand je dis qu'elle vous aime beaucoup, vous devriez me comprendre à mi-mot.

Elle attendit un instant, puis reprit sa phrase.

— En plus, elle ne rêve que de rouvrir l'école de madame Alice, et bien entendu, de vivre sur place.

J'entendis tout à la fois les cloches de Chine,

celle de l'église de Cassagnettes, et le tracteur labourant la cour de la Bastide.

— Ça y est, il s'évanouit encore.

Le temps d'un sourire et j'étais sur pied.

— Non, non, c'est seulement un peu de fatigue. J'ai passé la nuit à faire de la mécanique.

— La mécanique, c'est ça, la mécanique, me dit-elle en riant.

Comme aurait dit ma mémé Petite, elle a bon dos, la mécanique.

— On vous verra bientôt à Malbosc ?

— Vous savez, dans mon état, répondit-elle en regardant son ventre, c'est pas facile de se déplacer.

Soudain son visage change de couleur, son regard reste fixé sur l'extérieur.

— Mon mari, dit-elle d'une voix coupée par la peur.

L'homme est déjà dans la cour, et, de façon certaine, ma présence pose un problème. Je me lève, et, ne sachant quelle contenance prendre, j'attends que quelque chose se passe. Berthe réagit la première.

— Sortez par la cuisine et longez la rivière jusqu'au bois.

Puis elle me rend le paquet.

— Emportez ça ! Et ne dites rien !

Je m'esquive, mais j'ai le temps de voir l'homme, titubant, s'avancer vers la porte.

Merde, me dis-je en traversant le jardin, il est saoul.

Et je comprends tout de suite ce qui, en si peu de temps, a durci le visage de Berthe.

En fin de journée nous reprenons la route, et cette fois le voyage se fait presque en silence. Georges court les déserts, roule sur les crêtes des montagnes, répare des arbres à came, invente des pistons à coulisse et fait du charme à des Pékinoises en mal d'amour. Et moi, je pense à ce que m'a dit Berthe en parlant de Marilou, et à ce que je dirai à Ameline en parlant de Berthe.

— Maillefer, me dit Georges en me posant à Malbosc, je regretterai toute ma vie de n'être pas resté avec eux.

— On ne vit pas de regrets, c'est toi qui me l'as dit.

Il me sourit, et comprend de quoi je parle.

— Tu as raison, la vie est devant, pas derrière.

Cette nuit-là, j'ai parcouru à pied le chemin qui monte de Malbosc à Cassagnettes. L'air était vif, la nuit profonde. Une foule de pensées et de souvenirs me tiraillaient de toutes parts, mais fort heureusement le silence de la campagne m'apaisa.

Tiens, c'est dans ce virage qu'autrefois, quand je revenais de la pension, madame Alice venait m'attendre en faisant semblant de ramasser de la salade ou quelques herbes. Et ici, c'est l'arbre sur lequel Georges s'était perché pour attaquer le cheval du jardinier moustachu. À la sarbacane, il lui avait planté une fléchette de fer entre les deux yeux et le cheval, devenu fou, avait viré le jardinier dans la ravine pleine de boue de charbon avant de s'enfuir et de se trouver nez à nez avec deux religieuses à cornette venues quêter dans le pays. Quelle histoire ce fut ! La plus jeune des religieuses, perdant la tête devant ce cheval emballé, s'était jetée dans le fossé tandis que la plus vieille, jupes retroussées et cornette au vent, s'était enfuie en poussant une litanie de jurons à vous faire damner un saint. Je suis sûr qu'on se la raconte encore à la veillée, et que ça fait toujours rire son monde. S'il y a encore des veillées.

Et là, en bas, c'est la ferme de la Gravière qui s'agglutine pauvrement autour d'une petite fumée blanche. Et là encore, c'est le camp des gitans. Vide.

Voilà, tout doucement, je suis arrivé à la traverse du Jatelin, mais au lieu de prendre le raccourci, je continue par le grand chemin. J'ai besoin de marcher encore un peu pour m'éclaircir les idées. Maintenant, je suis à la croisée des Quatre-Chemins.

— Bonjour, Jésus. J'arrive de Meyrueis. J'ai vu Berthe. Je crois que ça va pas fort chez elle. Si Tu peux faire un saut jusque là-bas, c'est le moment.

Je continue et bientôt, c'est le portillon de la Baraille. L'enclos est vide. Seuls Mathilde et Mathurin Maillefer se reposent sous leurs petits tas de terre.

C'est le plein hiver, ici aussi, mais cette année, on n'a pas encore vu la neige. La maison est froide. Je suis fatigué, mais je n'ai pas envie d'aller me coucher. Quelle heure peut-il bien être ? Minuit, une heure ?

Je jette quelques brindilles dans la cheminée, du petit bois, une bûche. Vite la flamme monte, éclaire tout, réchauffe alentour. Je fais un peu de café. Je m'assois dans l'âtre et regarde le feu.

Les étincelles éclatent au milieu des flammes et jettent dans l'air des fétus blanchâtres. On dirait des flocons de neige qui s'envolent. Ils restent un instant suspendus dans l'air chaud, puis, aspirés par le conduit, ils montent et s'évanouissent dans le noir de la cheminée. Mais tout de suite une autre flambée éclate et le manège recommence. Ce spectacle m'absorbe un moment, et soudain, je réalise que je suis là, assis, seul, et que j'ai envie de lire. Mais pas n'importe quoi, non. J'ai envie de lire un morceau de moi, un bout de ma vie.

Alors je me lève et vais au buffet. Dans le tiroir, il y a l'enveloppe contenant ton cahier d'école,

Adélaïde, et les deux cartes postales que tu m'as envoyées d'Afrique. Encore une fois je regarde le tampon, la date, la photo, et, après les avoir bien tournées et retournées, je relis ce qu'elles disent.

Je suis bien arrivée dans mon nouveau pays l'Afrique. Grandis pas trop. Je t'aime. Signé : *ta maman, Adélaïde.*

Ça, c'est la première, celle avec l'âne tout maigre au milieu d'une rue. 12 mai 1911.

Antonin, je vais bien. Je pars dans un désert. Sois bien sage. Adélaïde.

Et ça, c'est la seconde, celle qui est arrivée le jour de mon départ pour la pension. 18 septembre 1911. Depuis, plus rien.

Je finis ma tasse de café, je pose les cartes et le cahier sur la table. Le mystère reste entier, Adélaïde. Je ne sais toujours pas pourquoi tu ne m'as plus écrit, pourquoi tu n'es jamais revenue.

Le cahier est ouvert, à la dernière page. C'est un poème de François Coppée, et c'est toi qui en as tracé les lettres, délicatement, d'une écriture appliquée, fine et serrée.

Dès que son fiancé fut parti pour la guerre,
Sans larmes dans les yeux, sans désespoir vulgaire,
Irène de Grandfief, la noble et pure enfant,
Revêtit les habits qu'elle avait au couvent.
Sa robe noire avec l'étroite pèlerine
Et sa petite croix d'argent sur sa poitrine,
Elle ôta ses bijoux et ferma son piano
En gardant seulement à son doigt cet anneau,
Seul souvenir d'un soir de printemps où, ravie,
Au vicomte Roger elle engagea sa vie.

C'est une histoire d'amour. Une belle histoire comme tu les aimes. Je t'imagine, debout dans la classe de madame Alice, le regard perdu dans le lointain, vivant chaque émotion, chaque soubresaut de l'histoire. Tu rayonnes quand arrive une lettre du vicomte Roger, tu trembles quand tu l'ouvres, tu pries quand tu lis qu'il se bat, tu pleures quand il souffre, mais tu pleures seulement un peu, juste un peu pour ne pas rider la peau douce de ton visage.

C'est un bonheur de t'imaginer, maman, et c'est aussi un bonheur de te lire. Tu n'étais peut-être pas une bonne élève, au dire de madame Alice, mais ce qui est certain, c'est que tu avais une belle écriture. Avec des pleins et des déliés à faire pâlir un moine.

Je suis là, à rêver de toi, à te lire et te relire et, d'un seul coup, je reprends les cartes, le cahier. Je me penche dessus encore une fois. Je compare. L'écriture du cahier est délicate, ordonnée, tandis que celle des cartes est un sale gribouillis.

Maintenant j'en suis certain. Maintenant j'ai peur de comprendre, de me le dire, et pourtant, c'est bien ça.

Les deux écritures sont totalement différentes.

5

Mais qui, ma mère, qui a écrit pour toi ces deux cartes venues d'Afrique ? Qui ? Car de toute évidence, ce n'est pas toi.

Je veux bien me dire que tu t'es blessée à la main, et alors, que tu as demandé à quelqu'un de les écrire à ta place, et que c'est pour ça qu'elles sont si courtes, mais si tu as fait ça, tu l'as fait pour une carte seulement, pas pour les deux. Tu n'es pas restée de mai à septembre sans pouvoir te servir de ta main, ou alors, c'est qu'on te l'avait coupée. Je te connais trop pour savoir que tu ne peux pas rester sans rien faire.

Pourtant, ces deux cartes, elles viennent bien d'Afrique. Oui, mais toi, tu es partie pour l'Algérie, pas pour Ouagadougou. Et ces cartes, c'est de Ouagadougou qu'elles ont été expédiées. À moins que tu n'aies changé d'avis, que tu n'aies pas aimé l'Algérie et que tu sois allée ailleurs, plus loin. C'est peut-être pour ça que tu ne m'as pas écrit tout de suite. Tu attendais de pouvoir me dire dans quel pays tu habitais.

Maintenant je ne sais plus quoi penser. Je tourne en rond. Ces deux cartes et ton cahier d'écolière, c'est madame Alice qui les a déposés chez le notaire, avant que j'aille en pension. Pourquoi a-t-elle fait ça ? Que savait-elle qu'elle ne pouvait pas, ou ne voulait pas me dire ?

Je fouille ma mémoire, je remonte le fil du temps. C'est fou ce que l'on peut se rappeler quand on veut bien fouiller.

Tu m'as quitté un dimanche matin, exactement le 11 janvier 1911, au lendemain de mon anniversaire. La veille, tu étais venue de ta ville, pour me voir, mais aussi pour parler avec Jules. Comme tu avais dû fermer ton négoce de fleurs, tu avais encore besoin d'argent, mais cette fois, pour partir. Il a tout fait pour te retenir, Jules le légionnaire, tout. Il t'aimait tellement. Mais toi, tu n'avais qu'une idée en tête, partir, fuir ce Cassagnettes que tu haïssais. Alors, Jules a cédé, encore une fois. Un peu aussi parce que madame Alice a insisté pour qu'il cède.

— Tu fais la plus grande bêtise de ta vie, t'a dit Alice en sortant du bureau de Jules.

— Je peux pas faire autrement.

C'est ça que tu as répondu. Je peux pas faire autrement.

Et moi, tu m'as demandé si je pouvais faire autrement que de te regarder partir ? Non, tu ne m'as rien demandé, tu m'as simplement promis que tu reviendrais me chercher, après les vendanges. Mais tu n'es pas revenue, tu n'es jamais revenue ! Peux-tu m'avoir oublié comme ça, d'un jour à l'autre ? Non, je ne peux pas et ne pourrai jamais m'y résoudre.

Mais aujourd'hui, tout ça n'a pas d'importance. Ce qui compte, c'est que je comprenne ce qui s'est passé, ce jour de ton départ.

Jules t'a menée à Malbosc. Tu devais d'abord signer quelques papiers chez le notaire. Certains pour l'hypothèque sur la Baraille, d'autres pour me laisser à la garde d'Alice. De là, tu devais prendre le train pour Marseille, mais comme le notaire a traîné, tu l'as raté, ce train, et alors Jules t'a menée à la ville pour que tu puisses en prendre un autre. De Marseille, un bateau te faisait traverser la mer et te menait en Algérie. Et puis ?

Et puis, je ne sais pas. Comment pourrais-je savoir ce qui s'est passé après ?

Mais y a-t-il eu un après ? Et si tu ne l'avais pas pris, ce bateau ? Si tu n'avais pas traversé cette mer immense ?

Mais alors, qui aurait donné mon adresse pour envoyer les cartes ? Personne d'autre que toi ne pouvait la donner.

Je suppose une chose, puis je change, en me disant que non, ce n'est pas possible. Toute la nuit, je cherche.

Au petit matin, n'y tenant plus, je descends à la

Bastide. Il me faut voir Albert. Il me faut voir les papiers que ma mère a signés. Ça ne changera rien, mais il me faut les voir.

— Quel bon vent vous amène, Antonin ? Alors, ce voyage à Meyrueis ? me demande le notaire en me voyant entrer dans la cuisine de la Bastide.

Puis il réalise l'heure matinale.

— Quelque chose ne va pas ?

Je m'assois en face de lui. Les mots me restent dans la gorge. Je ne sais pas par où commencer.

— Prenez un bol de café chaud, me dit-il, vous vous êtes laissé saisir par le froid.

Ameline arrive sur ces entrefaites. Elle n'est pas encore coiffée et ses longs cheveux coulent sur ses épaules.

— Mon Dieu, Antonin, de si bon matin. Rien de grave j'espère ?

— Non, rien. Je voulais vous porter des nouvelles de Berthe.

Mais elle sent bien que ma voix tremble.

— Venez manger ce soir et vous nous raconterez. Je suis certaine qu'Albert veut tout savoir de votre voyage.

Et elle s'éclipse, discrète. Albert boit un peu de café brûlant. Il attend que je parle.

— Avant de partir, ma mère a signé des documents pour Jules. Vous avez des doubles ?

— Bien sûr, nous gardons toujours l'original.

— Il me faut les voir.

Il me regarde. Il sait, il sait que la chose est grave. Ameline revient, va au fourneau. Elle ne dit rien, elle nous porte encore un peu de café et de lait.

— Vous devriez manger un peu, me dit-elle, c'est mauvais de rester le ventre vide.

Elle est douce, elle sourit. C'est tout ce qu'elle peut faire.

Je me fais une tartine de beurre, mais ça ne passe pas.

— Descendez avec moi, me dit Albert. Les papiers sont tous à l'étude.

Nous descendons à Malbosc avec le coupé. En chemin, je me détends un peu et je commence à raconter ce qui se passe. Il écoute, silencieux, mais je vois bien que tout ce que je dis l'intrigue. Alors je vide le sac. Il sait déjà tout ce que je raconte, mais il me laisse dire.

— Je me demande même par moments si elle est partie en Algérie.

— Qu'est-ce qui vous fait dire ça ?

— Je ne sais pas, une idée, un pressentiment, mais je n'ai jamais voulu me l'avouer.

— Il est trop tard maintenant pour retrouver sa trace, et les documents qu'elle a signés ne nous apprendront rien de plus, mais je comprends votre tourment.

Il réfléchit à tout ça, et lui, il réfléchit froidement. Tout ce qu'il me dit me paraît logique.

— Bien sûr, la valise peut laisser penser qu'elle n'est pas partie, mais les cartes, bien qu'elles ne soient pas de sa main, prouvent malgré tout le contraire. Voyons d'abord ces fameux documents.

Les documents sont là, et ils sont bien signés par Adélaïde Maillefer. C'est bien son écriture, la même que celle du cahier.

— Autrement dit, Antonin, c'est à partir d'ici que nous ne savons plus rien.

— Oui, et je crois que nous ne saurons jamais. J'ai trop tardé, et maintenant, il n'y a plus personne pour se souvenir.

Je reviens à Cassagnettes. Je suis seul avec ces questions sans réponse et ce mystère qui n'en finit pas de s'épaissir. Je comprends bien que je ne peux pas en savoir davantage, que le temps est passé et qu'il a fait, chez les autres, son œuvre d'oubli.

Édouard est à la Bastide. Il s'occupe des bêtes, du fourrage, des outils. Nous parlons un peu du travail. Il m'écoute. Mais dans son silence il y a le souci qu'il se fait pour moi.

— Antonin, tu vas pas retomber, me dit-il en me posant la main sur l'épaule.

Je souris. Non, Édouard, non, Marie, non, tous les autres, je ne vais pas retomber. L'alcool, c'est bien fini. Cette fois, vous pouvez me croire. Parce que cette fois, je ne vais pas me replier sur moi-même, m'enfermer dans ma Baraille, bien au contraire, cette fois, je vais continuer de vivre.

C'est qu'après l'hiver il y aura un nouveau printemps, et avec le printemps, les prés vont refleurir, les blés se dorer, le fenil se remplir, et Marilou reviendra de son école.

Et je voudrais pas rater ça.

6

C'est par une visite à la ville que tout a commencé. Depuis quelques semaines Georges s'était trouvé une nouvelle fiancée et gambadait à nouveau comme un jeune cabri.

— Antonin, je crois que cette fois, j'ai trouvé la bonne.

— La dernière fois aussi, alors, si celle-là tu me parles de l'épouser avant un an, je te fous mon pied au cul.

— Tu finiras vieux garçon, je l'ai toujours su, et en plus, acariâtre.

Et il se met, encore une fois, à m'expliquer comment il sait que cette fille-là, c'est la dernière.

— J'en ai trop connu, et puis, pour le commerce, c'est pas bon de changer tout le temps, ça fait pas sérieux pour la clientèle.

— C'est une femme pour te faire des enfants que tu cherches ou une pour te servir l'essence ?

— Justement, celle-là, je le sens, elle peut me faire les deux. Il faut que je lui fasse un cadeau, tu as pas une idée ?

— J'ai pas l'habitude pour les femmes, je vais réfléchir, mais ça peut me prendre deux semaines.

J'ai bien fait de pas me précipiter pour réfléchir, parce que deux semaines plus tard, pendant que Georges dormait comme un bienheureux, la dulcinée est partie avec la recette de la semaine.

— Pour le cadeau, je lui dis en arrivant le lendemain à son garage, tu aurais pu lui acheter une valise.

— Peigne-cul !

— Ou un billet de train, simple.

— Mange-merde !

Il casse un vase qu'elle a oublié. Je lui tends une assiette pour qu'il continue. Là, il s'arrête.

— Maillefer, je vais pas casser toute la vaisselle à cause d'une drôlesse, qu'il me dit en riant.

— Bon, alors, puisqu'il n'y a plus rien à voir, je peux aller faire mes achats.

— Tu reviens par ici ce soir, on ira faire une virée tous les deux. C'est moi qui invite.

— Si tu invites, je peux pas dire non. Je t'attendrai au Cambrinus, mais n'arrive pas à toutes les heures, parce qu'après j'ai plus de train pour Malbosc.

Mais il n'y a pas eu de virée ce soir-là, il n'y a plus eu de virée du tout d'ailleurs, et il n'y a pas eu de train non plus, parce que, vers les quatre heures de l'après-midi, un morceau de ciel m'est tombé sur la tête.

Un morceau de ciel plein de nuages faits pour se promener dessus.

Les achats que je voulais faire se résumaient à peu de chose. Une chemise pour Édouard, quelques bricoles pour Marie et surtout deux ou trois livres car j'avais épuisé la maigre bibliothèque de la Bastide et lu et relu les douze livres de la littérature française de madame Alice. En sortant de la librairie de la rue Sauvage, je fais un tour en ville puis je m'installe à l'intérieur du café. Il faisait encore trop froid pour profiter de la terrasse sous les platanes.

Le serveur me porte mon panaché, et j'entreprends de feuilleter un des livres que je viens d'acheter. C'était, je m'en souviens comme si c'était hier, un livre qui s'appelait *L'Atlantide* de Pierre Benoit. Tout de suite l'histoire me plaît. Je me plonge dedans et, oubliant les gens et le bruit autour de moi, je ne me rends pas compte du temps qui passe.

— Un autre panaché ?

— Non, merci, plutôt un café.

Et ce disant, je lève les yeux de ma page et regarde la rue. Je crois bien que mon cœur a fait badaboum avant même que je l'aie vue, Marilou. Lui, il l'a reconnue tout de suite.

Elle porte un manteau long, à la nouvelle mode, légèrement pincé dans le dos et qui souligne juste un peu la taille. Une taille si fine que j'en ferais le tour avec mes mains. Elle tient ses cahiers plaqués contre elle, et à ses pieds il y a un cartable, gonflé comme une grenouille.

De ma place, je la vois de profil, mais elle, elle ne me voit pas, tout occupée qu'elle est à discuter avec un jeune homme de son âge. Je me fais tout petit sur ma chaise, remonte un peu mon livre et fais semblant de lire. Mais juste par-dessus la couverture, je continue de la regarder.

— Et voilà votre café ! Bien chaud !

Imbécile, il va me faire remarquer en criant si fort. J'ai pas envie d'être remarqué, surtout pas ici. Marilou, bien sûr que je pense à elle, mais c'est à Cassagnettes que je veux la revoir, pas à la ville. Là-haut, je saurai quoi lui dire, j'ai tout prévu, tout calculé. Là-haut, c'est chez moi, mais ici, je peux pas l'inviter à prendre un verre dans un bar, c'est pas de bon genre pour une jeune fille. Et si elle me voit, peut-être bien qu'elle fera semblant de pas me connaître et alors, ce sera foutu, encore une fois.

— Ah, regardez-moi cette jeunesse !

C'est le serveur qui me parle. Il est resté debout à mon côté. D'un mouvement de tête il me fait voir Marilou et le jeune homme.

— Il sait pas s'y prendre. Une femme, faut pas la laisser parler.

Dehors, Marilou s'est tue. Le jeune homme est triste. Maintenant, il se penche vers elle pour l'embrasser, mais elle lui tend la joue.

— Raté ! dit le serveur. Couillon, il l'a ratée !

Et il repart vers son bar tandis que le jeune homme s'en va de son côté.

Marilou prend son cartable, fait un pas sur le trottoir, se retourne. Je suis là, derrière mon livre. Elle avance, droit sur moi. Je lis, mais c'est trop tard, elle m'a vu. Elle me fait signe de la main. Elle pousse la porte, entre, me rejoint. Je suis paralysé.

— Antonin ! Qu'est-ce que vous faites là ?

Elle me vouvoie. Je bégaie un peu, elle s'assoit. Le serveur arrive.

— Un chocolat chaud, qu'elle crie.

L'autre est debout, son plateau à la main. Il dit simplement :

— Ah bé, ça alors, ça alors!

Marilou ne prête pas attention. Elle est contente d'être là, ça se voit. Du coup, je me ragaillardis un peu.

— Et vous? Je vous croyais en pension à l'école normale.

— Mais ce sont les vacances de Pâques.

Ah! oui, les vacances de Pâques, bien sûr, j'avais oublié, d'ailleurs, si vous restez là à me regarder comme ça, je crois bien même que je vais oublier qui je suis.

— Et voilà un chocolat chaud pour la demoiselle. Et pour le monsieur, un autre café?

C'est le serveur qui se paie ma tête. Je veux répondre, mais je suis un peu gêné. Marilou attend, sourit. L'autre s'en va en faisant encore des *ça alors, ça alors.*

— Antonin, me dit Marilou en riant, tu te rappelles quand je venais te voir à la Baraille?

Maintenant, elle me tutoie à nouveau, comme avant.

— Et que tu me ramenais sur le percheron?

— Et que tu voulais toucher mes gros muscles!

Elle rit, coquine.

— Et que tu avais un secret.

Elle s'arrête tout net.

— Je l'ai toujours, enfin, pas tout à fait puisque je l'ai dit à quelqu'un.

Elle attend que je questionne, mais quand il s'agit d'un secret, on ne demande rien.

— Je l'ai dit à Berthe, mon secret.

Berthe. Bien sûr, elle l'a dit à Berthe, sa marraine.

— Je l'ai vue à Meyrueis, mais elle m'a rien dit, ça, je peux te le jurer.

— Tu es certain qu'elle t'a rien dit?

Mais oui, j'en suis certain. Berthe, ce qu'elle m'a

dit, c'est que tu aimerais bien vivre à Cassagnettes, mais ça, c'est pas un secret puisque je le sais déjà. Et quoi d'autre? Rien. Enfin, si, juste que tu m'aimais bien aussi. Ah, elle t'a dit ça, Berthe? C'est vrai tu sais, je t'aime bien. Et toi, tu m'aimes bien? Moi, bé, oui.

Je ne m'en suis pas rendu compte, mais tout en parlant, elle a pris ma main dans sa main.

— J'aime bien tes mains aussi. Elles sont rugueuses, comme la terre.

— La terre n'est pas rugueuse. Quand on la pétrit, elle devient douce.

— Mais les mains aussi deviennent douces quand on les pétrit.

Et elle me pétrit la main.

— Qu'est-ce que c'est, le livre que tu lis?

Maintenant on parle, mais elle tient toujours ma main.

— C'est bien d'être à la Baraille, comme ça tu peux lire tranquille.

— Oui, je suis bien là-haut. Tu sais, j'y suis né. C'était la ferme de ma mémé Petite. Elle était toute petite, ma mémé, plus petite que moi à six ans, mais avec un caractère de pète-sec. Il fallait pas lui marcher sur les pieds.

— Je sais.

— Tu le sais? Comment ça, tu le sais?

— Ma mère m'en a parlé.

— Ta mère t'en a parlé!

— Et mon père aussi, il m'a raconté.

— Et ton père aussi! Et qu'est-ce qu'ils t'ont dit encore, à mon propos?

— Des choses, plein de choses, me répond-elle en riant encore. Je sais tout de toi, Antonin Maillefer.

— Oh! monsieur Maillefer, on me présente pas?

C'est Georges qui vient d'arriver, avec l'œil qui pétille et la crinière qui flamboie.

— Marilou ! C'est vous Marilou ? La Sainte Vierge de Noël ? qu'il dit avant que je le présente.

Elle rit encore, se lève.

— Il faut que je me sauve, je vais rater le train pour Malbosc.

Elle ramasse son cartable, m'embrasse sur le front.

— À demain, à Cassagnettes.

— Oui, à demain.

Elle sort, elle part. Je veux la rattraper.

— Je prends le train moi aussi.

Georges pose son bras sur le mien. Il me retient.

— Pas tout le même jour, Maillefer, pas tout le même jour. Tu as pas l'habitude et tu ferais des bêtises, comme par exemple la demander en mariage.

— Et alors, c'est bien mon intention.

— Elle paraît pas, Maillefer, mais elle est fragile ta Marilou. Laisse-lui le temps, et elle viendra toute seule.

Plus tard, Georges m'a ramené jusqu'à Malbosc. En montant le chemin de Cassagnettes j'ai regardé le ciel. Je n'avais jamais vu autant d'étoiles que cette nuit-là. Il y en avait des myriades, des tas de myriades, même.

Étoiles dans le ciel, printemps couvert de miel, dit le proverbe.

Un proverbe ne se trompe jamais. On a eu un beau printemps.

7

Les fêtes de Pâques commencèrent comme un chant d'amour. Tous les prétextes m'étaient bons pour tournailler autour de la Bastide. Le matin, j'étais le premier dans les communs, mais je ne pouvais pas m'empêcher toutes les cinq minutes de sortir de la bergerie ou de la resserre à outils pour voir si des fois, du côté du perron, se promènerait pas un jupon printanier.

— Avec un peu de chance, me dit Édouard, pince-sans-rire, avec un peu de chance, au train où va le travail, on moissonnera pour les vendanges et on vendangera à la Noël.

Il avait remarqué mon manège et semblait s'en amuser.

— Remarque, moi je dis ça, mais d'autres risquent d'y trouver leur compte.

Seulement, Marilou me jouait la timide. Elle ne sortait de la maison que pour s'envoler du perron vers le potager et disparut même pendant quelques jours. Pour avoir un peu de ses nouvelles, à l'heure du repas dans la maison-école, je mis la conversation sur la famille notariale.

— Ameline, elle a du bon goût. Vous avez vu comment elle a arrangé la Bastide ? On dirait un petit château.

— Du goût, ça, elle en a, me répondit Marie. Mais elle a bien sa croix à porter, elle aussi.

— Quelle croix ?

— Son aînée, pardi, une saleté de mijaurée ! Elle lui en fera voir les pierres du chemin.

— Heureusement qu'elle a sa Marilou.

— Celle-là, c'est une bravette, mais je sais pas ce qu'elle traîne en ce moment, me répond Marie, elle colle à sa mère comme si elle avait un mal aux dents.

— Et pourquoi un mal aux dents ?

— Tu es toujours aussi naïf, mon Toninou. Mais enfin, tu sais pas que le mal aux dents, c'est aussi le mal d'amour ! Alors, une jeunesse à qui ça arrive pour la première fois, elle colle à sa mère, comme pour le mal aux dents.

Elle en savait des choses, Marie.

— Et vous, c'est comme ça que vous avez fait ?

Elle se fige, me toise.

— Moi ! Mon pauvre Antonin, à cet âge-là, y avait longtemps que je savais plus ce que c'était, le mal aux dents.

— Nous aussi, on a mal aux dents, crièrent les jumeaux qui revenaient de quelques chapardises.

— D'où c'est que vous venez ? cria Marie.

— De voir le bon Dieu ! répondit Pierre.

— Où ça ?

— Chez le curé ! On vient de faire les bouquets de fleurs pour la procession de demain.

— Braves petits, leur dit Marie, il a dû être content le curé, hé ?

Puis, soudain, quelque chose la fit réfléchir.

— Et où vous avez pris les fleurs ?

— Par là, fit Jean avec un grand geste de la main.

— C'est où, par là ?

— Là, tout autour.

Là, tout autour, c'étaient les jardins de Cassagnettes. Et c'est bien là, tout autour, qu'ils avaient volé toutes les fleurs. Mais ça, on le découvrit seulement le lendemain. Toutefois, malgré quelques colères, tout le monde pardonna parce que c'était parti d'une bonne intention.

— Le pardon, c'est bien, m'expliqua Pierre à l'heure des confessions, mais le curé il devait nous donner des sous, et maintenant, il veut plus.

— C'est votre punition.

— Oui, mais quand même. Nous, on a travaillé et on a besoin de sous.

— Pour quoi faire ?

Il me dévisagea, intrigué, soupçonneux.

— Une chose que je te dirai une autre fois, quand je serai plus grand.

Le dimanche matin, à l'heure de la procession, les Polonais arrivèrent, avec une charretée de bonne humeur, entourés de leurs femmes, de leur ribambelle de marmots, et tout ça endimanché jusqu'au cou.

— Voilà la Pologne qui débarque, fit remarquer Marie en mettant son tablier. Après ce sera la Russie, l'Espagne et le tontiquoti.

— Le tutti quanti, Marie, pas le tontiquoti.

— Oh, monsieur l'instruit ! Tu m'as compris, c'est l'essentiel.

Maintenant Marie me tutoyait à nouveau. Moi et un peu tout le monde, surtout depuis qu'elle s'occupait de plus en plus du café-tabac de Marthe.

— Tu comprends, les hommes, ils sont couillons. Si tu fais la pécore, ils boivent pas, et si tu es trop familière, ils payent pas. Alors, moi je fais un juste milieu. Je les tutoie en riant, mais quand je parle sérieux, je les vouvoie. Ça tient les distances. Té, l'autre jour, ce grand dadais de César de la Bartasse, il me dit comme ça : Alors Marie, tu me le sers cet anis ? Moi, je bouge pas, je le regarde droit dans les yeux et je lui réponds du tac au tac : Dites, monsieur César de la Bartasse, on n'a pas gardé les cochons ensemble pour que vous me parliez sur ce ton. Excusez-moi, madame Marie, qu'il m'a répondu. Du coup je lui ai porté un anis double, avec un grand sourire. C'était pour rire, César, que j'ai dit ça, et regardez, je vous ai bien servi. Merci, madame Marie, merci.

Elle reprend son souffle, remonte son chignon, tire sur son corsage.

— Le respect, ta mère me l'a toujours dit et elle avait bien raison. Marie, qu'elle me disait, dans la vie on peut tout accepter, sauf le manque de respect. Va, je me le répète souvent, ce qu'elle me disait, Adélaïde.

Elle tourne le miroir sur le côté et se regarde encore un brin. Puis elle fait une moue de satisfaction.

— Il n'y avait qu'elle pour être coquette sans faire mauvais genre. Elle se mettait une plume de corbeau dans les cheveux et ça y était, on aurait dit une dame. Moi, avec un chapeau de Paris, même un chasseur me tirerait pas dessus.

Elle éclate de rire et me fait face.

— Le chasseur, en me voyant, il se dirait : Quoi c'est cette vieille perruche ?

Il y a longtemps que je ne l'avais pas vue rire, Marie. C'est que maintenant, elle était de plus en plus occupée.

— Un de ces jours, me dit Édouard, si je veux manger, il me faudra aller chez Marthe. Elle y est toute la journée.

— Je crois qu'elle a une idée en tête.

— Oh, je sais bien, et c'est pour ça que je lui dis rien. De travailler pour nous mettre à l'abri du besoin, Marie, c'est sa façon de me dire merci pour les enfants.

Il roule une cigarette, lèche le papier, le colle.

— Mais elle a pas besoin de dire merci. Les enfants, ils m'ont sauvé de la misère.

Sa voix est un peu brisée, pas par l'émotion, mais par l'âge. Pour la première fois je vois qu'il a vieilli, Édouard, soudainement. Il approche de la cinquantaine, et les heures de travail doivent peser plus lourd qu'autrefois. C'est qu'il n'a pas plaint de s'user la vie. Il a toujours peiné comme un forçat. On aurait même dit par moments qu'il cherchait à se punir de quelque chose.

Quand tu l'as ramené à la Baraille, ma mère, j'avais seulement six ou sept mois. Il est le premier homme à m'avoir soulevé dans ses bras puissants. Je me souviens de la chaleur de sa main sur ma peau. Pourtant, au début, je sais que la mémé Petite ne le voulait pas comme journalier.

— Il traîne une sale misère, qu'elle a dit. Une sale misère au fond de lui.

Mais il est resté, parce que tu l'as voulu ainsi, Adélaïde. Il est resté, silencieux, travaillant sans relâche et un jour, la mémé a fini par changer d'avis. C'est un homme bon, qu'elle a dit, c'est un homme bon. Et elle l'a fait asseoir à côté d'elle, sur le banc saloir de la cheminée, à la place respectée de Mathurin. C'est un homme bon, qu'elle a répété. Elle a crié après lui seulement le jour où il m'a emmené à la rivière. Mais il ne l'a pas écoutée, il n'en a fait qu'à sa tête, et après, elle n'a plus rien dit.

Maintenant je le regarde et je me rends compte que jamais, pas une seule fois, il ne nous a parlé de lui. Je ne sais rien de cet homme qui, après bien des années, est revenu ici, certainement pas seulement pour trouver du travail ou pour nourrir sa famille, mais pour bien plus que ça.

— Je te l'ai jamais dit, Antonin, mais elle avait raison ta mémé Petite. Quand je suis arrivé à la Baraille, je l'avais cette sale misère. Elle me bouffait par en dedans.

— On a tous la nôtre.

Il ne répond pas. Je l'ai arrêté dans son élan. Il allait me parler de choses de sa vie et je l'ai compris trop tard. J'essaie de me rattraper, de relancer sa phrase.

— Ça n'a pas dû être facile, pour vous non plus ?

— C'est le passé, qu'il me répond pour couper court.

Et ça s'arrête là. Je n'en saurai jamais plus, jusqu'après sa mort, à la fin de la guerre.

On a eu la procession tout autour de l'église, puis le nouveau curé a béni les champs, comme ça se faisait avant. Cette année-là, il y a eu un peu plus de monde que de coutume.

— C'est la crise, me dit Albert, alors les gens se rabattent sur la religion. Ça les rassure. Et puis, il faut bien dire qu'avec la politique du gouvernement actuel, ils ont peur. Vous verrez, on va encore en changer, de gouvernement.

Nous sommes dans la grande cuisine de la Bastide. Elle a retrouvé ses parfums de thym, de pommes de terre au four, d'agneau rôti et de compote de fruits. Autour de la table, comme une grande famille, il y a Albert, Ameline, Marie, Édouard, les jumeaux, Thérèse la pimbêche et, tout au bout, loin de moi, Marilou.

Elle aide sa mère, s'active au fourneau, change les assiettes, mais chaque fois qu'elle passe près de moi, elle évite de me toucher, de me regarder. En s'éloignant, elle se retourne et me sourit.

— Antonin, prenez un peu plus de crème, me dit Ameline. Il paraît que vous aimez ça.

— S'il aime ! répond Marie, mon Dieu, quand j'en faisais, il tournait autour et me léchait le plat et la cuillère pendant une heure.

— Nous aussi, on veut lécher le plat.

— Non, les jumeaux, ça se fait pas.

— Nous on veut. Sinon on dit un secret devant tout le monde.

— On dit pas les secrets.

Ils se mettent dans un coin, me regardent,

rigolent, puis ils montrent Marilou du doigt. Thérèse voit leur manège. Elle nous observe, Marilou, puis moi, mais je continue ma conversation avec Albert, et Marilou range du linge. Alors elle se lève.

— Je n'aime pas les cachotteries dans mon dos.

— Mais ma chérie, lui dit Ameline, personne ne te fait de cachotteries.

— On verra bien. J'en aurai le cœur net.

Elle quitte la table et sort.

— Je vais me reposer.

— C'est ça, ma chérie, va te reposer.

Plus tard, comme il fait bon, j'attelle le coupé et on fait le tour du domaine. Bien sûr, c'est la crise partout, il y a de plus en plus de chômage et il a fallu ouvrir des soupes populaires. Bien sûr, on a eu des inondations catastrophiques en Languedoc et, en Indochine, on vient de massacrer la garnison de Yen Bay. Bien sûr, rien ne va plus et on court vers une nouvelle catastrophe. Mais nous sommes dimanche, jour de Pâques 1930, je conduis mon coupé, je traverse mon domaine, et, à mon côté, entre son père et moi, Marilou se tient bien droite, comme une vraie jeune fille.

Soudain, juste quand nous dépassons le pont romain, elle se dresse.

— Arrêtez le cheval, je veux marcher.

Pour descendre du coupé, elle passe en équilibre par-devant moi. Une main se pose sur ma cuisse et deux doigts bien forts me pincent la peau.

— Aïe !

Marilou, lestement, saute du coupé.

— Excusez-moi, me dit-elle avec un air moqueur, j'ai dû vous marcher sur le pied.

Et elle s'enfuit par la sente qui longe la rivière. J'ai envie de sauter à mon tour, de les abandonner là, Albert, Ameline, les jumeaux qui gambadent autour du cheval, mais je ne peux pas, je suis coincé, je pense à ce que m'a dit Georges. Elle est fragile, laisse-la venir doucement. Sois patient.

— Voyez-vous, si un gouvernement de gauche épousait une politique...

Mais je m'en fous, monsieur le notaire, de votre gouvernement. C'est pas lui que je veux épouser, c'est votre fille. Mais non, pas votre pimbêche, l'autre, la tout espiègle, la toute fraîche, celle qui me rendra fou de joie et de bonheur. Oui, celle-là, Marilou !

Le lendemain, je reste à la Baraille. Je me dis que si elle ne me voit pas, c'est peut-être bien elle qui viendra, comme autrefois, pour que je la ramène avec le percheron. Bon, le percheron, il est à la Bastide, mais justement, je pourrais aller le chercher. Je viens de mettre un peu de bois dans la cheminée. Les flammes montent jusqu'au conduit et éclairent toute la pièce. J'aime faire ma toilette devant le feu, mais avec de l'eau froide, même en plein hiver. Je suis déjà torse nu quand j'entends un pas sur le chemin. Avant que j'aie le temps de réagir, la porte s'ouvre. C'est Thérèse. Elle entre, sans frapper mais en hurlant, suant, soufflant, et traînant une vieille ombrelle de dentelle démodée. Je suis torse nu, ruisselant d'eau, mais ça ne paraît pas la gêner. Elle m'agresse tout de suite, avec des phrases et des mots que je ne comprends pas tout à fait tant elle crie fort.

— Je sais tout ! Mais elle ne se mariera pas avant moi, vous avez compris, même avec un paysan qui sent mauvais !

Je reste un peu abasourdi, les mains à moitié en l'air, comme un idiot. Comme souvent dans ces cas-là, c'est toujours une idée saugrenue qui m'occupe l'esprit. Je ne pense plus qu'à une seule chose : je suis à moitié nu devant une jeune fille, et ça, c'est pas poli.

Alors j'allonge le bras pour attraper ma chemise. Thérèse voit mon geste et croit sans doute que je vais la frapper.

— Au secours! Au secours! qu'elle crie en se réfugiant vers l'escalier des chambres. Au secours!

Mis à part les lapins de garenne, je ne vois pas qui elle croyait ameuter.

Mais d'un seul coup, sans savoir pourquoi, je sens mes muscles se tendre comme une corde d'arc et je me mets à hurler plus fort qu'elle. Un cri de lion, comme ceux que je poussais autrefois dans le parc de la Bastide quand Jules m'entraînait à la chasse africaine.

Elle s'arrête net, paralysée. Je continue, sans pouvoir me retenir, puis ma voix retombe. Je suis entre la porte et elle, alors je m'écarte pour qu'elle puisse sortir, mais bien au contraire, elle me regarde et s'approche de moi, sans aucune frayeur.

— Calmez-vous, mais calmez-vous, me dit-elle doucement.

Je m'écroule sur le banc, épuisé. Elle prend une serviette, la trempe dans la cuvette d'eau froide et me tamponne le front. Elle continue de parler d'une voix simple, presque tendre, de plus en plus lentement. Puis sa main lâche la serviette et je sens sa peau, fine, caressante, se promener sur mes épaules nues, mon dos. Elle se penche, et son haleine parfumée se rapproche de mon cou.

Alors je me lève d'un bond. Dans ses yeux, il y a une lueur brillante. Même si on ne l'a jamais vue avant, on sait ce que ça veut dire chez une femme, une lueur pareille.

— Sortez! lui dis-je, suppliant, sortez!

— Mais, Antonin, qu'elle susurre.

— Sortez! dis-je à nouveau.

Elle fait une moue, puis recule vers la porte, ramasse son ombrelle et sort.

Il était temps. Une chaleur violente vient de m'envahir à nouveau et, cette fois, j'aurais été capable de faire une grande bêtise.

Je crois bien, en plus, qu'elle ne m'aurait pas dit non.

Je ne revis pas Marilou de toutes les vacances. Berthe venait d'accoucher et Thérèse, plus aigrie que jamais, décida à la surprise générale qu'elle voulait voir le nouveau-né. Comme elle ne pouvait pas voyager toute seule jusqu'à Meyrueis, Marilou ne put faire autrement que de l'accompagner.

Si les fêtes avaient commencé comme un chant d'amour, elles se finissaient comme une mauvaise litanie. Mais comme je n'ai jamais désespéré de rien, je me suis vite fait une raison.

Antonin, me dis-je en apprenant le départ des deux sœurs, tu attendras l'été. L'été, il y a le travail, mais il y a aussi la rivière, la fête de la Saint-Jean, la foire du 14 Juillet, celle du 24 août. On danse dans les foires, on se promène entre les baraques foraines, on monte sur la grande roue et les filles, elles ont peur, alors, elles se serrent contre leurs cavaliers. Et si tu l'achetais, cette voiture ? Ce serait pas une mauvaise idée, pour aller faire de grandes tournées. Bon, la route d'ici à Malbosc ressemble plus à un chemin de chèvres qu'à une nationale, mais enfin, en roulant doucement, on peut aller et venir, et puis, l'été, il n'y a pas de neige. On cahote un peu, mais justement, les cahots, ça peut aider.

Mais cette fois, Adélaïde, je savais que ce n'était plus un rêve. Je savais que c'était un deuxième bonheur qui venait de m'arriver. Je voulais t'en parler, te faire partager mon sentiment, car personne d'autre que toi n'aurait pu me comprendre. Pour une mère, on n'a pas de secret, on n'a pas de pudeur. On peut bien tout lui dire, et même si on ne lui dit pas, elle sait, elle devine. Oui, j'aurais voulu tout te dire, mais encore fallait-il que je sache où te trouver.

Ta valise, ton cahier d'écolière, tes fausses cartes d'Afrique, et cette photo prise par Antonin Cellier le jour de tes dix-huit ans, c'est tout ce qui me restait de toi.

Ça, et l'espoir sans fin que je te retrouverais un jour. Sinon, comment aurais-je traversé ces longues nuits sans ton baiser du soir, ces longues années sans te voir, sans même avoir de tes nouvelles ? Comment ?

Aujourd'hui je sais. Aujourd'hui je sais également pourquoi j'allais faire encore une folie, pourquoi j'allais pratiquement me ruiner pour que se fasse cette route qui porterait le progrès jusqu'à Cassagnettes.

Par amour ? Par défi ? Ou tout simplement parce que je savais que cette route nouvelle, tout en sauvant le village de l'oubli, allait, enfin, ma mère adorée, me mener vers toi.

8

Mis à part Georges qui l'empruntait de temps en temps avec ses bolides, et encore, seulement aux beaux jours, et le notaire qui faisait le trajet matin et soir, mais avec une calèche et parfois même tout simplement un cheval, cette route n'était guère praticable autrement qu'à pied.

Aussi, depuis que m'avait pris l'envie de faire revivre un peu Cassagnettes, et que le notaire habitait la Bastide, nous avions demandé à maintes reprises que, pour le moins, soient bouchés les nids-de-poule et les ornières.

Notre maire occupait la mairie de Malbosc depuis à peu près l'époque où les Romains vivaient en Gaule, ou du moins depuis presque aussi longtemps. Comme il n'était pas d'une honnêteté proverbiale, il avait, au fil des ans, fait main basse sur la commune, sa grande priorité étant de servir d'abord ses intérêts, beaucoup ceux de ses proches, et un peu ceux de ses administrés.

Seule madame Alice, du temps de la succession de Jules, avait réussi à le faire trembler en le menaçant de révéler quelques vieilles histoires connues d'elle seule mais qui auraient pu fortement nuire à sa carrière. Hélas, aujourd'hui la brave dame avait quitté ce monde et plus personne ne semblait pouvoir contrer la voracité du premier élu.

Alors, je ne me faisais pas beaucoup d'illusions en ce qui concernait le chemin de Cassagnettes, lequel était certainement le cadet de ses soucis. Il avait toujours refusé de faire plus, expliquant que la commune avait d'autres chemins à arranger, d'autres travaux à accomplir, et pas assez d'argent pour tout entreprendre. Si nous voulions une route neuve, nous pouvions toujours la faire nous-mêmes.

— Je ne crois pas que l'on puisse obtenir grand-chose de lui, m'avait dit Albert après une dernière entrevue à la mairie. À moins de le faire sauter aux prochaines élections. Seulement, il est soutenu par la Compagnie des forges, et nous ne sommes qu'une poignée ici.

Je m'étais, par nécessité, rangé à son avis car la bataille était trop grosse pour nos moyens. Seulement, depuis, les choses avaient changé. Aux dernières élections, le maire avait gagné de peu, et maintenant qu'on allait retourner aux urnes, il avait besoin de nos voix pour rester en place.

— C'est le moment, m'avait prévenu Albert. Sinon, il nous faudra attendre sept ans de plus.

On lui fit donc savoir que Cassagnettes voterait pour la liste d'opposition et que même, s'il le fallait, je me présenterais dessus. Du coup il nous rappliqua séance tenante, le sourire aux lèvres, avec une route toute neuve sous le bras.

— Il doit y avoir anguille sous roche, me dit Marie en apprenant la nouvelle. À moins d'avoir la preuve que le Saint-Esprit l'a inspiré, je me méfierais de lui.

Elle avait vu juste.

— Tu comprends, Maillefer, la route, ça t'apportera le progrès dans le hameau, et qui dit progrès, dit aussi argent.

— Le progrès, monsieur le maire, je veux bien tout faire pour qu'il arrive jusqu'ici, mais l'argent, je voudrais pas qu'il vienne pourrir nos terres, et nous en même temps.

— Mais comprends-moi, tu es le plus jeune, et le plus important propriétaire de la vallée, alors, ne me dis pas que tu veux pas, en plus, être le plus riche.

Il tournait autour du pot. Je n'allais pas passer la journée à attendre qu'il tombe dedans.

— Alors soyons clairs. Nous, on vous demande d'arranger le chemin, et vous, vous voulez nous faire une route neuve. On en veut bien, de cette route neuve, mais de quoi avez-vous besoin pour la faire ?

— Eh bien, si on veut parler franchement...

— Je vous écoute.

Et il se lança dans une belle tirade au cours de laquelle il avoua le but de sa démarche.

— La route, le département en paie une partie,

mais pour la faire, il faut que les gens d'ici donnent le passage, et qu'ils le donnent gratuitement.

Le mot était lâché. Il fallait donner le terrain, et qui plus est, gratuitement.

De par chez nous, la seule chose que l'on vous donne sans rechigner, c'est le bonjour. Alors, vous demander de donner de la terre, et en plus gratuitement, c'est comme vous mettre le couteau sous la gorge en vous demandant l'aumône. C'est presque un assassinat.

— En ce qui me concerne, monsieur le maire, je donnerai ce qu'il faudra, mais les autres, je ne sais pas ce qu'ils feront.

— C'est bien pour ça que je viens te trouver en premier. Si toi tu es d'accord, les autres, ils suivront. Après tout, c'est dans leur intérêt.

C'était certainement aussi dans le sien.

Monsieur le maire organisa donc une réunion pour parler de l'affaire. La salle du café de Marthe se retrouva bondée comme dans les grands jours d'avant la guerre quand tout le monde venait se réchauffer autour du poêle en commentant les histoires de la semaine.

— Marie ! lave-moi quelques verres de plus. Marie, fais-moi ceci, Marie, fais-moi cela, criait Marthe à tout bout de champ.

— J'ai dit que je l'aiderai, me glissa Marie en passant, mais elle me prend pour sa bonne. Remarque, ça me plairait bien d'avoir un café à moi. Dans le fond, ça me plairait bien.

Et puis arrivèrent ces messieurs des Ponts et Chaussées du département. Le maire, déjà un peu éméché d'avoir trinqué avec tout un chacun, nous les présenta avec force politesses tandis qu'ils étalaient une carte sur le mur.

L'affaire devenait sérieuse, et soudain, cette route dont on parlait tant était là sous nos yeux, d'un seul trait rouge, traversant le pays en deux comme l'aurait fait une armée d'envahisseurs. Je croyais que le maire voulait rencontrer les gens pour parler, alors qu'en fait il arrivait avec sa route toute tracée, et ça, c'était une grande erreur politique.

À l'aide d'une baguette, ces messieurs nous montrèrent le nouveau tracé de la route. Tout le monde regardait, chacun essayant de voir où se trouvait son bien par rapport au trait rouge et de combien son champ serait amputé. Car le principal souci n'était pas de savoir où elle passerait, cette route, mais bien combien elle rapporterait. Déjà dans leurs yeux, je voyais les chiffres qui s'alignaient et j'eus le pressentiment que l'affaire allait faire du bruit.

Enfin ces messieurs finirent leur exposé, et le maire reprit la parole.

— Cette route, comme vous le voyez, va permettre à Cassagnettes de se désenclaver puisque nous la pousserons jusqu'à rejoindre celle du Mas-Dieu. Et vous vous doutez bien que ça va donner de la valeur à votre bien, qu'il soit sur le bord de la route ou pas.

— Et la source du Bas-Travers, demanda quelqu'un, tu en fais quoi ? Parce que moi, sans la source, mon jardin il vaut plus rien.

— On étudiera un moyen pour la faire passer sous la route et comme ça, au contraire, elle sera protégée.

— Ah bon !

Et un autre posa encore une question, mais ces questions-là, c'était pour occuper le temps en attendant que quelqu'un dise celle qui préoccupait tout le monde. Car ce que chacun voulait savoir, c'était le prix que paierait la commune pour les bouts de terrain nécessaires au passage.

— Pardi, reprit le maire, le département et la commune financeront la construction, mais on peut pas, en plus, acheter les terrains.

D'un seul coup, c'est le silence. On a entendu prononcer le mot acheter, et là, ça devient sérieux. Je suis debout au fond de la salle. Je peux voir les dos s'arrondir, les cous forcir comme pour résister à une attaque. Une ou deux casquettes perdent même l'équilibre et tombent sur le sol.

— Alors, reprend le maire, si vous voulez que cette route se fasse, il faut que vous donniez le passage.

Personne ne bouge, et personne ne répond. On avait entendu le mot acheter, maintenant on entend seulement le mot donner. Un ou deux se fourrent même le petit doigt dans l'oreille pour se déboucher le tympan. Ils ont dû mal entendre.

— Ce sera dans l'intérêt de tout le monde, qu'elle se fasse, cette route, c'est pour ça que ces messieurs ont déjà fait le tracé.

Tout en parlant, il me cherche du regard, parce qu'il sent bien que ça tourne mal. Quand il m'a trouvé, il m'interpelle.

— Qu'est-ce que tu en dis, Antonin ?

Trente paires d'yeux se posent sur moi en même temps. Je respire un bon coup, et je me jette à l'eau.

— Je dis que s'il faut donner le passage, je le donnerai. Parce que cette route, on en a besoin.

C'est toujours le silence. Je ne bronche pas. Ils sont tous tournés vers moi et attendent.

— Si j'avais hérité de cent vingt hectares, dit quelqu'un dans le coin, moi aussi je donnerais le passage. Seulement moi, mon bien, je l'ai sué, et mon père avant moi.

Puis soudain un homme se lève et se dirige vers la porte. C'est le bonhomme de la ferme de la

Gravière, celui qui m'a traité de bâtard. Quand il passe devant moi, il fait semblant de pas me voir, mais il crache son jet de salive à mes pieds.

Je sais que c'est perdu, qu'ils ne donneront rien, seulement cette route, maintenant je la veux plus que tout. Alors, je traverse la pièce et m'approche de la carte accrochée sur le mur.

— Si vous voulez pas donner le passage, vendez-le. Et si la commune a pas assez d'argent, hé bé, elle empruntera.

Puis je me tourne vers le maire.

— Mais la route se fera, quoi qu'il en coûte.

Et sans un mot de plus, je quitte la salle.

— Sainte Vierge, soupire Marie dans mon dos, qu'est-ce qu'il va encore me faire ?

Comme si je le savais, Marie, ce que j'allais faire ! Comme si je le savais dans quoi je m'embarquais ! Mais, de toute façon, c'était déjà trop tard pour reculer parce que cette route neuve, je la voyais serpenter le long de la vallée, et avec elle, je voyais plein de monde revenir au pays. Et même qu'un dimanche, nous ferons une fête sur la placette, comme autrefois, et nous danserons. Et peut-être qu'à cette fête il y aura Marilou, et Georges, et même Berthe avec son mari. Alors, on se fera prendre en photo, tous ensemble. Parce que, à cette fête, il y aura aussi un photographe ambulant.

Mais ce photographe-là, je le tiendrai à l'œil. Une fois suffit.

Au lendemain de la réunion, je descends voir le maire. Cette fois, c'est moi qui fais la démarche.

— Antonin, me dit-il tout de suite, tu t'es un peu avancé hier, parce que je sais pas où trouver l'argent pour acheter les terrains.

— Ce n'est pas vous qui allez acheter, c'est moi.

Il me regarda, sans trop comprendre ce que je disais.

— Toi !

— Oui, moi. Dites-moi seulement lesquels il faut.

Il devait se demander où était l'entourloupette, mais il n'y avait pas d'entourloupette. Il y avait une route avec du progrès dessus, et ce progrès, je voulais qu'il arrive chez nous.

— Monsieur le maire, ce que je ne pourrai pas échanger, je l'achèterai. Et quand j'aurai le passage, je le donnerai à la commune. Seulement, j'ai une condition.

— Ah ! qu'il fit, comme soulagé.

— Ma condition, c'est que vous mettiez une plaque sur la route, et sur cette plaque, on inscrira ceci.

Je lui tendis une feuille de papier.

Cette route est construite sur des terrains donnés en l'honneur d'Adélaïde Maillefer et d'Antonin Cellier.

— Qui c'est, ce Cellier ?

— Mon père, répondis-je doucement.

— Ton père ?

Oui, monsieur le maire et vos administrés, cet Antonin Cellier, c'est mon père. Parce que figurez-vous que j'ai un père, moi aussi, même si vous ne le savez pas. Un père, avec un nom et un métier. Un père qui a aimé ma mère, et ce père-là, je veux qu'on le respecte, parce que s'il était ici, vous auriez respecté ma mère, et moi avec. Alors maintenant, si vous la voulez, votre route, vous me mettrez une belle plaque pour que tout le monde sache bien qu'Antonin Maillefer, le nom qu'il porte, c'est peut-être celui de sa mère, mais le prénom, c'est celui de son père. Une nouvelle mode, sans plus.

— Si c'est ta condition, alors, comme tu donnes

les terrains, on pourra pas dire non, conclut le maire.

De tout l'hiver, je ne fus plus préoccupé que par ma route. D'abord, je demandai à Albert, en tant que notaire, de se charger des négociations avec les paysans. Il valait mieux, pour ne pas envenimer les choses, qu'une tierce personne discute à ma place. Bien sûr, ils profitèrent de la situation et me vendirent à prix d'or ce qui ne valait pas grand-chose.

— Vous êtes fou, mon cher Antonin, d'acheter à ce prix-là, ça n'en vaut pas le quart, me disait le notaire.

— On expropriera, répétait le maire, ça prendra du temps, mais on expropriera.

— Combien de temps pour exproprier? demandai-je.

— Ça peut aller jusqu'à quatre, voire cinq ans. Il faut d'abord que ce soit reconnu d'utilité publique.

— C'est trop long.

Maintenant, cette route, je la voulais, et je la voulais tout de suite.

— C'est l'orgueil qui te ruine, me dit Georges, venu à la rescousse pour me décourager.

— C'est toi qui me dis ça! Toi qui me parles d'orgueil!

— Tu la veux, ta route, fais-la!

Puis il revint vers moi.

— Si tu as besoin pour acheter les terrains, je te prêterai ce que j'ai.

Parce qu'il savait peut-être mieux que moi pourquoi je la voulais, cette route, seulement lui aussi, il avait peur de la vérité.

L'affaire avança suffisamment vite pour qu'on puisse envisager le début des travaux en même temps que les premiers beaux jours.

— Nous ferons le tracé cette année, m'expliqua

l'ingénieur des Ponts et Chaussées, mais nous ne finirons que l'été prochain. Il faut que la terre se pose bien et surtout, il nous faut voir s'il n'y a pas de problèmes d'inondation ou de glissement.

— Vu ce qu'elle me coûte, cette route, autant la faire solide.

Dans le fond, j'étais content qu'ils n'aient pas voulu la donner, la terre. Cette route, pour les temps à venir, ce sera la mienne. Quand les gens parleront, plus tard, ils diront : Té, tu montes à Cassagnettes, et par où tu passes ? Par la route à Maillefer, c'est plus facile.

De tout l'été, on n'a parlé que de ça. Des grosses machines arrachaient la montagne, la dynamite explosait le rocher, des camions transportaient tout ça pour boucher un virage, élargir un passage. Ils sont déjà à la combe du Maure. Fatché ! C'est pas une route qu'ils nous font, c'est une avenue. Ils posent des poteaux, c'est quand même pas pour nous mettre l'électricité dessus. Ça va coûter quelque chose à la commune, cette route, et c'est encore nous qui allons trinquer pour les impôts locaux. Pardi, le Maillefer, il s'en fout, lui, il a de quoi.

— Antonin, me dit Marie, ils te jalousent de nouveau. Je les entends dire, même que des fois ils le font exprès pour que je m'énerve.

— C'est comme pour tout, Marie, au début on parle et puis après on oublie. Le mieux, c'est de ne pas s'en occuper.

— Tu as bien raison, mais des fois, ça me fait monter la moutarde au nez.

— Vous savez, me raconte Albert, dans le fond, cette Bastide, j'aurais dû vous l'acheter, parce que maintenant, avec la route, elle va prendre de la valeur.

— À moins qu'on change encore de gouvernement et qu'ils nous fassent une autre dévaluation.

— Foutez-vous de moi !

Il y avait des contents, et des mécontents, mais la route, elle avançait à un train d'enfer, et c'est ça qui comptait le plus.

Moi, je m'étais remis au travail comme un forcené, parce que maintenant, non seulement j'avais dépensé mon avoir, mais en plus, j'avais emprunté. Alors, c'était pas le moment de chômer.

Puis le 10 juillet, Marilou est arrivée de son école. Quand je l'ai vue, j'ai cru que j'allais en avaler ma langue, tellement elle était belle. C'en était bien fini de la petite sauvageonne d'autrefois, et même de la jeune fille de l'hiver dernier. Elle avait coupé ses cheveux, pas trop court, mais juste pour les tenir sur le côté avec un peigne. Elle marchait d'un pas solide, avec pourtant une façon de poser le pied qui laissait penser à un envol. Sa taille s'était légèrement épaissie, ce qui lui donnait un corps de femme. Elle est venue me voir dans les communs. Elle s'est plantée là, et elle m'a regardé. Oh ! bon Dieu, son regard !

— Alors, Antonin, comment va la route ?

— Comme une route, cahin-caha.

Il avait bien raison, Georges, quand il me disait que je ne saurais jamais parler aux femmes.

— Enfin, tu l'as vue en venant, elle te plaît ?

— Ce sera bien pour le village. Quand elle sera finie, on fera une grande fête.

— C'est bien ce que j'ai pensé.

— Ah, tu y as pensé, toi aussi ?

Mais oui, j'y ai pensé, à ça et à tellement d'autres choses que si je me mets à te les raconter, c'est pas à Noël qu'on fera les vendanges, c'est pour les prochaines Pâques.

— J'ai ramené des livres que tu aimeras bien, demain, je te les porterai.

Et le lendemain, elle m'a porté les livres, dans le champ où je travaillais. Alors, j'ai arrêté le tracteur, et je me suis assis avec elle, et on a parlé un peu d'un livre, et puis de son école, et encore d'autres choses sans importance qui d'un seul coup en avaient plein.

La route, ils pouvaient bien la faire toute de travers, ce que je m'en foutais alors. Parce que tous les jours, ou presque, de cet été-là, j'ai vu Marilou.

— Venez manger dimanche, me disait Ameline, je fais un civet de lapereau.

Alors je descendais, et pendant tout le repas, je parlais avec Albert, mais tout de suite après, il allait faire sa sieste, et moi, je trouvais toujours un prétexte pour aller promener.

— Si je fais la sieste après avoir si bien mangé, je dors jusqu'à demain, alors, je préfère marcher.

— Vous avez bien raison, ça fait digérer. Marilou, tu devrais en profiter pour aller, avec Thérèse, me ramasser un peu de thym frais. J'aime bien en avoir d'avance.

— Moi, je reste ici, répondait Thérèse en me jetant un mauvais œil, il fait trop chaud.

— Tu as raison, ma chérie, tu as raison.

Et on partait, Marilou et moi, le long d'une sente, jusqu'à la rivière, et on parlait de ce qu'il faudrait faire pour redonner un peu plus de vie au pays, au village, à toutes ces belles choses de la terre qui mouraient.

— J'ai pensé à faire un dessin de chaque ferme abandonnée de la vallée avant qu'elles s'abîment trop, m'expliquait-elle, comme ça, plus tard, si on veut les restaurer, on saura comment faire.

— Ce serait mieux si on trouvait des habitants. Seulement, les gens d'ici, ils veulent pas louer leur bien. Ils préfèrent le voir dépérir.

— Alors, il faut les acheter, toutes ces maisons fermées, et ensuite les prêter à ceux qui n'ont pas de quoi.

— Mais qui va les acheter ?

— La commune !

— Tu as de ces idées !

— Si un jour tu es maire de Malbosc, promets-moi de le faire.

— Je te promets.

— Sérieux ?

— Sérieux !

Je pouvais bien promettre, parce que devenir maire de Malbosc, c'était pas demain la veille. Alors, autant que je lui fasse plaisir, à Marilou.

— Bien, alors maintenant que tu as promis, je vais m'occuper de te faire élire maire de Malbosc.

— Ça, tu peux toujours essayer.

Elle s'arrête de marcher, me regarde.

— Je ne vais pas essayer, je vais le faire, et le réussir.

Voilà comment on a passé l'été. Pendant que la route s'avançait en nous portant le progrès, les affaires, un peu de tracas, et beaucoup de poussière.

En septembre, Marilou repartit pour son école en ville, et, comme par hasard, la route s'arrêta d'avancer. Le chantier recommencerait au printemps, après la fonte des neiges, et pour l'été prochain, nous aurions enfin une belle route neuve.

— Mais il faudra modifier un peu le tracé, me dit l'ingénieur des Ponts et Chaussées, à hauteur de la croisée des Quatre-Chemins.

— Si vous pensez que c'est mieux, alors, faites-le. La terre tout autour m'appartient.

— Il faudra déplacer le piédestal de la croix.

— Ah, ça, mon Jésus va pas être content si vous Lui enlevez la vue.

L'homme se met à rire.

— Votre Jésus ?

— Une histoire d'enfant, lui répondis-je. Une vieille histoire d'enfant.

Mais je partis séance tenante vers la croisée des Quatre-Chemins, parce que j'aurais pas voulu que mon Jésus apprenne par quelqu'un d'autre qu'on allait Le changer d'endroit.

9

Figure-Toi, Jésus, qu'il va falloir Te déménager. Je sais qu'on ne T'a pas demandé Ton avis, mais on m'a pas demandé le mien non plus. De toute façon, Tu aurais dit oui puisque Tu ne pouvais pas dire non. Alors voilà, à la fin de l'hiver, ils vont venir avec leur machine et ils vont Te mettre le piédestal en morceaux pour pouvoir faire passer la route.

Pour sûr, ça va Te faire un changement. D'abord, parce que, avec la nouvelle route, il va y avoir des voitures automobiles et ça risque fort de Te déplaire. Ensuite, parce qu'une fois la route finie, je ne sais pas où on va Te mettre après. Tu n'auras certainement pas envie de Te retrouver de nouveau à la croisée des Quatre-Chemins avec tout ce trafic sous le nez.

Alors, voilà ce que j'ai pensé, en venant T'annoncer cette nouvelle. S'ils veulent bien, pendant les travaux, je Te mettrai dans le parc de la Bastide. Il y a des arbres, des oiseaux, du monde qui passe, et ça me sera plus facile pour Te mettre des fleurs. Après, on avisera. S'ils veulent que Tu reviennes sur le bord d'un chemin, on Te ramènera par là. Mais je m'arrangerai pour qu'on Te fasse une petite chapelle autour, parce que j'en ai marre de Te voir à tous les courants d'air.

À moins qu'ils veuillent bien Te mettre dans l'église de Cassagnettes. Mais une chose est certaine, c'est que je ne les laisserai pas T'emmener d'ici. Ça Te ferait un trop grand dépaysement d'aller dans une autre paroisse.

Peut-être bien que si quelqu'un m'avait entendu tenir de pareils propos, on m'aurait mis tout de suite à l'asile. Seulement, ce Jésus, Il avait toujours été là pour moi et je n'allais pas L'abandonner comme ça. Alors, avec l'aide d'Albert, j'entrepris tout de suite les démarches auprès de l'évêché. La réponse ne se fit pas attendre. Je pouvais remiser le piédestal et la croix dans le parc de la Bastide en attendant que la route se termine. Après quoi, on aviserait.

Maintenant que j'étais rassuré quant au devenir du Jésus, je pouvais continuer de m'occuper du mien. Parce que le mien, en ce dernier hiver, il se promenait tous les jours entre cinq et six heures autour de l'école normale de la préfecture.

— Comme j'aurai beaucoup de travail si je veux réussir, m'avait dit Marilou en partant, je ne reviendrai pas avant la Noël.

— Ça va faire long.

— Peut-être que tu pourrais venir me voir, au moins une fois ?

Alors, comme par hasard, cet hiver-là, j'ai eu plein de papiers à faire à la préfecture. Je faisais ça discrètement, sans rien dire à personne, parce que Marilou, c'était une jeune fille et de ce temps-là, on faisait attention aux réputations. Avant de parler mariage, ou même fiançailles, on courtisait. Je trouvais bien que c'était un peu lent, mais c'était comme ça. Et puis, je ne sais pourquoi, mais quelque chose me retenait encore. Je me disais toujours que tant que ma mère ne serait pas revenue, j'aurais du mal à faire ma vie parce que, quelque part, j'étais encore un enfant qui refusait de grandir.

Marilou s'en rendait compte et surtout, elle sentait les choses, comme on dit.

— Antonin, me dit-elle un jour, je t'admire beaucoup. Même si on n'en parle pas, je sais que tu penses toujours à ta mère. Et moi, ça me rassure, de savoir que tu ne l'oublies pas.

— C'est très gentil, ce que tu me dis là. Et avec toi, je veux bien en parler.

Alors on a parlé, et je lui ai expliqué tout le mystère de cette disparition et elle m'a écouté, sans fin, avec une patience d'ange.

Mais souvent nos petits rendez-vous ressemblaient plus à des escapades de collégiens qu'à des affaires sérieuses. Nous ne voulions pas, ni elle ni moi, parler d'avenir. Seule, Marie, avec son bon rire, faisait quelques allusions à mes voyages à la préfecture

— Des fois que tu veuilles remplacer le préfet, fais-nous-le savoir.

— Marie, je vais à la préfecture pour des démarches.

— C'est ça, et ces démarches-là, elles se font tous les quinze jours, le jeudi après-midi, juste le jour où on va pas à l'école.

— Il faut toujours que tu mettes ton grain de sel partout, lui rétorqua Édouard.

— Nous aussi, crièrent les jumeaux, on veut mettre notre grain de sel.

Et l'hiver s'acheva, et Marilou revint pour Pâques, et le chantier de la route reprit à son tour. Maintenant elle montait vite et d'ici quelques jours elle serait à la porte du village.

Alors l'ingénieur décida que le moment était

venu de déménager le Jésus du mamelon et de Son piédestal de pierres moussues.

10

C'était un mardi matin. Pour quelle raison étais-je resté à la Baraille, je n'en sais rien. Toujours est-il que ce matin-là, j'avais oublié qu'on devait déplacer le Jésus.

Édouard devait descendre dans la Vallée-Basse pour voir ses terres, Marie irait certainement chez Marthe, les jumeaux étaient à l'école et le notaire dans son étude de Malbosc. Autrement dit, j'étais seul dans ma Baraille à m'occuper de quelques bricoles. Il y a toujours à faire à la campagne.

La veille, j'avais reçu une lettre de Marilou. Ces lettres-là, s'il ne me voyait pas à la Bastide ou dans un champ, le facteur me les portait jusqu'ici.

— C'est pour la discrétion, qu'il m'avait expliqué.

— Oh, ce sont seulement des lettres avec des papiers sans importance.

— On sait jamais, des fois que quelqu'un en trouve une et l'ouvre. Les gens sont d'un curieux aujourd'hui, tu peux pas t'imaginer.

Alors on buvait un canon de clinton, et il repartait tout content.

— Avec toi, ce que j'aime bien, c'est qu'on peut parler sans faire de manières, qu'il me disait.

— Et la retraite, Fernand, c'est pour quand ?

— Tais-toi, parle pas de malheur, que ce jour-là, je meurs. Et puis, tu sais, un autre facteur, il fera pas le chemin pour venir ici te les porter, ces lettres, il les laissera en bas, chez la Marthe.

Il s'arrêta un instant, me fixa droit dans les yeux, et précisa, en appuyant bien sur les mots :

— Et les autres, ils sauront qu'on t'écrit de la préfecture. Alors, je préfère attendre que ton affaire soit officielle, mais traîne pas trop.

Il aimait bien les porter, les lettres, mais j'ai toujours pensé qu'il aimait bien les lire aussi, de temps en temps.

Dans cette lettre de la veille, Marilou me disait qu'elle ne pourrait pas sortir ce jeudi à cause de devoirs qu'elle avait en retard.

Mais surtout, sache bien que je pense à toi, et que j'espère bien ta visite pour le jeudi suivant.

Au fait, où en est ton Jésus ?

En relisant cette dernière phrase, je l'entendais rire. Elle aimait bien se moquer de moi, surtout quand je disais un proverbe, alors, elle le répétait, ou bien en inventait un drôle, et on riait tous les deux.

Ça, c'était dans sa lettre de la veille, alors, quand je vis arriver Fernand, je compris tout de suite que ce n'était pas pour me porter une autre missive. Il gravit avec peine les derniers mètres le séparant du portillon, pâle, le visage déchiré par sa course et par ce qu'il venait me dire.

— Petit, dit-il en s'accrochant à moi pour reprendre son souffle, petit, descends vite à la route. Il s'est passé quelque chose.

J'ai su, tout de suite, qu'il ne s'agissait pas d'un accident. Je l'ai laissé là, Fernand, et, en courant, j'ai pris le chemin qui descend jusqu'au croisement. D'abord, je courais dans la caillasse du chemin, puis je me suis mis à sauter les talus, à couper à travers les bois, à descendre encore et encore plus vite. À un moment, même, j'ai perdu l'équilibre et j'ai roulé, mais je n'ai senti ni la chute, ni les ronces qui m'arrachaient la peau, ni le choc des pierres sur mes côtes, parce que, dans ma tête, c'était une explosion de mots et de cris, et tout ça allait si fort et si fort que je n'en voyais même plus la terre.

En arrivant au croisement, la première chose que j'aperçois, c'est mon Jésus sur Sa croix, maintenant allongé sur le sol, comme un vulgaire morceau de fer rouillé. Ils ne respectent rien, je me dis, ils ne respectent rien. Les hommes, tout autour du piédestal à moitié démoli, attendent, debout, figés. Tous les regards se posent sur moi. Je ralentis mon pas, m'arrête à trois mètres d'eux. Alors Édouard, le visage blême, sort du rang et s'approche.

— Antonin, me dit-il en me prenant par les épaules.

Il ne peut en dire plus, sa force l'abandonne. Je le pousse et m'avance près du trou qu'ils viennent de faire pour déplacer le piédestal.

Sous un rocher, il y a des ossements. Je me penche. Un petit osselet, grand comme une phalange, est enserré dans un anneau de métal.

Je le prends délicatement dans le creux de ma main. Je ne peux que le caresser du regard, je ne peux rien faire d'autre que pleurer en silence, brisé par la douleur.

Ce petit anneau avec des pierres de grenat, c'est bien la bague de ma mère.

11

Ainsi, ma mère, tu n'as jamais vu l'Afrique. Tu n'as jamais parcouru ces déserts aux senteurs mirifiques, ces oasis verdoyantes de fraîcheur, ces montagnes de roche brune que recouvrent les neiges d'hiver. Tu n'as rien vu des lions en chasse, des caravansérails, des hommes bleus apparaissant sur une dune pour disparaître tout aussitôt dans un reflet d'argent.

Les tapis berbères, les voiles de gaze sous lesquels tu dormais, les chants des femmes montant en prières vers l'azur, les couleurs d'arc-en-ciel baignant tes réveils au fin fond d'une plantation n'ont existé que dans mon imagination, dans mon rêve de te savoir heureuse, belle, et adorée.

Tu ne m'as pas quitté pour suivre un amour impossible, tu n'es pas partie pour fuir Cassagnettes, tu n'as pas parcouru le monde pour aller chercher ce père photographe ambulant, non, tu n'as rien fait de tout ça.

Et dans le fond de moi, sous cette douleur qui me transperçait le côté gauche chaque fois que je pensais à toi, je savais que tu ne m'avais pas abandonné. Comment aurais-tu pu laisser le seul grand amour de ta vie pour simplement courir après un mirage ?

Car tu n'as aimé que moi, je le sais. Tu m'as aimé dans l'instant même où tu m'as porté en toi, faisant fi des commérages, des embûches, parce que tu savais déjà que rien ne pourrait remplacer ce bonheur de me tenir sur ton sein. Tu m'as aimé, ma mère, dans tes rires fous, dans tes baisers du soir, dans ceux du matin qui t'enlevaient à moi et dans tous les instants que tu as respirés ici-bas.

Et tu sais combien je t'ai rendu ton amour. Les heures, les jours, les mois et les années, les affres de l'attente, les doutes, rien n'a pu détruire le seul espoir qui me faisait vivre.

Aujourd'hui, penché sur ce sanctuaire que j'ai si souvent fleuri sans savoir que c'est ta tombe que je chérissais, je dois bien admettre que depuis longtemps déjà je connaissais la vérité. Mais le cœur refuse souvent de comprendre ce que l'esprit veut lui dire. Et mon cœur, maman, était trop plein de toi pour ne pas vouloir espérer encore.

Qu'importe maintenant de savoir ce qui s'est passé, ce matin du 11 janvier 1911. Madame Alice avait certainement découvert cette cruelle vérité. Mais, ne pouvant plus rien faire pour toi, elle a choisi de me protéger, de se battre pour moi, et de faire payer.

Car, sans aucun doute, par sa seule présence, par son silence lourd à porter, elle a fait payer cher son crime à Jules le légionnaire.

Moi, tout ce que je sais, tout ce que je veux savoir, c'est que tu es partie, belle sous tes larmes, et que ton dernier regard, ta dernière pensée ont été pour moi. Tu es partie parce qu'il devait en être ainsi, et je ne veux garder de toi que le souvenir de ton amour parce qu'il me réchauffera jusqu'à mon dernier soupir.

Après que le maire, les gendarmes et les responsables officiels eurent fait leur devoir, je pus faire le mien.

Dans le jardin de la Baraille, je fis creuser la terre entre le monticule de la mémé Petite et celui de Mathurin. Ici devait reposer Adélaïde Maillefer, dans cette terre qui me venait d'elle.

La cérémonie fut simple. Georges, Marie, Ameline, Albert, Édouard. Je n'avais voulu que les intimes.

— Je respecterai ton vœu, me dit Fernand la veille des obsèques, mais sache bien que j'ai prié tous les jours depuis son départ pour t'épargner un pareil malheur.

— Vous faites partie de la famille, Fernand, et votre place est avec nous.

— Alors, si tu me dis ça, c'est que je me suis pas trompé sur toi. Tu es bien le digne fils de ta mère.

Parce que ta mère, c'était une dame, une vraie grande dame.

Et c'est avec fierté qu'il est venu rendre un dernier hommage à cette grande dame qu'il n'avait jamais oubliée.

Voilà, ma mère enfin retrouvée, tu reposes maintenant dans cette terre des Maillefer. De là où tu es, tu pourras tous les jours me voir sortir de la Baraille, aller et venir, m'arrêter quand tu voudras me parler, me regarder vivre, puisque c'est ce que je vais enfin pouvoir faire.

Assis sur le petit mur de pierres sèches, je contemple la vallée. Au fond, à droite, une cheminée fume. C'est la ferme de César. De plus loin, dans le soleil de ce mois de mai, montent les premiers sons des clochettes de la transhumance. Par-delà le rocher du Duret, il me semble voir quelques vieilles roulottes de gitans venant de la ville et même un rouquin courir devant en agitant les bras comme des moulins à vent. Mais je rêve, maman, je rêve encore, et pourtant, cette petite fourmi trottinant dans la traverse du Jatelin, ce n'est pas un rêve.

Comme toi, autrefois, quand tu me revenais de ta ville, elle grimpe lentement, disparaissant par moments derrière une haie d'aubépiniers, apparaissant soudain un peu plus loin entre deux taches d'ombre. Elle avance, et maintenant elle est là, à quelques pas de moi. Elle sourit, elle me sourit, et dans ses bras elle porte un énorme bouquet de fleurs des champs, des vendangeuses bleues, des coquelicots écarlates, des narcisses blancs, des iris mauves, toutes les fleurs qu'elle a cueillies pour toi, comme si elle savait que tu n'aimes que celles-là.

Elle me sourit, Marilou, elle m'embrasse sur la joue et s'avance vers ta tombe encore toute fraîche.

Je suis à son côté. Elle dépose son bouquet et, silencieusement, me prend la main. Alors je l'entoure de mes bras, la serre contre moi et, doucement, j'ose enfin pleurer.

Elle ne bouge pas, elle attend. Je sèche mes larmes et la regarde. Rien que de la regarder, je me sens mieux. Je souris, enfin.

— N'oublie pas, Antonin, me dit-elle en souriant à son tour, n'oublie jamais que rien ne meurt sous les étoiles.

12

L'église de Cassagnettes n'avait pas aperçu l'ombre d'un mariage depuis quelque vingt ans. Aussi, en ce matin de mai 1932, quand elle vit tout ce monde se presser entre ses murs, elle faillit en perdre le souffle.

Pourtant, depuis plusieurs jours, on l'avait préparée pour l'événement. Louisette avait lustré les bancs, les prie-Dieu, le tabernacle, la statue de la Vierge, celles de tous les saints en plâtre peinturluré, elle avait dépoussiéré les piliers, lavé le vitrail du chœur et, si on l'avait laissée faire, elle aurait repeint la sacristie, la voûte de la nef et même le clocher.

— Antonin, sans vous cette église serait en ruine, alors, pour votre mariage, je la veux immaculée de bas en haut.

— L'empêche pas, me souffla Marie en faisant un clin d'œil, l'empêche pas, peuchère, c'est son plaisir d'astiquer l'église. À chacun son vice. Le sien, c'est ça.

— Marie, c'est pas un vice.

Elle me regarda, suspicieuse.

— Je me demande, des fois je me demande.

De son côté, la Bastide s'était laissé chambouler encore une fois, mais, maintenant, avec le sourire car rien ne lui plaisait plus que de voir du beau linge se coucher sur les grandes tables dressées dans le parc, la vaisselle sortir des placards et la cuisine déborder de crème, de gigots, de thym, de sarriette, de truites, d'écrevisses, tout ça en rang d'oignon sous les ordres impétueux de l'incontournable Marie.

— Ameline, je vous le dis comme je le pense, le repas de mariage du petit, c'est moi qui le prépare, c'est que je suis la marraine de communion, faut pas l'oublier.

— Je veux bien vous laisser la cuisine, Marie, mais comme c'est aussi le mariage de Marilou, et que je suis sa mère, j'ai mon mot à dire. Je m'occuperai des tables et de tout le reste.

— Mon Dieu, on est faites pour s'entendre, vous et moi. On devrait prendre un négoce ensemble, on ferait un malheur. C'est pas pour rire ce que je dis, ça vient du cœur.

Mais elles en rirent, tout en commençant le grand chambardement.

Parce qu'il me faut dire enfin, j'avais fait ma demande. Oh ! bien sûr, tout le monde le savait que nous nous courtisions, Marilou et moi. Depuis fort longtemps mes petits voyages à la ville, mes vestes toutes neuves, mon souci d'être bien rasé de frais, d'avoir des chemises bien blanches et toutes repassées, et ces longues promenades que nous faisions à chaque occasion, tout laissait présager de la suite. Mais Marilou avait voulu attendre la fin de ses études pour annoncer la chose, alors, j'avais attendu.

— Je vois bien que ça te pèse d'attendre, me dit

Marie un soir, mais me la mets pas grosse avant le mariage, ça serait pas de bon genre pour une future institutrice.

— Tu peux parler, lui répondit Édouard.

— Oh, mais moi, c'est pas pareil, j'avais pas l'exemple à donner.

— Marie, l'exemple, il vient de chacun de nous. Et puis là, vous vous mêlez de ce qui ne vous regarde pas.

Elle rougit devant mon ton de voix.

— Je voulais pas penser à mal, Toninou, mais tu sais...

— Je sais, Marie, lui dis-je en la prenant dans mes bras, je sais, mais maintenant, je suis un homme. Depuis pas longtemps, mais je suis un homme.

— Mon Toninou, tu me connais, c'est en disant des bêtises que je cache mon souci. C'est que, tu le sais, de te voir te marier, c'est un peu comme si je te perdais.

Puis, pour dissimuler encore, elle se tourna vers Édouard en ronchonnant.

— Et puis je suis pas la seule à être remuée, Édouard aussi, ça le remue. Hé ! tu dis rien, mais ça te remue quand même.

Bien sûr que ça les remuait tous les deux. Nous avions vécu tellement de choses ensemble, Marie, Édouard et moi. Lui m'avait connu avant même que je marche, elle quand j'étais encore un gamin, et maintenant je me mariais. Avec ma vie qui changeait, c'est un grand morceau de la leur qui se terminait.

— Nous, on fera les garçons d'honneur, ont déclaré Pierre et Jean, on sait faire.

— Alors il faut vous trouver deux demoiselles.

— Ça on veut bien, a jubilé Pierre, ça on veut bien, mais des grandes, pas des merdeuses qui vont nous coller.

Et maintenant c'était le grand jour. Moi, j'aurais voulu faire simple, et Marilou aussi, dans le fond, mais nous avions été rapidement dépassés par la situation.

— Un mariage, m'expliqua Albert, c'est une affaire de femmes. Et pour une mère, ça ne se fait pas à la sauvette.

— Et nous, qu'est-ce que nous faisons ?

— Nous, me répondit-il étonné, nous, mais mon cher Antonin, nous, on se tait, et on paie.

Autant que je le sache tout de suite.

Ce matin, j'ai mis mon costume neuf, et, pour la dernière fois, j'ai quitté ma Baraille en célibataire. À partir de ce jour, Adélaïde, je ne serai plus jamais seul. Je sais bien que je vais perdre un peu de ma tranquillité, prendre un peu plus de souci, mais comme chaque chose le bonheur a son prix. Et mon bonheur est si grand que j'en ai déjà oublié la cherté.

Il y a bientôt deux ans, ma mère chérie, que tu reposes dans le jardin clos de murs, et aujourd'hui, plus que jamais, ton absence se fait sentir. Parce qu'aujourd'hui, maman, je me marie.

Mais je me marie heureux, malgré tout, parce que je sais que tu ne m'as jamais abandonné et que tu continueras, de là où tu es, de veiller sur moi, sur Marilou et ceux qui viendront après nous.

Tout à l'heure, en rentrant dans l'église, je marcherai au bras de Marie. On ne remplace pas une mère, m'a-t-elle dit hier, mais si tu veux bien que je sois à sa place, je le ferai.

C'est vrai que personne ne pourra te remplacer, mais j'ai dit oui à Marie, parce que Marie, elle te porte dans son cœur.

J'attends devant le perron de la Bastide, je papote avec les invités.

— J'aurais pas cru que tu me dames le pion, me dit Georges.

— Tu vois, il faut se méfier des eaux dormantes.

— Sacré Maillefer !

— Sacré gadjo !

Il n'a pas de nouvelle fiancée, alors, comme Berthe est venue de Meyrueis sans son mari, il s'occupe d'elle. Ils arrangent un peu l'arc de triomphe en branches de buis et fleurs blanches que les jeunes ont construit tout autour de la porte, ils se complimentent sur leurs tenues, ils s'amusent.

— Vous avez une bien belle robe, elle vient de Paris ?

Berthe rit. Elle a toujours son air triste, mais, avec Georges, elle rit. Lui, il a les cheveux roux violents, preuve qu'il est heureux. Heureux de me voir me marier ou... ? Enfin, il est heureux, c'est l'essentiel.

— Vous vous moquez de moi ? demande Berthe, coquine.

— Mais non. Vous savez, je m'y connais aussi en robes. Je suis sûr qu'elle vient de Paris.

— C'est moi qui l'ai faite.

Je n'entends pas la suite, on m'appelle dans le salon. On a poussé les meubles pour faire de la place, la maison est sens dessus dessous.

— Tu restes là, me disent les jumeaux, on va chercher quelque chose et on revient.

Ils sont habillés avec des costumes anciens qu'Ameline a trouvés dans une malle du grenier. Avec leurs chevelures longues et bouclées, on dirait deux petits pages.

Et soudain ils reviennent, tout excités.

— Ne bouge pas, on revient encore.

J'attends. Alors elle arrive, Marilou, et Pierre et Jean portent sa traîne.

— Mon Dieu! s'écria Marie, mon Dieu! mais qu'elle est belle.

Belle, mais elle est plus que belle! Elle avance, légère comme un duvet dans sa robe blanche. Son voile d'organdi, retenu par une couronne de fleurs d'oranger, flotte autour d'elle. Tout est beau parce que tout est simple, de cette simplicité qui lui va si bien. Belle, elle l'est ce matin et le restera toute sa vie, parce que je ne la verrai jamais autrement qu'avec les yeux de l'amour, et l'amour sait ne pas avoir d'âge.

— Je ne vous la donne pas, me dit Albert le notaire, je ne vous la donne pas car elle n'appartient à personne d'autre qu'à elle-même, mais nous sommes heureux de la savoir protégée par vous.

Il ne sait pas que c'est elle qui va me protéger tout le long de ce long chemin que nous allons parcourir à deux, me donnant jour après jour chacune de ces mille et une joies qui vous transforment une vie.

Ameline ne dit rien. Elle arrange un pli de la robe, se recule pour juger de l'effet, puis baisse seulement les paupières, un instant, un court instant, et quand elle les soulève, on peut lire dans ses yeux humides la prière silencieuse qu'elle vient de faire.

Et moi, je ne dis rien non plus. Parce que la parole me manque devant tant d'émotions.

— Tu es prêt? me demande Marilou.

— Je suis prêt.

Et nous montons dans la calèche que conduit Georges, cette même calèche qui m'avait enlevé ma mère et qui, maintenant, me mène vers une nouvelle vie.

Je m'appelle Antonin Maillefer. Je suis né le dixième jour de janvier 1900, à la ferme de la Baraille, hameau de Cassagnettes, deux cent trois habitants, une école, deux Jésus, et un bâtard : moi.

C'était il y a soixante-quinze ans. Les trois quarts d'un siècle et une vie d'homme.

Une vie bien remplie. Mais dans cette vie, ma mère adorée, tu as été la grande absente et jamais je n'ai vraiment guéri de ce grand vide que tu as laissé. Voilà pourquoi, arrivé à l'âge de la retraite, j'ai entrepris de te raconter, jour après jour, ce que fut cette longue attente de toi.

Chaque fois que j'en ai eu le temps, et que mes rhumatismes me l'ont permis, je me suis assis à la table de travail héritée de ce malfrat de Jules, devant la fenêtre ouvrant sur les terres de ma Bastide, et là, tranquillement, comme me l'a appris madame Alice, je t'ai écrit.

Trois cahiers déjà. Trois cahiers couverts de mon écriture fine et serrée qui ressemble tant à la tienne. Trois cahiers dans lesquels j'ai consigné mes peines, mes attentes, mes douleurs, mais aussi mes espoirs et mes joies.

Alors, avant de tourner cette dernière page, je me dis que tu aurais voulu encore tout connaître de ce que fut ma vie, et que, pour toi, je pourrais bien, si le bon Dieu m'en laisse le temps, en reprendre un de ces jours le récit.

Parce qu'il faut bien que tu saches, maman, que j'ai eu de beaux enfants, et que, malgré les épines du chemin, j'ai, grâce à Marilou, enfin connu le bonheur.

« N'oublie pas, m'a-t-elle dit un jour, n'oublie pas, Antonin, que rien ne meurt sous les étoiles. »

Je n'ai jamais oublié.

TABLE

Composition réalisée par EURONUMÉRIQUE

IMPRIMÉ EN ALLEMAGNE PAR ELSNERDRUCK À BERLIN
LIBRAIRIE GÉNÉRALE FRANÇAISE - 43, quai de Grenelle - 75015 Paris.
Dépôt légal Édit. 4187-06/1999
ISBN : 2-253-14675-7

31/4675/0